AF189196

Jack London

Meuterei auf der Elsinore

Bibliografische Information der Deutschen Nationalbibliothek:
Die Deutsche Nationalbibliothek verzeichnet diese Publikation in der Deutschen Nationalbibliografie; detaillierte bibliografische Daten sind im Internet über http://dnb.dnb.de abrufbar.

Herstellung und Verlag: BoD – Books on Demand, Norderstedt

ISBN: 978-3-7460-7699-7

Von Anfang an hatte ich Pech auf dieser Reise. An einem eisigen Märzmorgen war ich früh aus dem Bett geholt worden, hatte ganz Baltimore durchquert und das Molenhöft genau zur festgesetzten Stunde erreicht. Punkt neun Uhr hätte der Schlepper mich dort abholen sollen, um mich über die Bucht an die Elsinore zu bringen ... und jetzt saß ich im Auto und wartete, zitternd vor Kälte und wachsendem Ärger. Auf dem Führersitz hockten der Chauffeur und Wada, eng aneinandergepreßt, in einer Temperatur, die vielleicht um einen halben Grad kälter als die im Wagen war. Und vom Schlepper keine Spur!

Possum, der junge Foxterrier, den Galbraith mir so unüberlegt aufgedrängt hatte, lag unter Mantel und Pelzdecke auf meinem Schoß. Trotzdem winselte und zitterte er vor Kälte.

Seine Unruhe und seine unaufhörlichen Klagen wirkten alles eher als beruhigend auf meine angegriffenen Nerven. Erstens interessierte das Tier mich nicht im geringsten – es bedeutete mir nichts – ich kannte es ja auch noch gar nicht. Während dieser trostlosen Wartezeit war ich ein Mal über das andere drauf und dran, das Tier dem Chauffeur zu schenken.

Am Abend zuvor war das Tier als Eilpaket aus New York in mein Hotel gebracht worden – als eine Abschiedsüberraschung meines Freundes Galbraith. Das war so ganz seine Art. Er hätte sich ebenso anständig wie andere Leute benehmen und mir Obst schicken können ... oder meinetwegen auch Blumen. Aber nein – sein freundlicher Gedanke mußte die Gestalt eines kläffenden und winselnden, zwei Monate alten Hundes annehmen. Mit der Ankunft des Terriers hatte das Pech denn auch begonnen. Der Zimmerkellner betrachtete mich als einen Verbrecher, noch ehe ich Zeit gehabt hatte, ein Verbrechen auszuknobeln. Ganz auf eigene Faust und aus eigener Dummheit hatte Wada dann den Versuch gemacht, den Hund in sein Zimmer zu schmuggeln, und war dabei vom Hausdetektiv erwischt worden. Sofort vergaß Wada sein ganzes Englisch und hatte einen Rückfall in ein hysterisches Japanisch, und der Hausdetektiv erinnerte sich seinerseits nur an sein Irisch – während der Zimmerkellner mir in nicht mißzuverstehender Weise klarmachte, daß dies alles nicht mehr und nicht weniger sei, als er von mir erwartet hatte.

Hol der Teufel den Köter! Und Galbraith meinetwegen dazu! Und wie ich nun im Auto, in der beißenden Kälte auf dem öden Molenhöft, dasaß, verfluchte ich sogar mich selbst und den verrückten Einfall, Kap Horn mit einem Segelschiff umfahren zu wollen.

Um zehn Uhr kam zu Fuß ein junger Mann von unbestimmbarem Äußern. Er trug einen Koffer, den der Kaimeister mir einige Minuten später überreichte. Der Koffer gehöre dem Lotsen, sagte er und gab gleichzeitig dem Chauffeur Bescheid, wie er eine andere Mole finden könnte, von wo mich ein anderer Schlepper zur Elsinore bringen sollte. Diese Programmänderung diente natürlich nicht dazu, meinen Ärger zu beschwichtigen.

Als ich eine Stunde darauf in meinem Wagen auf dem neuen Molenhöft saß, kam der Lotse. Unmöglich, sich ein Wesen vorzustellen, das einem Lotsen weniger ähnlich sähe. Ein feiner Herr mit sanfter, gebildeter Stimme, in jeder Beziehung der Typ des erfolgreichen Geschäftsmannes, stellte sich vor, und ich lud ihn ein, meine eiskalte Droschke mit Possum und dem Gepäck zu teilen. Alles, was er wußte, war, daß Kapitän West seine Anordnungen aus irgendeinem Grunde geändert hatte, im übrigen aber war er der Ansicht, daß der Schlepper jeden Augenblick kommen müsse.

Das tat er denn auch, um ein Uhr nachmittags – nach vier Stunden tödlichen Wartens und Frierens. Unterdessen war es mir vollkommen klargeworden, daß dieser Kapitän West mir nie gefallen würde. Ich kannte ihn zwar noch gar nicht persönlich, aber sein Benehmen gegen mich war von Anfang an, milde gesagt, reichlich anmaßend. Als die Elsinore, die soeben mit einer Ladung Gerste aus Kalifornien gekommen war, im Erie-Dock lag, war ich von New York herübergefahren, um das Schiff zu besichtigen, das für mehrere Monate mein Heim sein sollte. Ich hatte das Schiff selbst und die ganze Einrichtung der Kajüten entzückend gefunden. Selbst die für mich bestimmte Kabine war sehr befriedigend und weit größer, als ich erwartet hatte. Als ich aber in die Kabine des Kapitäns hineinguckte, war ich verblüfft über ihre komfortable Einrichtung. Wenn ich erzähle, daß an den Schlafraum ein Badezimmer anstieß, und daß es unter vielen andern schönen Dingen auch ein mächtiges Messingbett gab, etwas das man nie auf einem Segelschiff zu finden erwartet hätte – ja, dann glaube ich, genug gesagt zu haben.

Selbstverständlich war sofort für mich ausgemacht, daß ich Baderaum und Messingbett haben mußte. Als ich aber die Vertreter ersuchte, diese Angelegenheit zu regeln, waren sie recht zurückhaltend, als ob es ihnen ein wenig peinlich sei ... »Ich muß die Kabine haben«, sagte ich, »ob es hundert oder hundertfünfzig Dollar kostet ...«

Harrison und Gray, die Vertreter, besprachen die Sache miteinander, glaubten aber, daß es kaum möglich sein würde, Kapitän West zu einem solchen Arrangement zu bewegen. »Das wäre das erstemal, daß ein Kapitän einen solchen Vorschlag ablehnte«, erklärte ich zuversichtlich, »selbst die Kapitäne der Europalinien verkaufen jederzeit ihre Kajüten ...«

»Schon möglich, aber Kapitän West ist nicht Kapitän auf einem Europadampfer«, meinte Harrison höflich.

»Vergessen Sie nicht, daß ich viele Monate auf diesem Schiff zubringen muß«, antwortete ich. »Bieten Sie ihm tausend Dollar, wenn es sein muß.«

»Ich werde es versuchen«, sagte Mr. Gray, »aber verlassen Sie sich nicht zu sehr darauf. Kapitän West ist augenblicklich in Searsport, und wir werden ihm noch heute schreiben.«

Einige Tage darauf rief Mr. Gray mich an und teilte mir zu meinem Erstaunen mit, daß Kapitän West mein Angebot glatt abgelehnt hätte. Am nächsten Tage erhielt ich einen Brief von Kapitän West. Er bedauerte, mich noch nicht kennengelernt zu haben, und versicherte, persönlich Sorge dafür tragen zu wollen, daß meine Räume komfortabel eingerichtet würden. Er hätte bereits dem ersten Steuermann der Elsinore entsprechende Anweisungen erteilt und ihn beauftragt, die Wand zwischen meiner Kabine und dem danebenliegenden Reserveraum herauszunehmen. Ferner teilte er mir mit – und von dieser Bemerkung stammt meine Abneigung gegen Kapitän West –, wenn wir erst auf hoher See wären, würde er mit

Vergnügen seine Kabine mit mir tauschen, falls ich nicht zufrieden sein sollte.

Nach einer solchen Abfuhr war es mir natürlich klar, daß nichts mich je bewegen konnte, von dem Messingbett des Herrn Kapitän Nathaniel West Besitz zu ergreifen. Es war überhaupt meine feste Überzeugung, daß es um so besser für mich sein würde, je weniger ich auf der Reise von ihm sähe. Und mit nicht geringer Freude dachte ich an all die Bücherkisten, die ich mir von New York an Bord hatte schicken lassen; ich war also, Gott sei Dank, auf hoher See nicht auf die Unterhaltung des Herrn Kapitäns angewiesen.

Ich übergab Wada den winselnden Possum, und während die Matrosen des Schleppers mein Gepäck an Bord schafften, führte mich der Lotse zu Kapitän West, um mich ihm vorzustellen. Gleich auf den ersten Blick stellte ich fest, daß er nicht mehr Seekapitän war als der Lotse Lotse. Ich hatte die Besten seines Berufs, die Kapitäne der Europadampfer, kennengelernt, und er glich ihnen nicht mehr als den befahrenen, barschen Schiffern, von denen ich in Büchern gelesen hatte. Neben ihm stand eine Frau, von deren Gesicht nur wenig zu sehen war. Mit ihrem roten Fuchskragen, in dem sie halb verschwand, wirkte sie wie ein warmer, strahlender Farbenfleck.

»Du großer Gott!« sagte ich flüsternd zum Lotsen, »seine Frau ... reist die etwa mit?«

»Es ist seine Tochter«, flüsterte der Lotse. »Ich denke, sie ist gekommen, um ihn abfahren zu sehen. Seine Frau ist seit über einem Jahre tot. Man sagt, daß er deshalb wieder fahren will. Er hatte sich ja schon zur Ruhe gesetzt, wissen Sie.«

Kapitän West ging mir entgegen. Doch schon ehe unsere ausgestreckten Hände sich berührten, ehe sein ruhiges Gesicht sich zu einem lächelnden Gruß verzog und seine Lippen sich öffneten, um zu sprechen, erhielt ich den ersten überraschend starken Eindruck von seiner Persönlichkeit. Hochgewachsen, schlank, mit rassigem Gesicht, erschien er mir ebenso kühl, wie der Tag es war. Selbstsicher wie ein König oder Kaiser. Fern und fremd wie der fernste Stern. Und dann glomm in seinen Augen der Funke einer unnahbaren und wohlwollend-kühlen Freundlichkeit auf und verlieh den vielen feinen Runzeln um die Augenwinkel Leben. Das klare Blau seiner Augen nahm einen warmen Ton an, der sie tief und reich machte; die schmalen Lippen, die soeben noch fest verkniffen waren, schienen jetzt anmutig und mild.

So seltsam war der Eindruck, den Kapitän West bei dieser ersten Begegnung auf mich machte, daß ich mich über der Erwartung ertappte, Worte unsagbarer Weisheit und Güte seinen Lippen entströmen zu hören. Aber er sprach nur in den alltäglichsten Worten sein Bedauern über die Verzögerung aus, wenn auch mit einer Stimme, die neues Erstaunen in mir hervorrief. Sie war leise und sanft, fast zu gedämpft, aber klar wie eine Glocke.

»Und hier ist die junge Dame, die die Verspätung veranlaßt hat«, fügte er hinzu, indem er mich seiner Tochter vorstellte, »Margaret ... Herr Pathurst.«

Ihre behandschuhte Rechte tauchte sofort aus dem Muff auf, um die meine zu schütteln, und gleichzeitig sah ich in ein Paar grauer Augen, die mich mit ernstem, ruhigem Blick betrachteten. Er verwirrte mich, dieser kühle, durchdringende, prüfende Blick. Nicht, daß er herausfordernd gewesen wäre, aber er schien mir beleidigend, geschäftsmäßig. Er erinnerte an den Blick, womit man einen neuen Chauffeur mißt, den man anstellen will. In diesem Augenblick wußte ich noch nicht, daß sie die Reise mitmachen sollte und daß daher ihre Neugierde einem Manne gegenüber, mit dem sie ein halbes Jahr zusammen verbringen sollte, ganz natürlich war. Doch als sie zu sprechen begann, lag ihr ein freundliches Lächeln um Mund und Augen.

Als wir uns anschickten, in die Kajüte des Schleppers zu treten, hörte ich das ängstliche Winseln Possums zu lautem Heulen werden und ging deshalb nach vorn, um Wada zu befehlen, das kleine Tier mit in die Wärme zu nehmen. Ich fand ihn mit meinem Gepäck beschäftigt – er legte gerade mein kleines automatisches Gewehr unter die Toilettentasche, damit es nicht umfalle. Ich war aber ganz erschrocken, als ich ein wahres Gebirge von Koffern entdeckte, mit dem verglichen mein eigenes Gepäck nur eine Bagatelle war. Die Buchstaben auf einem Gegenstand, der eine verdächtige Ähnlichkeit mit einer Damenhutschachtel hatte, fielen mir auf: »M. W.« Kapitän West hieß aber mit Vornamen »Nathaniel«, und als ich genauer hinsah, entdeckte ich, daß es freilich einzelne Stücke mit den Buchstaben »N. W.« gab, sonst aber überall nur die Buchstaben »M. W.« – und dann fiel mir plötzlich ein, daß er seine Tochter »Margaret« genannt hatte.

Ich war zu aufgebracht, um gleich in die Kabine zurückzukehren, und ging deshalb trotz der Kälte an Deck auf und ab, während ich mir ärgerlich die Lippen zerbiß. Ich hatte doch ausdrücklich mit den Vertretern ausgemacht, daß die Frau des Kapitäns nicht mitkommen durfte, denn das letzte, das ich mir in Anbetracht des ohnehin beschränkten Raumes auf einem Schiffe wünschte, war die Anwesenheit einer Frau. An eine Tochter des Kapitäns hatte ich natürlich keinen Augenblick gedacht. Ich war drauf und dran, die ganze Reise aufzugeben und mit dem Schlepper nach Baltimore zurückzukehren.

Als der kalte Wind mich gründlich durchgeweht hatte, sah ich Fräulein West über das schmale Deck kommen, und unwillkürlich fiel mir ihr federnder, lebenskräftiger Gang auf. Ihr Gesicht wirkte zart und stand in einem gewissen Gegensatz zu ihrem, nach ihrem Gang zu schließen, kräftigen Körper.

Ich drehte mich um und betrachtete verdrießlich das Gepäckgebirge. Eine riesige Kiste erregte meine Aufmerksamkeit, als ich hinter mir die Stimme Fräulein Wests hörte.

»Das ist der eigentliche Anlaß unserer Verspätung – sagte sie.

»Was ist es denn?« fragte ich gleichgültig.

»Das Klavier der Elsinore – es mußte repariert werden. Als ich mich zum Mitfahren entschloß, telegraphierte ich Herrn Pike – das ist unser Steuermann, wie Sie vielleicht wissen. Er tat, was er konnte – es war Schuld der Klavierfirma.«

Sie begann unter dem Gepäck zu suchen, als wollte sie einen bestimmten Gegenstand finden. Als sie ihren Zweck erreicht hatte, schritt sie nach der Kajüte zurück, blieb aber plötzlich stehen und sagte:

»Wollen Sie nicht mit in die Kajüte kommen? – Dort ist es schön warm. Und es dauert mindestens eine halbe Stunde, bis wir an Bord der Elsinore sind.«

»Wann haben Sie sich eigentlich zum Mitfahren entschlossen?« fragte ich plötzlich.

Der schnelle Blick, den sie mir zuwarf, zeigte mir, daß sie in diesem Augenblick erkannt hatte, wie aufgebracht und ärgerlich ich war.

»Vor zwei Tagen«, antwortete sie. »Weshalb?«

Die Schnelligkeit ihrer Entgegnung verblüffte mich, und ehe ich antworten konnte, sagte sie:

»Nun sollen Sie aber nicht allzu böse sein, weil ich mitgekommen bin, Herr Pathurst. Ich weiß, daß wir es alle recht schön gemütlich haben werden. Sie werden mich nicht stören, und ich verspreche Ihnen, daß ich Sie nicht belästigen werde. Ich bin früher schon mit Passagieren zusammen gefahren. Lassen Sie uns nur auf die richtige Art anfangen – dann wird es nicht schwer werden. Ich weiß schon, was mit Ihnen ist: Sie glauben verpflichtet zu sein, mich zu unterhalten. Ich habe noch nie Zeit gehabt, mich zu langweilen ... und ... außerdem ... klimpern tue ich auch nicht.«

Die Elsinore, die Kohlen geladen hatte, lag sehr tief, als wir längsseit kamen. Ich verstand zu wenig von Schiffen, um ihre Linien bewundern zu können, und war außerdem durchaus nicht in der Stimmung. Ich konnte mich immer noch nicht entscheiden, ob ich die ganze Geschichte aufgeben und mit dem Schlepper zurückkehren sollte oder nicht. Daraus darf man indessen nicht schließen, daß ich von Natur wankelmütig sei. Ganz im Gegenteil!

Das Unglück war nur, daß ich auf diese Reise gar nicht versessen war. Wenn ich mich entschlossen hatte, so eigentlich nur, weil ich zu etwas anderm auch keine Lust hatte. Ich war nicht blasiert, und ich langweilte mich eigentlich auch nicht, aber das Leben hatte seinen Reiz für mich verloren. Ich interessierte mich nicht mehr für meine Mitmenschen und ihr dummes, kleinliches Streben, das sie selbst so ernst nahmen. Und schon seit langem war ich unzufrieden mit den Frauen.

Ich hatte sie geduldet, war aber doch stets zu sehr geneigt gewesen, alle Mängel, die in der Primitivität ihres Wesens wurzelten, zu analysieren, als daß ich mich von ihnen hätte betören lassen. Endlich hatte ich mich auch in der letzten Zeit davon bedrückt gefühlt, daß selbst die Kunst mir belanglos erschien – als ob sie nur Scharlatanerie sei, die nicht allein ihre Anhänger, sondern sogar ihre Ausüber hinter das Licht führte.

Kurz – ich begab mich an Bord der Elsinore, weil das einfacher war, als es zu lassen; und dennoch war alles andere ebenso einfach ... und darin lag eben die Gefahr. Das war der Fluch der Situation, in die ich unversehens geraten war. Und das war auch der Grund, daß ich im selben Augenblick, als ich meinen Fuß auf das Deck der Elsinore setzte, schon halb entschlossen war, den Kapitän zu bitten, mein Gepäck an Bord des Schleppers zu lassen.

Was mich zum Bleiben bewog, war, so glaube ich fast, das gastfreie Lächeln, mit dem Fräulein West mich willkommen hieß, und vielleicht auch das Bewußtsein, wie herrlich warm es in der Kabine sein mußte.

Den Steuermann, Herrn Pike, hatte ich schon kennengelernt, als ich das Schiff im Erie-Dock besichtigte. Er lächelte ein steifes Nußknackerlächeln, von dem ich den Eindruck hatte, daß es weh tun müßte. Er reichte mir aber nicht die Hand, sondern drehte sich sofort wieder um und begann einem halben Dutzend frierender Männer, die aus der Kuhl des Schiffes auftauchten, laute Befehle zu erteilen. Herr Pike hatte getrunken – das stand fest. Sein Gesicht war aufgedunsen und rot, und seine großen grauen Augen waren böse und blutunterlaufen.

Ich blieb stehen und sah sinkenden Mutes, wie mein Gepäck an Bord der Elsinore gebracht wurde, während ich meine Willensschwäche verfluchte, die mich hinderte, die paar Worte zu sprechen, denen zufolge Koffer und Kisten drüben geblieben wären. Die Männer, die jetzt das Gepäck nach achtern in die Kajüte trugen, wichen in jeder Beziehung von der Vorstellung ab, die ich mir von Seeleuten gemacht hatte.

Einer von ihnen, ein junger Mensch von achtzehn Jahren mit lebhaften Zügen, lächelte mich aus eigentümlichen Augen an, die ganz italienisch anmuteten. Er war aber leider ein wahrer Zwerg. So klein war er, daß er nur aus Seestiefeln und Südwester zu bestehen schien. Und er war auch kein reiner Italiener. So sicher fühlte ich mich in dieser Beziehung, daß ich den Steuermann fragte, der mürrisch antwortete:

»Der da? Knirps? Ist halber Dago. Die andere Hälfte ist malaiisch oder japanisch.«

Ein alter Mann – wie ich erfuhr, der Bootsmann – machte einen so gebrechlichen Eindruck, daß ich dachte, er müsse vor kurzem einen Unfall gehabt haben. Sein Gesicht war blöde und tierisch, und wenn er seine ungeschlachten Stiefel schlürfend über das Deck schleifen ließ, blieb er alle paar Schritte stehen, drückte die Hände gegen den Unterleib und machte eine komische Bewegung, als ob er die Därme zurechtdrücken oder heben wollte. Viele Monate sollten vergehen, bis ich lernte, daß gar nichts dahintersteckte, und daß diese Bewegung lediglich eine sonderbare Angewohnheit war. Er hieß, wie ich später erfuhr, Sundry Buyers. Und er war Bootsmann des amerikanischen Segelschiffes Elsinore, die als eines der feinsten Segelschiffe der Welt galt.

Unter all diesen Männern und Jünglingen sah ich nur einen einzigen, namens Henry, einen Knaben von sechzehn Jahren, der annähernd dem Bilde entsprach, das ich mir von Seeleuten gemacht hatte. Er kam denn auch – wie mir der Steuermann erzählte – von einem Schulschiff, und diese Reise war seine erste selbständige. Sein Gesicht war scharf geschnitten und gescheit, und seine Bewegungen waren rasch und lebhaft. Wie ich später erfahren sollte, war er tatsächlich der einzige vorn und achtern, der etwas von einem Seemann hatte.

Der größte Teil der Mannschaft war noch nicht an Bord gekommen, mußte aber – wie mir der Steuermann knurrend und in einem Ton, der böse Vorahnungen enthüllte, versicherte – jeden Augenblick eintreffen. Die bereits an Bord Befindlichen waren mehr zufällige Leute, die in New York ohne Vermittlung eines Heuerbaas angemustert hatten. Und wie die eigentliche Mannschaft sein würde, das wüßte Gott allein, sagte der Steuermann. Knirps, der japanisch- (oder malaiisch-) italienische Mischling, erzählte der Steuermann, sei ein tüchtiger Seegast, obgleich er bisher nur auf Dampfschiffen gefahren und dies seine erste Reise auf einem Segler wäre.

»Richtige Seeleute!« schnaufte Pike höhnisch, als ich ihn fragte, »die kriegen wir überhaupt nicht. Nur Landratten! Jeder Bauerntölpel und Kuhtreiber nennt sich heutzutage Seemann. Das ist der Dreh, womit sie ihre Ansprüche begründen und sich bezahlen lassen. Der Kauffahrteidienst ist zum Deibel gegangen. Es gibt überhaupt keine Seeleute mehr.«

Ich merkte, daß der Atem des Steuermannes stark nach Whisky roch. Aber er taumelte nicht und schien überhaupt nicht berauscht zu sein. Erst später sollte ich erfahren, daß seine Gesprächigkeit bei dieser Gelegenheit etwas Außergewöhnliches war, und daß nur der Alkohol ihm die Zunge gelöst hatte.

»Aber ich hörte doch«, meinte ich, »daß die Elsinore als eins der besten Segelschiffe gilt.«

»Ist sie auch. Aber was ist sie schließlich? Nur eine verfluchte Warenkiste. Herrgott! Ja, die guten alten Klipper – das war noch was anderes! Wenn ich an die denke! Und wenn ich an die Flotten der Teeklipper denke, die in Hongkong zu laden pflegten und durch die Ostpassagen liefen! Ein schöner Anblick! Herrlich!«

Ich lauschte mit lebhaftem Interesse. Hier war tatsächlich ein Mensch, ein lebender Mensch. Ich hatte es durchaus nicht eilig, in die Kajüte zu kommen, wo Wada meine Sachen auspackte. Deshalb setzte ich meinen Spaziergang mit Herrn Pike an Deck fort. Er war ein Riese, breitschultrig, von schwerem Knochenbau. Trotz seiner schlechten Haltung maß er reichlich seine sechs Fuß. Ich warf einen verstohlenen Blick auf seine knochigen Hände. Jeder von seinen Fingern wog drei von den meinen auf. Sein Handgelenk war dreimal so stark wie das meine.

»Wieviel wiegen Sie?« fragte ich.

»Hundertneunzig. Aber in alten Tagen, in meiner besten Zeit, da kam ich beinahe auf zweihundertzwanzig.«

»Und die Elsinore kann also nicht laufen?« sagte ich, auf das Thema zurückkommend, das ihn so sehr interessiert hatte.

»Ich wette, was Sie wollen – von einem Pfund Tabak bis zu einer Monatsheuer –, daß sie mindestens ihre hundertfünfzig Tage um Kap Horn herum braucht«, antwortete er. »Aber mit der Flying-Cloud habe ich die Fahrt in achtundneunzig Tagen gemacht ... achtundneunzig Tage, mein Herr, von Sandy Hook bis Frisco. Und sechzig Mann vor dem Mast, sechzig Mann, die Männer waren, und acht Jungens! Dreihundertvierundsiebzig Meilen an einem einzigen Tage unter Bramsegel, und in den Böen genügten achtzehn Knoten der Logleine nicht zum Messen. Achtundneunzig Tage – ein Rekord, der nie geschlagen und auch nur einmal erreicht wurde, neun Jahre später, von dem alten Andrew Jackson. Ja, ja, das waren Zeiten!«

»Wann hat dieser Andrew Jackson denn den Rekord erreicht?« fragte ich. Denn ich begann den Verdacht zu hegen, daß er mich gründlich aufziehen wollte.

»Achtzehnhundertsechzig«, antwortete er prompt.

»Und Sie segelten mit der Flying Cloud neun Jahre früher? Und jetzt haben wir 1913. Dann wäre es also zweiundsechzig Jahre her –«

»Und ich war erst sieben Jahre alt«, sagte er und lachte. »Meine Mutter bediente die Passagiere auf der Flying-Cloud. Ich kam auf hoher See zur Welt. Mit zwölf Jahren wurde ich Schiffsjunge auf der Herald of the Moon, als sie Kap Horn in neunundneunzig Tagen machte ... die halbe Mannschaft lag die meiste Zeit in Eisen, fünf Mann gingen über Bord, drei Mann wurden an einem Tage von den Offizieren niedergeknallt, der Untersteuermann totgeschlagen, und kein Mensch ahnte, von wem. Aber die Mannschaft wurde angetrieben und gehetzt, unaufhörlich, neunundneunzig Tage von Land zu Land, eine Fahrt von siebzehntausend Meilen, und zwar Ost zu West um das verfluchte Kap herum!«

»Dann wären Sie ja aber neunundsechzig Jahre alt«, wandte ich ein.

»Bin ich auch«, erklärte er stolz. »Und doch ein anderer Kerl als die Waschlappen von heute. Die würden samt und sonders verrecken bei dem, was ich durchgemacht habe.«

Ich trottete neben diesem mächtigen Überbleibsel vergangener Zeiten an Deck auf und nieder und lauschte seinen Erinnerungen aus jenen Tagen, da man noch Männer getötet und wie Vieh zur Arbeit angetrieben hatte. Es war kaum zu glauben – und doch, wenn ich seine schlechte Haltung und die Art, wie er beim Gehen die riesigen Füße nachschleppte, betrachtete, war ich geneigt zu glauben, daß er so alt war, wie er sagte. Er sprach jetzt von Kapitän Sonurs.

»Das war ein großer Seemann –«, sagte er. »Und in den beiden Jahren, die ich mit ihm fuhr, gab es nicht einen einzigen Hafen, den wir anliefen, ohne daß ich von Bord ging und mich versteckte ... wenn das Schiff aber den Hafen verlassen sollte, schlich ich mich wieder an Bord ...«

»Aber warum in aller Welt taten Sie das?«

»Na, der Mannschaft wegen ... die Mannschaft hatte blutige Rache geschworen und drohte mit Haufen von Anzeigen gegen mich, weil ich meine eigene Art habe, die Leute zu Seeleuten zu erziehen. Ich weiß nicht mehr, wie oft ich auf frischer Tat gefaßt bin, und wie viele Strafen der Schiffer meinetwegen hat zahlen müssen ... aber ich hatte doch dafür zu sorgen, daß das Schiff so viel Geld verdiente ...«

Er hielt seine riesigen Pranken in die Höhe, und als ich die zerkämpften und mißgestalteten Knöchel sah, wußte ich, welcher Art seine Arbeit gewesen war ...

»Aber jetzt ist es aus damit«, klagte er. »Heutzutage ist der Seemann ein feiner Herr. Man darf keine Hand, nicht mal die Stimme gegen ihn erheben.«

In diesem Augenblick wurde er vom Kampanjebogen aus angerufen. Vom Untersteuermann – einem starkknochigen, glattrasierten, blonden Mann von Mittelgröße.

»Schlepper mit der Mannschaft in Sicht, Steuermann!« meldete er.

Der Steuermann grunzte bestätigend; dann fügte er hinzu: »Kommen Sie mal, Herr Mellaire, ich möchte Sie mit unserm Fahrgast bekanntmachen.«

Es war auffallend, wie der Untersteuermann, Herr Mellaire, die Kampanjetreppe herunterkam, um sich an unserer Unterhaltung zu beteiligen. Er war von einer altmodischen Höflichkeit, seine Stimme war sanft und angenehm. Seiner Sprache nach stammte er unzweifelhaft aus der Gegend südlich von Mason und Dixon.

»Aus dem Süden?« fragte ich.

»Aus Georgia, Herr.« Und er verbeugte sich und lächelte, wie nur ein Mann aus dem Süden katzbuckeln und lächeln kann.

Sein Gesicht und seine Manieren waren liebenswürdig und nett – und doch hatte ich nie einen solchen Mund gesehen! Dieser Mund war ein klaffender Spalt. Es gibt einfach kein anderes Wort, womit man diesen herben, verzerrten Mund mit den dünnen Lippen, die so liebenswürdig sprachen, hätte bezeichnen können. Unwillkürlich sah ich mir seine Hände an – sie ähnelten denen des Steuermanns. Auch sie waren derb und mißgestaltet, und ihre Knöchel waren zerschlagen. Dann sah ich ihm tief in die blauen Augen. Auf ihrer Oberfläche lag eine leuchtende Schicht, ein strahlender Überzug von sanfter Liebenswürdigkeit. Aber ich spürte, daß hinter dieser Oberfläche etwas anderes liegen mußte, etwas, das weder Wahrheit noch Gnade kannte. Hinter diesem sanften Glanz barg sich etwas Katzenhaftes, Feindliches, Mörderisches. Hinter dieser Schicht von liebenswürdigem Lächeln und gesellschaftlichem Schein lebte das Furchtbare, das diesen Mund zu dem klaffenden Spalt gemacht hatte.

Als ich so Angesicht zu Angesicht mit Mellaire stand und mich freundlich mit ihm unterhielt, hatte ich das Gefühl, das uns ergreift, wenn wir im Walde oder in der Dschungel merken, daß wilde Tiere uns beobachten, ohne daß wir selbst sie sehen. Offen gestanden fürchtete ich mich vor diesem Etwas, das tief im Schädel Mellaires auf der Lauer lag.

Ich sah Wada in der Kajütentür. Offenbar wartete er auf eine Gelegenheit, mich um Anweisungen zu bitten. Ich schickte mich an, zu ihm zu gehen. Pike warf mir einen schnellen Blick zu und sagte: »Nur einen Augenblick, Herr Pathurst!«

Er gab dem Untersteuermann einige Aufträge. Der drehte sich um und ging voraus. Ich blieb stehen und wartete, was Pike mir mitzuteilen hätte. Aber er schien nicht sprechen zu wollen, ehe der Untersteuermann außer Hörweite war. Dann beugte er sich zu mir herüber und sagte:

»Bitte erzählen Sie keinem, was ich Ihnen über mein Alter gesagt habe. Bei jeder Anmusterung habe ich mich um ein Jahr jünger gemacht. Ich bin jetzt vierundfünfzig – nach der Musterrolle.«

»Und Sie sehen auch nicht um einen Tag älter aus«, warf ich hin, und ich meinte wirklich, was ich sagte.

»Und ich fühle mich auch nicht älter. Ich kann mit den kräftigsten jungen Burschen um die Wette arbeiten. Aber lassen Sie bitte keinen Menschen etwas von meinem Alter ahnen. Die Schiffer sind nicht besonders scharf auf Steuermänner, die um die Siebzig sind. Und die Reeder auch nicht, Herr Pathurst! Ich hatte mir ja Hoffnung auf dieses Schiff gemacht, und ich glaube, ich hätte es auch gekriegt, wenn der Alte sich nicht plötzlich entschlossen hätte, wieder in See zu stechen. Als ob er noch Geld nötig hätte, der alte Geizkragen!«

»Hat er denn soviel?« fragte ich.

»Na, und ob! Wenn ich nur ein Zehntel von seinem Geld hätte, könnte ich mich zurückziehen, mir eine Hühnerfarm in Kalifornien kaufen und wie ein Fürst leben –, ja, wenn ich nur ein Fünfzigstel hätte. Er hat Anteile von der Blackwood-Reederei, und die hat immer Schwein gehabt und viel Geld verdient. Ich fange an, alt zu werden, und es wird Zeit, daß ich ein Kommando kriege. Aber nein – der Alte mußte es sich in den Kopf setzen, wieder zu fahren, gerade als die Koje für mich gemacht war! Sie sagen also nichts von meinem Alter, Herr Pathurst – kein Wort, nicht wahr?«

»Kein Wort, Herr Pike!«

Reichlich durchfroren, wie ich war, überraschte mich die Wärme und Behaglichkeit in der Kajüte. Alle Türen standen offen, so daß man eine lange Zimmerflucht vor sich zu haben schien. Der Eingang von Deck auf Backbord führte in eine breite Diele, die mit schönen Teppichen ausgelegt war. Von hier aus gelangte man – ebenfalls auf Backbord – in fünf Räume: dem Eingang am nächsten lag die Kabine des Steuermanns, daneben befanden sich die beiden Räume, die für mich in ein einziges großes Zimmer umgeändert waren, ferner die Kabine des Stewards und schließlich, unmittelbar daneben, ein Reserveraum, der für das Gepäck diente.

Die Räume auf der anderen Seite der Diele kannte ich noch nicht, aber ich wußte, daß dort der Speisesaal war, die Badezimmer, die »große Kajüte«, die wirklich ein richtiger Salon war, die Kapitänskabine und zweifellos die Kabine Fräulein Wests. Ich konnte sie singen hören, während sie mit ihrem Gepäck herumhantierte. Die Pantry des Stewards, die durch einige Kreuzgänge und durch die zum Navigationshaus auf der Kampanje führende Treppe mehrfach geteilt wurde, war mit strategischem Weitblick in die Mitte gelegt, so daß sie das Zentrum bildete.

Ich ging vorsichtig durch die Diele achteraus und sah, daß sie unmittelbar in die Achterpieck der Elsinore führte. Das war ein einziger großer, fünfunddreißig Fuß breiter und fünfzehn bis achtzehn Fuß langer Raum, dessen Seitenwände den geschwungenen Linien des Achterstevens folgten. Sie wurde offenbar als eine Art Vorratskammer verwendet – ich sah dort Aufwascheimer, ganze Rollen von Segeltuch, viele Kisten, auch Schinken und Speckseiten in Mengen. Eine Leiter führte durch ein enges Luk zur Kampanje hinauf. Im Fußboden war noch ein Luk zu sehen.

Ich redete den Steward an – er war ein alter Chinese, mit glattem Gesicht und schnellen Bewegungen. Seinen Namen habe ich nie lernen können. Nach der Musterrolle war er fünfundsechzig Jahre alt.

»Was ist da unten?« fragte ich und zeigte auf das Luk.

»Das Lazarett«, antwortete er.

»Und wer ißt hier?« Ich wies auf einen Tisch mit zwei Stühlen, die am Boden festgenagelt waren.

»Dies zweiter Tisch. Hier Untersteuermann und Zimmerbaas essen.«

Als ich Wada die nötigen Anweisungen zur Ordnung meiner Sachen erteilt hatte, sah ich auf meine Uhr. Es war noch ganz früh nachmittags, erst wenige Minuten nach drei. Ich ging deshalb wieder auf das Deck, um die Ankunft der Mannschaft zu beobachten. Leider kam ich zu spät, um sie aus dem Schlepper an Bord klettern zu sehen, traf aber vor dem Mittschiffhaus einige Nachzügler, die sich nach der Back begaben. Sie hatten offenbar reichlich Schnaps getrunken, und in keinem Verbrecherviertel habe ich je eine verlumptere, elendere und abstoßendere Gesellschaft gesehen. Ihre Kleidung bestand nur aus Lumpen. Ihre Gesichter waren aufgedunsen, blutbeschmiert und dreckig. Ich will nicht gerade behaupten, daß sie wie Verbrecher aussahen, aber sie waren unbeschreiblich verwahrlost und widerlich.

»Na, los, ein bißchen dalli! Schmeißt euern Dreck ins Vorderkastell, aber schnell!«

Herr Pike rief diese Worte scharf von der Laufbrücke herunter. Leicht und elegant aus Stahl und Holz erbaut, lief diese durch die ganze Elsinore, von der Kampanje über das Mittschiffshaus und die Back bis zum Bug.

Bei den gebieterischen Worten des Steuermanns drehten die Männer sich taumelnd um und glotzten zu ihm hinauf. Ein paar von ihnen versuchten mit ungeschickten Bewegungen zu gehorchen. Die andern starrten den Steuermann feindselig an. Einer, dessen Gesicht ein übermütiger Gott bei der Schöpfung zerschlagen zu haben schien, lachte roh und spie höhnisch aufs Deck – später erfuhr ich, daß er Larry hieß. Dann wandte er sich in aller Ruhe zu den Kameraden und sagte laut und mit heiserer Stimme:

»Wer, zum Deubel, ist der alte Schuft da oben, Kameraden?«

Ich sah, wie der gewaltige Körper des Steuermanns sich unwillkürlich straffte und seine riesigen Hände sich um das

Brückengeländer krallten. Im übrigen aber bewahrte er seine Selbstbeherrschung.

»Los, da unten« sagte er. »Ich habe nicht die Absicht, so was zu dulden. Marsch, ins Vorderkastell!«

Und zu meinem Befremden drehte er sich dann ruhig um und schlenderte achteraus über die Brücke bis zu der Stelle, wo der Schlepper gerade die Leine einholte. Mehr steckt also nicht hinter seinen großmächtigen, gewaltigen Worten von Töten und Hetzen, dachte ich. Erst als ich von achtern an Deck zurückkehrte, erinnerte ich mich, bemerkt zu haben, daß Kapitän West, an den Kampanjebogen gelehnt, nach der Back geblickt hatte.

Der Schlepper wollte gerade loswerfen, und ich beobachtete das Manöver, bis er klar geschert war. Im selben Augenblick entstand eine babylonische Verwirrung von Johlen und Brüllen, und eine Menge schnapsheiserer Stimmen schrie, ein Mann sei über Bord gegangen. Der Untersteuermann sprang die Kampanjetreppe herunter und lief hinter mir her über das Deck. Der Steuermann, der immer noch auf der schlanken, weißgestrichenen Laufbrücke stand, die leicht wie ein Spinngewebe wirkte, überraschte mich durch die Schnelligkeit, mit der er über die Brücke bis zum Mittschiffshaus lief, auf die Segeltuchdecke des großen Bootes sprang und sich von dort außenbords schwang, um besser sehen zu können, was es gab. Ehe die anderen Männer auf die Reling geklettert waren, hatte der Untersteuermann schon eine Leine über Bord geworfen.

Was solchen Eindruck auf mich machte, war die geistige und körperliche Überlegenheit dieser beiden Offiziere. Trotz ihrem Alter – der Steuermann war neunundsechzig und der Untersteuermann wenigstens fünfzig – hatten ihre Gehirne und ihre Körper mit der Schnelligkeit und Genauigkeit von Stahlfedern funktioniert. Sie schienen von ganz anderer Art als die übrigen Seeleute, die ihnen unterstellt waren. Die hatten in ihrer Ratlosigkeit nur um Hilfe gerufen, ihren langsamen Gehirnen und ihren noch langsameren Körpern war es nicht einmal gelungen, auf die Reling zu klettern. Der Untersteuermann hingegen war die Treppe von der Kampanje heruntergesprungen, zweihundert Fuß weit über Deck gelaufen und auf die Reling geklettert. Er hatte sofort die Lage erfaßt und die Leine ins Wasser geworfen. Und was Pike getan, konnte sich damit messen. Er und Mellaire meisterten diese Taugenichtse von Seeleuten durch ihre ungeheure Überlegenheit an Tatkraft und Willen.

Ich selbst war unterdessen auf ein großes hölzernes Betingsknie geklettert, so daß ich den Mann im Wasser sehen konnte. Er schwamm offenbar absichtlich vom Schiffe weg. Er war ein dunkelhäutiger Mann aus den Ländern des Mittelmeeres, und sein Gesicht, das ich nur flüchtig sah, war wie im Wahnsinn verzerrt. Der Untersteuermann hatte die Leine so genau geworfen, daß sie über die Schulter des Mannes fiel und sich um seine Arme schlang, bis es ihm nach einigen Schwimmzügen gelang, sich klarzumachen. Als das geschehen war, begann er unter wildem Gejohl irgendein noch wilderes Lied zu grölen. Und als er einmal die Arme hob, um seinen Worten mehr Nachdruck zu verleihen, sah ich die Klinge eines langen Messers in seiner Hand blinken.

Glocken läuteten schrill an Bord des Schleppers, als er hindampfte, um Hilfe zu bringen. Ich warf einen verstohlenen Blick auf Kapitän West – er war auf die Backbordseite der Kampanje getreten, stand jetzt, mit den Händen in den Taschen, da und starrte bald voraus nach dem kämpfenden Mann, bald achteraus nach dem Schlepper. Er gab keine Befehle, zeigte nicht die geringste Erregung und erschien mir – das darf ich ruhig sagen – als der gleichgültigste Zuschauer, den man sich denken kann.

Der Mensch im Wasser wollte sich jetzt ausziehen. Ich sah zuerst den einen nackten Arm und dann den andern erscheinen. Infolge seiner Anstrengungen verschwand er zuweilen ganz unter Wasser, tauchte aber immer wieder auf, schwang sein blitzendes Messer, johlte und heulte.

Ich schlenderte nach vorn und kam gerade rechtzeitig, um zu sehen, wie der Mann über die Reling der Elsinore gezogen wurde. Er war splitternackt, mit Blut beschmiert und vollkommen wild. Er hatte sich selbst an zahlreichen Stellen geschnitten und zerfleischt. Aus einer Wunde am Handgelenk spritzte das Blut bei jedem Pulsschlag. Er war ein widerliches, entmenschtes Ding ... Die Seeleute umringten ihn, packten ihn und zerrten an ihm, während sie lachten und Hurra brüllten. Die beiden Offiziere stießen sie beiseite, zogen den Verrückten über das Deck und verschwanden mit ihm in einem Raum mittschiffs. Unwillkürlich fiel mir die Kraft der beiden Offiziere auf. Ich hatte viel von der ungeheuren Kraft von Irren gehört, aber dieser Verrückte war wie ein Strohhalm in ihren Händen. Als sie ihn in die Koje geschleppt hatten, hielt Pike den strampelnden Mann ohne Mühe mit einer Hand fest, während er den Untersteuermann nach Marlien schickte, um dem Verrückten die Arme zu binden.

»Säuferwahnsinn« – sagte Pike grinsend zu mir –, »ich habe manchen von der Sorte kennengelernt, aber der hier schlägt doch jeden Rekord.«

»Was wollen Sie mit ihm machen?« fragte ich. »Der Mann verblutet ja.«

»Um so besser«, sagte er ohne Zögern. »Der wird uns noch genug zu schaffen machen, bis wir ihn loswerden können. Wenn er wieder vernünftig geworden ist, werde ich ihn zusammenflicken ... Selbst wenn ich ihm erst einen tüchtigen Kinnhaken geben muß, damit er stilliegt.«

Ich betrachtete seine Riesenpranken und verstand, daß er imstande war, einen Mann mit ihnen zu betäuben. Dann ging ich wieder auf Deck. Da bemerkte ich Kapitän West auf der Kampanje, noch immer mit den Händen in den Taschen; ohne jedes Interesse für alles, was um ihn her geschah, starrte er auf eine blaue Lichtung im nordwestlichen Himmel. Mehr noch als die Steuerleute und der Verrückte, mehr als die Empfindungslosigkeit der besoffenen Mannschaft machte diese ruhige Gestalt mir klar, daß ich mich in einer Welt befand, die sich vollkommen von allem unterschied, was ich bisher kennengelernt hatte.

Wada riß mich aus meinen Gedanken. Fräulein West schickte ihn, um mich zu einer Tasse Tee in die Kajüte zu bitten.

Der Gegensatz, der sich mir bot, als ich in die Kajüte trat, war überwältigend. An Stelle der kalten harten Decksplanken fühlten meine Füße jetzt einen weichen Teppich, in dem sie versanken. Statt in dem elenden engen Raum mit vier Wänden aus bloßem Eisen, wo ich den Verrückten verlassen hatte, sah ich mich jetzt in einem großen, schönen Salon. Noch mit dem heiseren Gejohle der Männer in meinen Ohren und ihren aufgedunsenen und dreckigen Gesichtern vor meinen Augen, sah ich jetzt eine schöne Dame in elegantem Kleid vor mir. Sie saß an einem chinesischen Lacktischchen, auf dem ein Teeservice aus feinstem chinesischem Porzellan stand. Hier atmete alles Ruhe und Beschaulichkeit. Mit lautlosen Schritten und ausdruckslosem Gesicht bewegte sich der Steward wie ein Schatten; ohne daß man es merkte, kam er, besorgte irgend etwas und verschwand dann ebenso schweigsam und still.

Ich konnte mich nicht gleich von meinen Gedanken befreien, und als Fräulein West den Tee servierte, lachte sie:

»Sie sehen aus, als hätten Sie etwas Schreckliches gesehen. Der Steward erzählte mir, daß ein Mann über Bord gefallen war. Aber ich denke, das kalte Wasser hat ihn wieder nüchtern gemacht.«

Ihre Gleichgültigkeit berührte mich unangenehm.

»Der Mann ist verrückt«, sagte ich. »Das Schiff ist nicht der rechte Ort für ihn. Man hätte ihn an Land und in ein Krankenhaus schaffen müssen.«

»Ich fürchte, wenn wir erst damit anfangen, werden wir bald zwei Drittel unserer Mannschaft an Land setzen müssen. Ein Stück Zucker, Herr Pathurst?«

»Ja, bitte sehr!« antwortete ich. »Der Mann hat sich aber furchtbar zugerichtet. Er wird wahrscheinlich verbluten.«

Einen Augenblick sah sie mich an, während sie mir meine Tasse reichte. Ihre grauen Augen waren ernst und prüfend. Dann tauchte ein Lächeln in ihnen auf, und sie schüttelte tadelnd den Kopf.

»Nun fangen Sie aber bitte die Reise nicht gleich damit an, daß Sie sich entrüsten, Herr Pathurst. Solche Dinge sind etwas ganz Alltägliches. Sie werden sich bald daran gewöhnen. Vergessen Sie nicht, daß es oft die seltsamsten Leute sind, die zur See gehen. Der Mann ist wirklich in guten Händen. Pike versteht sich darauf, seine Wunden zu behandeln.«

»Aber ist es denn gut ... gut für die Arbeit an Bord« – wandte ich ein –, »wenn man einen so verrückten Menschen behält?«

Sie zuckte die Achseln, als ob sie nicht die Absicht hätte zu antworten. Dann sagte sie dennoch:

»Was wollen Sie? Das Leben auf See ist hart, Herr Pathurst. Und als Matrosen bekommen wir nur das übelste Gesindel, das man sich denken kann. Und wir tun tatsächlich unser Bestes für sie, und irgendwie kriegen wir sie ja schließlich immer so weit, daß sie uns ein bißchen bei der Arbeit helfen. Aber es ist und bleibt Gesindel ... Gesindel!«

Ich saß da, lauschte und sah sie an. Und als ich ihre weiblich-empfindsamen Züge und ihr schönes geschmackvolles Kleid mit den tierischen Fratzen und den schmutzigen Lumpen der Männer verglich, die ich soeben gesehen hatte, kam mir trotz allem, ob ich wollte oder nicht, die Überzeugung, daß ihr Standpunkt richtig war. Und dennoch fühlte ich mich abgestoßen – vielleicht hauptsächlich, weil sie ihre Ansichten so derb und unbewegt zum Ausdruck brachte.

»Mir fiel die Kaltblütigkeit auf, mit der Ihr Herr Vater die Sache betrachtete«, sagte ich vorsichtig.

»Er nahm gar nicht erst die Hände aus den Taschen, nicht wahr?« erklärte sie.

Ihre Augen leuchteten, als ich das bestätigte.

»Oh, das wußte ich, so ist er immer! Das habe ich so oft gesehen ... ich erinnere mich einmal – ich war damals zwölf Jahre alt – Mutter war allein zu Hause geblieben – wir liefen eben in San Francisco ein – mit der Dixie, die beinahe ebenso groß wie dies Schiff war. Der Wind war sehr günstig, und Papa nahm deshalb keinen Schlepper. Wir segelten geradeswegs durch das Goldene Tor und den Hafen von Frisco.

Nun, es war Schuld des Kapitäns auf dem Dampfer. Er schätzte unsere Schnelligkeit falsch ein und versuchte, unsern Bug noch zu kreuzen. Dann kam der Zusammenstoß, und der Bug der Dixie schnitt den Dampfer einfach durch, Kajüte und Rumpf. Es waren Hunderte von Passagieren an Bord, Männer, Frauen und Kinder. Papa nahm nicht einen Augenblick die Hände aus der Tasche. Aber er schickte den Steuermann voraus, um die Rettung der Passagiere zu überwachen, die schon anfingen, Bugspriet und Back bei uns zu erklettern, und mit einer Stimme, genau, wie wenn ein anderer bittet, ihm Butter zu reichen, befahl er dem Untersteuermann, alle Segel zu setzen. Und er sagte ihm, mit welchen Segeln er anfangen sollte ...«

»Aber warum in aller Welt mehr Segel setzen?« unterbrach ich sie.

»Weil er die Lage überblickte. Der Dampfer stand doch sperrangelweit offen! Nur der Bug der Dixie, der in seiner Seite stak, hinderte ihn am Sinken. Indem mein Vater mehr Segel setzte, und sie platt vor dem Winde hielt, blieb der Bug im Rumpf des Dampfers stecken. Ich war furchtbar aufgeregt. Aber wenn ich Papa anguckte, wie er, die Hände in den Taschen, dastand oder ganz ruhig auf und ab ging ... Hin und wieder gab er dem Mann am Ruder einen Befehl. Sehen Sie, er mußte ja auch die Dixie an allen Schiffen, die im Hafen lagen, vorbeimanövrieren. Selbstverständlich ertranken einige, aber er rettete doch viele Hunderte vorm Ertrinken. Erst als der letzte den Dampfer verlassen hatte – er schickte einen Mann an Bord, um nachzusehen –, ließ er die Segel bergen. Und da sank der Dampfer sofort.«

»Prachtvoll«, räumte ich ein. »Ich hege die größte Bewunderung für den ruhigen Mann der Tat, wenn ich auch gestehen muß, daß eine solche Ruhe unter so kritischen Verhältnissen mir fast übermenschlich erscheint. Ich kann mir nicht denken, daß ich selbst so handeln könnte, und ich bin überzeugt, daß ich vorhin mehr litt als der arme Teufel im Wasser, ja, als sämtliche Zuschauer zusammen.«

»Papa leidet auch«, verteidigte sie redlich ihren Vater. »Er zeigt es nur nicht.«

Ich antwortete durch eine Verbeugung, denn ich merkte, daß sie gar nicht begriffen hatte, wo ich hinaus wollte.

Als ich wieder an Deck kam, war der Schlepper Britannia bereits in Sicht. Er sollte uns durch die Chesapeake-Bucht ins offene Meer hinausschleppen. Als ich vorausschlenderte, sah ich, wie Sundry Buyers die Matrosen aus dem Vorderkastell trieb. Ein anderer Mann half ihm, die Leute aus der Back zu holen. Ich fragte Pike, wer das sei.

»Nancy – mein Bootsmann. Ein Prachtkerl, nicht wahr?« lautete die Antwort. Aus der Art, wie der Steuermann sprach, konnte ich seinen Spott heraushören.

Nancy konnte kaum mehr als dreißig Jahre alt sein, sah aber viel älter aus. Er hatte keine Zähne, machte einen trübseligen Eindruck und hatte müde Bewegungen. Seine Augen waren schiefergrau und matt, sein glattrasiertes Gesicht hatte eine gelbe, ungesunde Farbe. Mit den schmalen Schultern, der eingefallenen Brust und den tief ausgehöhlten Wangen glich er einem Schwindsüchtigen im letzten Stadium. Und solche Leute waren Bootsmänner – Bootsmänner des schönen amerikanischen Segelschiffes Elsinore!

Es war mir ganz klar, daß diese beiden einfach die Männer fürchteten, die sie leiten und antreiben sollten. Und die Mannschaft selbst? Ein Doré wäre nicht imstande gewesen, ein lieblicheres Höllengesöff zu brauen. Es war das erstemal, daß ich sie in ihrer Gesamtheit kennenlernte, und ich kann die beiden Bootsmänner tatsächlich nicht einmal tadeln, wenn sie Angst hatten. Diese Seeleute schlichen und schlotterten, einzelne schwankten und taumelten sogar, mochte es nun aus Schwäche oder Trunkenheit sein.

Aber das Schlimmste waren doch ihre Gesichter. Unwillkürlich mußte ich daran denken, was Fräulein West mir soeben gesagt hatte: daß alle Schiffe einzelne Verrückte oder Schwachköpfe unter ihrer Mannschaft hätten. Diese aber sahen aus, als ob sie alle verrückt oder schwachsinnig wären ... Unwillkürlich mußte ich mich fragen, wo man überhaupt eine solche Sammlung menschlicher Wracks hatte ausfindig machen können! Irgendein Gebrechen hatte jeder von ihnen. Einer – ein großer Bursche, offenbar irischer Abstammung – war unverkennbar verrückt. Er sprach und murmelte beständig vor sich hin. Ein kleines, buckliges Männlein, das immer den Kopf schief hielt, fahle blaue Augen und das pfiffigste und bösartigste Gesicht hatte, das mir je vorgekommen war, erzählte dem verrückten Iren, den er O'Sullivan nannte, einen gemeinen Witz. Aber O'Sullivan nahm keine Notiz davon, sondern murmelte weiter. Dicht hinter dem Männchen erschien ein übergroßer, dicker, junger Trottel, und nach ihm ein anderer junger Bursche, so lang aufgeschossen und ausgehungert, daß man sich nur wundern konnte, wie sein bißchen Fleisch noch die Knochen zusammenhielt. Nach diesem wandelnden Skelett aber kam das seltsamste Geschöpf, das ich je im Leben gesehen. Gesicht und Körper waren wie von tausendjährigen Martern verzerrt. Er glich einem mißhandelten und blödsinnigen Faun. Seine großen schwarzen Augen leuchteten mit einem merkwürdig eifrigen und schmerzlichen Ausdruck: sie glitten fragend von Gesicht zu Gesicht, von einem Gegenstand zum andern. Sie waren schmerzhaft wach, diese Augen, als suchten sie stets den Schlüssel zu einem überwältigenden und verhängnisvollen Rätsel. Erst später lernte ich den Grund dieses merkwürdigen Blickes kennen – der Mann war stocktaub, sein Trommelfell war bei der Kesselexplosion geplatzt, die auch sonst seinen Körper verunstaltet hatte.

Ich bemerkte den Steward, der in der Kombüsentür stand und die Männer aus der Ferne beobachtete. Sein scharfes, asiatisches Gesicht mit dem lebhaften und gescheiten Ausdruck war ein wahres Labsal für das Auge; und ebenso das des Knirpses, der jetzt mit einem heiterem Lachen aus dem Vorderkastell kam. Und dennoch stimmte auch bei ihm nicht alles. Er war ein Zwerg, und ich erfuhr allmählich, daß seine strahlende Laune in Verbindung mit seinem allzu geringen Verstand ihn zu einem wahren Clown machte.

Pike blieb einen Augenblick neben mir stehen. Während er die Männer beobachtete, beobachtete ich ihn. Er hatte den Ausdruck eines Viehhändlers, und es war klar, daß er mit der Qualität des gelieferten Viehs höchst unzufrieden war.

»Irgendwas hat jeder von den Kerlen –«, knurrte er. Immer neue kamen zum Vorderkastell heraus: Da war ein blasser Bursche mit lauerndem Blick, dem ich es gleich ansehen konnte, daß er dem Opium verfallen war. Da kam ein anderer, ein winziger, welker Greis mit einem runzligen, vertrockneten Gesicht und stechenden, boshaften blauen Augen. Ein Dritter tauchte auf – ein kleiner Mann in guter Form, der meinen unerfahrenen Augen als das normalste und intelligenteste Exemplar der ganzen Gesellschaft erschien. Aber die Augen des Steuermanns waren besser geschult als die meinen.

»Was ist denn mit *dir* los?« knurrte er den Mann mürrisch an.

»Gar nichts, Steuermann antwortete der Bursche, der sofort stehengeblieben war.

»Wie heißt du?« Wenn Pike zu den Matrosen sprach, geschah es immer mit einem Fauchen.

»Charles Davis, Steuermann –«

»Warum humpelst du?«

»Ich humple nicht, Steuermann«, antwortete der andere respektvoll.

Als der Steuermann ihm durch ein Nicken mit dem Kopfe angedeutet hatte, daß er verschwinden dürfte, marschierte er flott über das Deck mit einem Schwung der Schultern, wie man ihn sonst nur bei Zuhältern sieht.

»Ein richtiger Seemann«, brummte der Steuermann; »aber ich wette ein Pfund vom besten Tabak oder ein Monatsgehalt, daß etwas mit ihm nicht stimmt.«

Die Back schien sich jetzt geleert zu haben, aber der Steuermann wandte sich zu den Bootsmännern und fauchte sie an:

»Was macht ihr denn, verflucht noch mal? Schlaft ihr? Bildet ihr euch vielleicht ein, daß dies ein Sanatorium ist? Marsch, hinein mit euch und jagt sie heraus!«

Sundry Buyers drückte bedächtig die Hände gegen den Unterleib und blieb zögernd stehen, während Nancy, dessen Gesicht störrische und leidende Hoffnungslosigkeit ausdrückte, sich widerwillig ins Vorderkastell begab. Dann hörte man drinnen gemeine, widerwärtige Flüche und von Nancy eindringliche und eifrige, in bittendem und demütigem Ton vorgebrachte Versicherungen.

Ich bemerkte die erboste Miene des Steuermanns und war darauf vorbereitet, Gott weiß was für Ungeheuer aus der Back auftauchen zu sehen. Zu meiner Überraschung erschienen drei Burschen, die erstaunlich besser wirkten als das Gesindel, das ich bisher gesehen hatte. Ich dachte, daß das Gesicht des Steuermannes sich nunmehr erhellen und eine gewisse Befriedigung zeigen würde. Aber nein – seine blauen Augen zogen sich zu schmalen Schlitzen zusammen, das fauchende Knurren schien zu einem Zähnefletschen zu werden, so daß er aussah wie ein Hund, der beißen will.

Die Burschen waren alle drei klein. Und jung, zwischen fünfundzwanzig und dreißig. Trotz ihrem derben Zeug wirkten sie gut gekleidet. Die Gesichter waren scharfgeschnitten und intelligent.

Sie gehörten nicht zu dem unterernährten, alkoholvergifteten Typ jener Seeleute, die ihre letzte Heuer versaufen und dann hungern, bis sie einen Vorschuß auf die neue Fahrt erhalten und wieder versaufen können. Die drei waren durchtrainiert und kräftig. Ihre Bewegungen waren von Natur lebhaft und sicher. Ich war überzeugt, daß sie gar keine Seeleute waren. Sie vertraten einen Typ, dem ich noch nie begegnet war. Vielleicht kann ich ein besseres Bild von ihnen geben, indem ich einfach schildere, was jetzt geschah.

Als sie an uns vorbeigingen, beehrten sie Pike mit demselben gleichgültigen, kühlen Blick wie mich.

»Wie heißt du ... du da?« kläffte der Steuermann den ersten des Trios an. Er war augenscheinlich ein jüdisch-irischer Mischling. Seine Nase war unverkennbar jüdisch. Ebenso unverkennbar war aber das irische Element in seinen Augen, seinem Kinn und seiner Oberlippe.

Die drei waren unwillkürlich stehengeblieben, und obgleich sie sich nicht etwa ansahen, hatte man doch den Eindruck, daß sie eine stumme Besprechung miteinander abhielten. Ein anderer des Trios gab ein Warnungszeichen. Oh, beileibe nichts so Derbes wie einen Wink oder ein Nicken, nur etwas wie der Schatten eines Ausdrucks war über sein Gesicht geflogen oder ein Leuchten plötzlich in seinem Antlitz aufgeflackert.

»Murphy –«, antwortete der andere dem Steuermann.

»Steuermann«, fauchte Pike ihn an.

Murphy zuckte die Achseln zum Zeichen, daß er nicht begriff, was der Steuermann meinte. Es war das sichere Auftreten dieser Leute, ihre kaltblütige, selbstsichere Haltung, die Eindruck auf mich machte.

»Wenn du einen Offizier hier auf dem Schiff anredest, hast du den Rang zu sagen«, erklärte Pike mit rauher Stimme. »Verstanden?«

»Jawohl ... Steuermann.« Murphy zog die Worte mit wohlberechneter Langsamkeit in die Länge. »Hab's verstanden.«

»Steuermann«, brüllte Pike.

»Steuermann«, antwortete Murphy so sanft und gleichgültig, daß es den Steuermann zu weiterem Poltern reizte.

»Gut ... aber Murphy paßt mir nicht«, sagte er, »Nase ... das muß dir hier an Bord genügen. Verstanden?«

»Hab verstanden, Steuermann«, lautete die durch ihre sanfte Gleichgültigkeit unverschämte Antwort. »Nasen-Murphy also – Steuermann.«

Und dann lachte er. Alle drei lachten. Wenn man ein Lachen ohne Laut und ohne Bewegung des Gesichts Lachen nennen kann. Nur die Augen lachten. Ein Lachen ohne Heiterkeit, ein kühles, kaltblütiges Lachen.

Sicher ist, daß Pike keinen besonderen Gefallen an diesen seltsamen Persönlichkeiten fand. Er wandte sich an den Anführer, der das Warnungszeichen gegeben hatte. »Und wie heißt du?«

»Bert Rhine, Steuermann«, lautete die Antwort in einem Ton, der ebenso sanft, gleichgültig und seidenweich war wie der des anderen.

»Und du?« Diese Frage galt dem Letzten, dem Jüngsten des Trios – einem schwarzäugigen Burschen mit olivfarbener Haut und einem Gesicht, dessen kameenhafte Schönheit verblüffte. Geboren in Amerika, stellte ich fest, von Emigranten aus Süditalien.

»Twist, Steuermann«, antwortete er in genau derselben Weise wie die beiden andern.

»Viel zu unbequem«, knurrte der Steuermann. »Bub genügt für dich ... verstanden?«

»Hab verstanden – Steuermann. Bub Twist genügt für mich – Steuermann.«

»Bub allein genügt!«

»Bub – Steuermann.«

Und die drei lachten ihr lautloses, freudloses Lachen. Der Steuermann war jetzt außer sich vor Wut, die um so schlimmer war, als ihm kein Vorwand zu einem Ausbruch gegeben wurde.

»Nun will ich euch mal was erzählen, euch dreien, und ihr tut gut daran, zuzuhören!« Seine Stimme knirschte förmlich vor unterdrückter Wut. »Ich kenne Leute euren Schlages. Dreck seid ihr! Verstanden? Ihr seid Dreck! Aber eure Arbeit werdet ihr tun wie Männer! Sobald auch nur einer von euch mit einem Auge blinzelt oder nur so tut, als ob er blinzeln wollte, werd' ich ihm was ... Verstanden? Und jetzt macht, daß ihr wegkommt. Voraus ans Spill!«

Pike drehte sich um, und ich blieb neben ihm, als er achteraus ging.

»Wie gefallen Ihnen die drei?« fragte ich neugierig.

»Das ist die Höhe«, murrte er. »Die Sorte kenne ich. Die haben schon hinter schwedischen Gardinen gesessen, die drei Burschen. Das ist der schlimmste Höllendreck ...«

Hier wurde er durch ein Schauspiel unterbrochen, das sich ihm vom Großluk aus bot. Auf dem Luk lagen fünf oder sechs Männer und machten sich's bequem, unter ihnen auch Larry, die Vogelscheuche, die den Steuermann einen »alten Schuft« genannt hatte. Offenbar hatte Larry dem Befehl nicht gehorcht, denn er lehnte sich jetzt an seine Schiffskiste, die längst im Vorderkastell hätte sein müssen. Außerdem hätten sie alle schon am Bratspill arbeiten sollen. Der Steuermann sprang auf das Luk und stellte sich dort, turmhoch, neben den Mann.

»Steh auf!« befahl er.

Larry machte einen Versuch und stöhnte. Aber es gelang ihm nicht, auf die Beine zu kommen.

»Ich kann nicht«, sagte er.

»Steuermann.«

»Ich kann nicht, Steuermann. Ich war heut nacht besoffen und hab bei Jefferson gepennt. Und heut morgen war ich ganz steifgefroren. Sie mußten mich mit 'm Hammer losschlagen.«

»Steifgefroren warst du? Alter Schuft!« grinste der Steuermann.

»Wird wohl so sein, Steuermann«, antwortete Larry. Er blinzelte mit seinen trüben, streitsüchtigen Affenaugen. Eine Ahnung begann sich in ihm zu regen, daß der, welcher neben ihm stand, ein Mann war, der Männer kommandieren konnte.

»Gut, ich will dir mal zeigen, was geschieht, wenn man ein alter Schuft ist.« Höhnisch ahmte der Steuermann den irischen Akzent des andern nach.

Und jetzt werde ich berichten, was ich mit eigenen Augen sah ... und bitte, vergeßt nicht, was ich von den riesigen Flossen des Steuermanns erzählt habe. Mit einem einzigen nach oben gerichteten Hieb der offenen Hand (es waren nur die Finger, die Larrys Gesicht trafen) schleuderte er Larry hoch, daß er rücklings auf seine Kiste fiel. Der Mann neben Larry ließ ein drohendes Knurren hören und wollte kampfbereit aufspringen. Aber er kam gar nicht erst auf die Beine. Mit dem Handrücken gab Pike dem Mann eine ungeheure Backpfeife. Das laute Klatschen des Schlages wirkte einfach verblüffend. Die Kraft des Steuermanns war wirklich ungeheuerlich! Der Schlag sah so leicht, so mühelos aus — es erinnerte an den trägen Tatzenhieb eines gutmütigen Bären, aber es lag ein solches Gewicht von Knochen und Muskeln darin, daß der Mann auf das Deck kollerte.

In diesem Augenblick kam O'Sullivan zufällig vorbei. Er murmelte plötzlich etwas lauter als sonst. Herr Pike hörte es. Sofort wandte er sich kampfbereit wie ein Raubtier zu O'Sullivan um. »Was gibt's?«

Da sah Pike den blöden Ausdruck in O'Sullivans Gesicht und hielt den Schlag zurück. »Narrenhaus«, murrte er.

Unwillkürlich hatte ich nach oben geschaut, um zu sehen, ob Kapitän West auf der Kampanje war, und stellte fest, daß wir durch das Mittschiffshaus von der Kampanje getrennt waren.

Der Steuermann nahm keine Notiz weiter von dem Mann, der stöhnend auf dem Deck lag, sondern stellte sich über Larry, der ebenfalls wimmerte. Der Rest der Bande, die auf dem Luk herumgelungert hatte, stand schon auf den Beinen, überwunden, geknechtet, voller Respekt, und auch ich war von Bewunderung für diesen furchtbaren alten Mann erfüllt. Was ich gesehen, hatte mich völlig von der Wahrheit seiner Erzählungen aus seiner männerhetzenden und männertötenden Vergangenheit überzeugt.

»Wer ist jetzt ein alter Schuft?« fragte er.

»Ich, Steuermann«, jammerte Larry reuevoll.

»Aufstehen!«

Ohne Schwierigkeit kam Larry sofort auf die Beine.

»Und jetzt voraus ans Spill, Mann! Ans Spill!«

Und sie gingen mürrisch und mit schleppenden Füßen, geknechtete Tiere, die sie waren.

Ich erstieg die Treppe zum Vorschiff (das, wie ich feststellte, das Vorderkastell, die Kombüse und den Donkey-Maschinenraum enthielt) und ging über die Laufbrücke bis zum Fockmast, von wo ich sehen konnte, wie die Mannschaft den Anker lichtete. Die Britannia lag längsseit, und wir begannen zu laufen.

Ein großer Teil der Mannschaft ging im Kreise um das Spill herum oder war anderweitig auf der Back beschäftigt. Die eigentliche Mannschaft war in zwei Wachen eingeteilt, deren jede fünfzehn Mann zählte. Dazu kamen noch Segelmacher, Schiffsjungen, Bootsmänner und Zimmerbaas. Im ganzen waren es also nicht weniger als vierzig Mann – aber was für welche! Sie waren schlechtgelaunt und schwerfällig. Sie hatten keinen Mumm, kein Feuer, keine Spur von Energie. Jede Bewegung, die sie machen mußten, jeder Handgriff schien sie Mühe zu kosten, man hatte den Eindruck, daß sie Schwerkranke waren, die man aus Krankenhausbetten herbeigeschleppt hatte.

Und krank waren sie ja wirklich – krank vom Suff, denn alle litten an gehöriger Alkoholvergiftung. Viel schlimmer aber war, daß sie entweder schwachsinnig oder verrückt waren.

Ich betrachtete das komplizierte Tauwerk, die stolzaufragenden Masten mit den mächtigen Rahen, die immer höher emporwuchsen, bis die stählernen Masten und Rahen durch schlanke Spieren aus Holz ersetzt wurden. Die mannigfachen Taue und Stags der Takelung hoben sich wie das feinste Spinngewebe vom Himmel ab. Daß eine solche Gesellschaft von Jammergestalten imstande sein sollte, dieses wunderbare Schiff durch Sturm, Finsternis und Gefahren zu lenken, erschien mir jenseits aller Wahrscheinlichkeit. Ich dachte an die beiden Offiziere, an die geistige und physische Überlegenheit Pikes und Mellaires – aber sollten selbst die aus diesen Schwächlingen soviel herausholen können?

Ich sah mir die verkrüppelte, verhungerte, verwelkte Schar von kranken Männern an, die ihren traurigen Trott im Kreise um das Spill machte. Pike hatte wirklich nicht unrecht: Diese Leute hatten nichts gemein mit den feurigen, kräftigen, verteufelten Seeleuten, die die Schiffe in den guten alten Tagen bemannten. Warum in aller Welt sangen sie nicht beim Ankerlichten, wie sich's gehört? In alten Tagen – das hatte ich tausendmal gelesen – wurde der Anker stets gelichtet, während die Männer ihre heiteren Lieder dazu sangen.

Bald wurde es mir langweilig, diese geistlose Vorstellung länger anzusehen, und ich ging auf meiner Forschungsreise wieder achteraus über die schlanke Laufbrücke. Die Kampanje, die in Wirklichkeit das Dach der gesamten Hütten bildete und den ganzen Achterteil des Schiffes einnahm, war sehr groß. Hier befanden sich das halbrunde und zur Hälfte überdeckte Ruderhaus und das Navigationshaus, dessen Türen auf jeder Seite in einen schmalen Gang führten. Ich guckte neugierig hinein und wurde von Kapitän West mit einem freundlichen Lächeln begrüßt. Er saß bequem zurückgelehnt auf einem Schlingerstuhl und hatte die Füße auf das Pult vor sich gelegt. In einem großen Sessel saß der Lotse. Beide rauchten gemütlich ihre Zigarren.

Als ich die Treppe zur Kajüte hinunterstieg, hörte ich Fräulein West leise singend in ihrer Kammer umhergehen. Ich ging an der Pantry vorbei und benutzte die Gelegenheit, den Steward zu begrüßen. Hier in seinem kleinen Reich herrschte wirkliche Tüchtigkeit. Jeder einzelne Gegenstand war sauber und auf seinem Platz, und man hätte vergeblich einen Diener gesucht, der lautloser sein konnte als er. Als er mir sein Gesicht zuwandte, war es ebenso ausdruckslos – oder ausdrucksvoll – wie das einer Sphinx. Aber seine schiefen, schwarzen Augen leuchteten vor Intelligenz.

»Was meinen Sie zu der Mannschaft?« fragte ich als Vorwand, um in seine Festung einzubrechen.

»Narrenhaus«, antwortete er ohne Zögern und schüttelte unzufrieden den Kopf. »Alle zusammen verrückt. Nicht gut. Gar nicht gut. Lauter Dreck. Alles in die Hölle.«

Das war alles, was er darüber zu sagen hatte, aber es bestätigte meine eigene Beobachtung.

Meine Kabine war entzückend. Wada hatte schon alles ausgepackt, meine sämtlichen Kleidungsstücke weggelegt und unzählige Regale mit den Büchern gefüllt, die ich mit an Bord gebracht hatte. Alles war schon an seinem Platz, von meinem Rasierzeug, das im Schubfach neben der Waschschüssel lag, meinen Seestiefeln und meinem Ölzeug, das zum sofortigen Anziehen bereit hing, bis zu meinem Schreibzeug auf dem Tisch. Vor diesem stand ein mit Leder bezogener Schlingersessel, der an den Fußboden festgeschraubt war. Meine Pyjamas waren bereitgelegt, mein Hausanzug ebenfalls, wie die Morgenschuhe, die auf ihrem gewohnten Platz neben dem Bett standen.

Ich war tief verstimmt über alles, was ich an Deck erlebt hatte. Und als ich mich jetzt in meinem Sessel zurücklehnte und ein Buch aufschlug, kam es wie eine Vorahnung über mich, daß diese Reise verhängnisvoll werden sollte. Als ich mich dann aber im Raum umsah und feststellen mußte, daß ich auf keinem Personendampfer je so gut untergebracht gewesen war wie hier, da ließ ich alle dunklen Ahnungen wieder fahren und malte mir aus, wie ich Wochen und Monate all die wunderbaren Bücher lesen sollte, die ich so lange vernachlässigt hatte.

Bei Gelegenheit fragte ich Wada, ob er die Mannschaft gesehen hätte. Nein, aber der Steward hatte gesagt, daß es die schlechteste Mannschaft sei, die er je auf See getroffen hätte.

»Er sagen, alle verrückt«, erklärte Wada. »Er sagen, später großer Radau. Sie sehen, er sagen die ganze Zeit. Sie werden sehen, Sie werden sehen. Er guter alter Mann. Fünfundfünfzig Jahr, er sagen. Sehr kluger Chinamann. Eben jetzt, erstes Mal in viele Jahr, er gehen wieder zu See. Vorher sind er großer Geschäftsmann in San Francisco. Dann aber großer Krach. Sie sagen, er Opiumschmuggler. Er aber kommen nicht in Gefängnis, denn er nehmen guter Anwalt, aber langer Zeit Anwalt arbeiten, und als Krach vorbei, Anwalt nehmen all sein Geld. Sein ganz Geschäft. Alles. Sehr tüchtiger Anwalt! Dann er gehen zu See. Er verdienen großen Geld. Fünfundsechzig Dollar in ein Monat. Er aber nicht froh hier. Mannschaft alles verrückt. Wenn dieser Mal Reise Schluß, er gehen von Schiff und können machen großen Geschäft in San Francisco.«

Als Wada nachher ein Bullauge geöffnet hatte, um frische Luft hereinzulassen, hörte ich das Gurgeln und Schwappen des Wassers längsseit des Schiffes. Da wußte ich, daß wir den Anker gelichtet, daß die Britannia uns ins Schlepp genommen hatte und uns zur Chesapeakebucht hinausbugsierte. Unwillkürlich meldete sich bei mir der Gedanke, daß es noch nicht zu spät sei. Ich konnte noch sehr gut das Abenteuer aufgeben und mit der Britannia nach Baltimore zurückkehren. Aber da hörte ich ein leises Klappern von Porzellan aus der Pantry, wo der Steward sich anschickte, den Tisch zu decken, und außerdem war es so warm und gemütlich hier – und das Buch war so spannend.

Das Mittagessen übertraf in jeder Beziehung meine Erwartungen, und ich stellte fest, daß der Koch ein Meister war. Fräulein West führte den Vorsitz an der Tafel, und obgleich sie und der Steward sich gar nicht kannten, arbeiteten sie doch glänzend zusammen. Nach der Präzision, mit der er bei Tisch bediente, hätte man glauben sollen, daß er seit vielen Jahren Diener in ihrem Hause war und sie genau kannte.

Der Lotse nahm sein Essen im Navigationshaus ein, so daß wir bei Tisch nur die vier waren, die während der langen Reise zusammen essen sollten. Kapitän West und seine Tochter saßen einander gegenüber, während ich rechts vom Kapitän und Pike gegenübersaß. Fräulein West saß also rechts von mir, aber um die Tischecke.

Pike hatte sich feingemacht und eine schwarze Jacke angezogen, die wie ein faltiger Sack über den mächtigen Muskeln hing, mit denen sein krummer Nacken gepolstert war. Er sprach während des ganzen Essens kein Wort. Er hatte indessen zu viele Jahre am Tisch des Kapitäns gesessen, als daß seine Manieren nicht in jeder Beziehung tadellos gewesen wären. Zuerst glaubte ich, daß er sich durch die Anwesenheit Fräulein Wests eingeschüchtert fühlte. Später wurde mir jedoch klar, daß es die Anwesenheit des Kapitäns war, die diesen Druck ausübte. Kapitän West hatte nämlich eine besondere Art ihm gegenüber, die ich allmählich kennenlernte. So fern Pike und Mellaire den Matrosen standen, einfach weil sie von ganz anderer, höherer Art waren, ebenso fern stand Kapitän West seinen Offizieren. Er war unbedingter Aristokrat, durch und durch Aristokrat.

Andererseits behandelte Kapitän West mich als einen vollkommen gesellschaftlich Gleichgestellten. Ich war ja freilich auch sein Passagier. Fräulein West behandelte mich in derselben Weise, war aber dem Steuermann gegenüber viel entgegenkommender als ihr Vater. Und Pike antwortete ihr höflich mit »ja, gnädiges Fräulein« und »nein, gnädiges Fräulein«, während er mit guten Manieren aß und mich mit seinen durchdringenden blauen Augen unter den buschigen Brauen betrachtete. Ich meinerseits betrachtete ihn auch prüfend. Trotz seiner brutalen Vergangenheit hatte ich doch Sympathie für diesen Mann. Er war anständig und aufrecht. Aber mehr noch als das gewann mich für ihn sein knabenhaftes Lachen, das er hören ließ, als ich eine lustige kleine Geschichte zum besten gab.

Fräulein West war heiter, lebhaft, erfrischend. Ich bemerkte abermals, daß das feine, fast zarte Oval ihres Gesichtes nicht ganz mit ihrer Gestalt übereinstimmte. Sie war nämlich in Wirklichkeit ein durchaus kräftiges und gesundes junges Weib, ihre Formen hatten bei aller Schlankheit doch die schwellende Rundung lebendiger Kraft. Als ich ihr Gesicht näher betrachtete, entdeckte ich auch, daß es lediglich die Linien des Ovals selbst waren, die es so zart erscheinen ließen. Es war zwar fein, aber nicht schwächlich. Ihr Hals selbst war wie eine schöne gerade weiße Säule. Selbst ihre Hände zogen meine Aufmerksamkeit auf sich – sie waren nicht klein, aber wohlgeformt, weiß und stark und gepflegt.

Fräulein West erzählte, wie unerwartet ihr die ganze Reise gekommen war – sie erklärte ihren Entschluß als eine reine Laune. Während sie sprach, rechnete ich in Gedanken aus, wie viele wirklich leistungsfähige Menschen sich auf der Elsinore befanden. Es waren Kapitän West und seine Tochter, die beiden Steuermänner, dann selbstverständlich ich selbst und Wada sowie der Steward und endlich – ganz ohne Zweifel – der Koch. Die Zahl der Leistungsfähigen betrug also acht, aber davon waren freilich der Koch, der Steward und Wada Diener und keine Seeleute und Fräulein West und ich Überzählige. Für die Arbeit selbst blieben also nur drei – drei von einer Schiffsbesatzung von fünfundvierzig Mann. Ich zweifelte nicht, daß es noch andere gab, die etwas leisten konnten, denn es erschien mir ganz unmöglich, daß mein erster Eindruck von der Mannschaft richtig sein sollte. Übrigens war ja auch der Zimmermann da – er war auf seinem Gebiet vielleicht ebenso tüchtig wie der Koch. Endlich mochten noch die beiden Segelmacher hinzukommen, die ich noch nicht gesehen hatte.

Kurz darauf begann ich – noch bei Tisch – keck von dem zu erzählen, was mich besonders interessierte und meine unumschränkte Bewunderung erregt hatte, nämlich wie meisterhaft Pike und Mellaire sich die Herrschaft über diese traurige Mannschaft gesichert hatten. Als ich zu der Geschichte auf dem großen Luk kam, wo Pike Larry in die Luft geschleudert hatte ... und zwar nur mit einem Klaps von seinen Fingerspitzen ... sah ich einen warnenden, fast drohenden Ausdruck in den Augen des Steuermanns. Nichtsdestoweniger fuhr ich in meiner Erzählung fort und beschrieb das ganze Erlebnis.

Als ich geendet hatte, herrschte Schweigen. Fräulein West beschäftigte sich eifrig mit einer kupfernen Kaffeemaschine. Pike war im höchsten Maße in die interessante Tätigkeit des Nüsseknackens vertieft, vermochte aber doch nicht ein ganz leises schalkhaftes Aufleuchten seiner Augen zu verbergen. Kapitän West hingegen sah mir in die Augen – aber, mein Gott, aus welcher Ferne! Seine blauen Augen waren so klar, seine Stimme so sanft und leise wie je.

»Es gibt eine einzige Regel, die ich Sie freundlichst zu befolgen bitte, Herr Pathurst – wir reden nie von der Mannschaft.«

Das war eine tüchtige Backpfeife für mich. Und mit dem ausgesprochenen Gefühl, ein Leidensgenosse Larrys zu sein, beeilte ich mich zu bemerken: »Es war durchaus nicht die disziplinare Seite der Angelegenheit, die mich interessierte, sondern die Kraftleistung an sich.«

»Die Mannschaft macht uns Mühe genug, so daß wir nicht nötig haben, uns auch noch von ihr zu unterhalten, Herr Pathurst«, fuhr Kapitän West so ruhig und ungestört fort, als hätte ich überhaupt nichts gesagt. »Die Behandlung der Mannschaft überlasse ich meinen Offizieren. Das ist ihre Sache, und sie wissen ganz genau, daß ich keine überflüssige Härte dulde.«

Über das harte Gesicht Pikes flog der fast unmerkliche Schatten eines ironischen Lächelns, während er scheinbar teilnahmslos das Tischtuch betrachtete. Fräulein West lenkte das Gespräch auf ein anderes Thema und brachte uns bald zum Lachen durch die witzige Art, wie sie einen Streit mit einem Droschkenchauffeur in Boston erzählte.

Nach dem Essen ging ich in meine Kabine, um mir Zigaretten zu holen, und benutzte die Gelegenheit, um Wada über den Koch auszufragen. Wada war nämlich stets mit Neuigkeiten versorgt.

»Er heißen Louis«, erzählte er. »Er Chinamann. Nein – eigentlich nur halb Chinamann. Andere Hälfte Englischmann.

Sie wissen, Napoleon langer Zeit Insel gelebt und tot dieser Inselland?«

»Sankt Helena«, antwortete ich.

»Richtig. Dort Louis geboren. Er sprechen guter Englisch.«

In diesem Augenblick kam Mellaire vom Deck in die Kabine herunter, nachdem er vom Steuermann abgelöst worden war. Auf dem Wege nach dem großen Raum im Heck, wo er zu tun hatte, kam er an meiner Kabine vorbei. Sein Gruß »Guten Abend, Herr Pathurst«, klang würdevoll und höflich, und doch war mir der Mann unsympathisch. Selbst wenn er mit mir sprach und liebenswürdig lächelte, hatte ich das Gefühl, daß etwas in der Tiefe seines Gehirns mich prüfend überwachte und erforschte, etwas Feindliches und Drohendes. Und irgendwie erinnerte er mich an die drei Männer, die als letzte aus dem Vorderkastell aufgetaucht waren, und denen Pike die Leviten gelesen hatte.

Hinter Mellaire trottete ein schüchternes und verlegenes Individuum mit dem Gesicht eines etwas blöden Jungen und dem Körper eines Riesen. Seine Füße waren fast noch größer als die des Steuermanns, aber die Hände – ich warf einen schnellen Blick auf sie – doch nicht ganz so groß wie die Pikes.

Als sie vorbeigegangen waren, sah ich Wada fragend an.

»Er Zimmerbaas. Er schaffen zweiter Tisch. Sein Name sein Lavroff. Steward sagen, er sehr viel jung für Zimmerbaas. Vielleicht zweiundzwanzig Jahren. Vielleicht auch dreiundzwanzig.«

Als ich meinen Kopf dem geöffneten Bullauge über dem Schreibtisch näherte, hörte ich wieder das Glucksen und Schwappen des Wassers. So ruhig und lautlos bewegte sich das Schiff vorwärts, daß man, wenn man am Tische saß, nicht auf den Gedanken kam, daß man sich nicht auf festem Boden befand. Ich war immer nur auf Dampfern gereist, und ich konnte mich eben nur schwer daran gewöhnen, daß es hier keine Schraube und daher auch nicht das unaufhörliche Zittern des Schiffskörpers gab.

»Nun, und was meinen Sie«, fragte ich Wada, der ebensowenig wie ich das Reisen auf einem Segelschiffe kannte.

Er lächelte höflich.

»Ich wissen nicht recht. Vielleicht alles gut und schön. Vielleicht auch nicht. Wir sehen.«

»Meinen Sie auch, daß es Krawall geben wird?«

»Ich finden, Seemänner sein sehr komisch«, drückte er sich um die Antwort.

Als ich meine Zigarette geraucht hatte, ging ich an Deck und schlenderte nach vorn, um mir die Arbeit dort anzusehen. Über mir hoben sich die Formen der Segel undeutlich von dem sternenübersäten Himmel ab. Die Segel sollten gemehrt werden, aber es schien sehr langsam zu gehen. – Jedenfalls kam es selbst mir, der doch der reinste Anfänger auf diesem Gebiet war, so vor. Kaum zu erkennende Männergestalten zogen in langem Reihen an Tauen. Sie arbeiteten unter mürrischem, müdem Schweigen, obgleich der allgegenwärtige Pike Befehle fauchte und schwefelstinkende Flüche und Verwünschungen auf ihre sündigen Köpfe hinabschmetterte.

Nach allem, was ich über Seefahrten gelesen hatte, stand unerschütterlich bei mir fest, daß kein Schiff je unter so traurigen Verhältnissen und so vielen falschen Griffen in See gestochen war. Es dauerte nicht lange, so kam auch Mellaire und half Pike, die Leute zurechtzuweisen und zu kommandieren. Es war noch nicht acht Uhr abends, und alle Mann waren an Deck. Es schien, als ob die Leute nicht einmal die Taue kannten. Hin und wieder sah ich einen der beiden Steuermänner auf die Reling springen und den Leuten das richtige Tau in die Hand drücken.

Ich dachte mir schließlich, daß die Männer an Deck die unfähigsten wären. Von oben hörte ich nämlich Rufe und Geräusche, aus denen ich schloß, daß diejenigen, die jedenfalls als etwas befahren gelten konnten, dort oben im Begriff waren, die Segel loszumachen.

Aber an Deck! Zwanzig oder dreißig von den armen Teufeln zogen an einem Tau, um eine Rahe aufzuheißen, aber sie taten es ohne jedes Zusammenspiel der Kräfte und mit peinlich langsamen und schlaffen Bewegungen.

»Alle Mann hieven, alle zugleich, hiev ahoi!« brüllte der Steuermann. Und dann gelang es ihnen mit Mühe, ein paar Fuß weiterzukommen, bis sie wieder stehenblieben. Sobald jedoch einer der Steuermänner hinzusprang und mit seinen Kräften half, ging es ohne Halt über das ganze Deck. Denn waren die Steuermänner auch alte Leute, so wog doch jeder von ihnen ein halbes Dutzend dieser Schwächlinge auf.

»Das ist alles, was heute noch von Seeleuten übriggeblieben ist.« Pike machte eine kleine Pause, um mir das ins Ohr zu fauchen.

»Es ist sonst nicht Sache der Offiziere, hier zu hieven und zu schuften. Aber was zum Deibel soll man machen, wenn die Bootsleute schlimmer sind als die Gasten?«

»Ich dachte, Seeleute singen immer beim Hieven«, sagte ich.

»Tun sie auch. Wollen Sie hören?«

Ich spürte den Spott in seiner Stimme, sagte aber doch, daß ich es gern hören möchte.

»Hör mal her, Bootsmann!« knurrte Pike. »Wach mal auf! Laß singen. Das große Marsfall!«

In der Pause, die jetzt folgte, hätte ich wetten mögen, daß Sundry Buyers seine Hände gegen den Unterleib drückte, während Nancy sich, das Gesicht in unendlicher Hoffnungslosigkeit erstarrt, die Lippen netzte, um mit dem Gesang zu beginnen.

Er war es auch, der jetzt begann, denn ich glaube nicht, daß ein anderer eine so klägliche Begräbnisstimme erhoben hätte. Es klang unmusikalisch und unschön, leblos und unbeschreiblich ungemütlich. Die Worte selbst aber zeigten, daß sie eigentlich vor Feuer und Wildheit brausen und jauchzen sollten, denn was Nancy so wehmütig ableierte, lautete:

»Fern, fern, fern von hier ...
Schöne Stiefel hat Paddy Doyt,
deshalb woll'n wir ihn töten heut ...«

»Halt die Schnauze! Aufhören!« brüllte Pike. »Es ist kein Begräbnislied! Ist denn keiner, der was singen kann? Na man los, das Lied von der Großmarsrahe!« Er unterbrach sich und war mit einem Sprung auf der Finkennetzreling, um den Leuten die falschen Taue wegzunehmen und ihnen die richtigen in die Hand zu stecken.

»Und jetzt los, Bootsmann! Hiev ahoi!«

Aus der Finsternis stieg Sundry Buyers Stimme auf, heiser und hüstelnd und noch schauriger als die Nancys.

»Heißt auf die Großmarsrahe –
Den Whisky her, Johnny!«

Der zweite Vers war ein Kehrreim, der im Chor gesungen werden sollte, aber nur zwei schwache Stimmen fielen ein. Mit zitternder Stimme sang Sundry Buyers die nächste Strophe:

»Am Whisky starb mein Schwesterlein –
Den Whisky her, Johnny!«

Da aber griff Pike ein, nahm das Tauende, das dem Koveinagel am nächsten hing, und erhob seine Stimme, die seltsam fremd und wild klang:

»Am Whisky starb mein Alter auch!
Den Whisky her, Johnny!«

Er sang eine nach der anderen der primitiv-wilden Strophen und versetzte die Mannschaft in solche Stimmung, daß sie ihre Arbeit tat und begeistert den Kehrreim mitbrüllte.

Und solange er seine Stimme hören ließ, waren sie wach und arbeiteten rasch und rührig, bis er den Gesang abbrach und zu belegen befahl.

Im selben Augenblick verließ das Leben sie wie die Luft einen aufgeblasenen Ball. Sie waren wieder wimmernde, wertlose Geschöpfe, die sich gegenseitig im Wege standen, im Dunkeln strauchelten und schwankten und nicht wußten, wie sie ein Tau anfassen sollten. Und wenn sie endlich eines erwischten, war es natürlich ein falsches. Es gab selbstverständlich auch Drückeberger unter ihnen, und einmal hörte ich vom Mittschiffshaus das Klatschen von Schlägen, Flüche und Stöhnen, bis zwei Männer aus der Dunkelheit auftauchten, während Pike ihnen eine Litanei des Unheils vorsang, das sie treffen würde, wenn sie es noch einmal versuchten.

Das Ganze war viel zu entmutigend und trostlos, als daß ich Lust verspürt hätte, länger stehenzubleiben und zu warten. Ich schlenderte deshalb achteraus und stieg auf die Kampanje. In Lee des Navigationshauses spazierten Kapitän West und der Lotse friedlich auf und ab. Auf meinem Wege achteraus sah ich den welken alten Mann, den ich schon früher bemerkt hatte, am Steuerrad stehen. Im Lichtschein des Kompaßhäuschens sahen seine kleinen blauen Augen noch bösartiger aus als sonst. So jämmerlich klein war er und so groß das messingbeschlagene Rad, daß beide von gleicher Größe zu sein schienen. Sein Gesicht war welk, narbig und runzelig, und er wirkte um fünfzig Jahre älter als Pike. Er war ein ausgemergelter Greis, den man sich kaum als befahrenen Seemann auf einem der stolzesten Segler der See vorzustellen vermochte. Später erfuhr ich – natürlich durch Wada –, daß er Andy Fay hieß und nicht mehr als dreiundsechzig Jahre für sich in Anspruch nahm.

Ich lehnte mich in Lee des Steuerhauses an die Reling und starrte in die windumsausten Spieren und die zahllosen Taue hinauf. Nein, entschied ich, nein ... die Reise lockte mich nicht. Die ganze Atmosphäre an Bord war nicht, wie sie sein sollte. Zuerst die kalten Wartestunden auf den Molen. Dann, daß Fräulein West mitgekommen war. Endlich die Mannschaft aus halbverreckten Männern und Irrenhauskandidaten. Ich dachte, ob der verwundete Grieche im Mittschiffshaus vielleicht noch daläge und unverständliches Zeug schwätzte, oder ob Pike ihn schon zusammengenäht hätte ... und mir war ganz klar, daß ich keine Lust verspürte, dabei zu sein, wenn der Steuermann den Chirurgen spielte.

Selbst Wada, der nie auf einem Segelschiff gefahren war, hegte seine Zweifel in bezug auf diese Reise. Ebenso erging es dem Steward, der den größten Teil seines Lebens auf Seeschiffen verbracht hatte. Für Kapitän West kam die Mannschaft ja nicht in Frage. Und Fräulein West war so abscheulich robust, daß sie Dinge dieser Art nur optimistisch betrachten konnte. Sie lebte; ihr rotes Blut sang ihr in die Ohren, daß sie immer leben würde und daß ihrer prachtvollen Persönlichkeit nichts Böses geschehen könnte.

Oh, glaubt mir, ich habe die Wege des roten Blutes kennengelernt. Aber jetzt erschien mir die rotblütige Gesundheit Fräulein Wests tatsächlich als Beleidigung ... denn ich wußte, wie gedankenlos und rücksichtslos das rote Blut ist. Und für mindestens fünf Monate – Pike hatte ja ein Pfund Tabak oder ein Monatsgehalt wetten wollen – sollte ich gezwungen sein, auf einem Schiff mit ihr zu bleiben. So gewiß der Saft, der das Weltall durchströmt, immer und ewig derselbe bleibt, so sicher wußte ich, daß sie mich, ehe die Reise zu Ende war, mit ihren Werbungen belästigen würde. Nicht etwa, daß ich so überzeugt von meiner eigenen Unwiderstehlichkeit wäre, ich hatte nur einen alles eher als erhabenen Begriff von der Frau als Männerjägerin. Nach meinen Erfahrungen mit Frauen machen sie Jagd auf Männer aus dem blinden Naturtrieb, der auch die Sonnenblume zwingt, sich nach der Sonne zu drehen, oder den wilden Wein Flächen suchen läßt, an die er sich mit seinen Ranken anklammern kann.

Nennt mich blasiert – ich habe nichts dagegen, wenn man damit weltmüde im intellektuellen, künstlerischen und gefühlsmäßigen Sinne meint, wie eben ein junger Mann in den Dreißigern es werden kann. Ich war nämlich in den Dreißigern, und ich war müde all dieser Dinge – müde und voller Zweifel. Das war auch einer der Gründe dieser Reise. Ich wünschte, von mir selbst, von all diesen Dingen fortzukommen und dadurch mit ihnen fertig zu werden.

Zuweilen schien es mir, als hätte diese ganze Weltmüdigkeit ihren Gipfel durch den Erfolg meines Schauspiels erreicht – meines ersten Stückes – wie ja alle wissen. Aber es war ein solcher Erfolg geworden, daß mir selbst Zweifel gekommen waren, ganz wie bei dem Erfolg meiner Gedichte.

Jetzt wird man vielleicht zu verstehen beginnen, was ich unter der Weltkrankheit verstehe, die mich ergriffen hatte. Tatsächlich war ich sehr krank gewesen und war es noch. Mich hatte die törichte Idee gepackt, mich von der Welt zu isolieren. Einen Augenblick hatte ich sogar daran gedacht, nach Molokai zu gehen und mein Leben den Aussätzigen zu widmen – ich, der dreißig Jahre alt, stark und gesund war –, ich, der nie etwas Tragisches erlebt, und der schließlich ein

Einkommen hatte, daß ich nicht wußte, wohin damit, ich, dem es gelungen war, dank selbständiger Arbeit seinen Namen auf aller Lippen zu bringen!

Vielleicht wird man denken, daß der Erfolg mir einfach den Kopf verdreht hatte. Sehr richtig. Zugegeben. Aber der verdrehte Kopf war nicht aus der Welt zu schaffen, war nicht zu ändern, war eben meine Krankheit, und zwar eine wirkliche Krankheit und eine unabweisbare Tatsache. Ich hatte einen intellektuellen und künstlerischen Wendepunkt erreicht, einen Wendepunkt in meinem Leben. Und ich hatte selbst die Diagnose meiner Krankheit gestellt und mir als Kur diese Reise verschrieben. Und hier traf ich nun diese erschreckend gesunde und in ihrem tiefsten Wesen weibliche junge Dame – Fräulein West. Wahrhaftig das letzte, womit ich gerechnet hatte.

Eine Frau! Der Himmel mag wissen, daß die Frauen mich mit ihren Nachstellungen genug geplagt hatten, um sie gründlich kennenzulernen. Ich überlasse es Ihnen, lieber Leser, zu urteilen: dreißig Jahre alt, von nicht gerade abschreckendem Äußern, mit einem Namen und einem wirklich imponierenden Jahreseinkommen ... warum sollte die Frauen mir da nicht nachlaufen? Selbst wenn ich ein erbarmungswürdiger Buckliger gewesen wäre, würden sie mich allein meiner künstlerischen Position und meines Einkommens wegen verfolgt haben.

Ja ... und die Liebe! Die Liebe? Sollte ich die Liebe nicht kennen – lyrische, leidenschaftliche, verrückte, romantische Liebe? Das alles aber gehörte für mich einer längst vergangenen Zeit an. Natürlich hatte auch ich gezittert und gesungen, geschluchzt und geseufzt – oh, ja, ich hatte auch den Schmerz kennengelernt und meine Toten begraben und beklagt! Aber das lag alles so ungeheuer weit zurück. Wie jung war ich doch damals gewesen – vierundzwanzig erst! Und nach all diesen Erfahrungen war ich zu der bitteren Weisheit gelangt, daß selbst der Schmerz, den man für unvergänglich hält, daß selbst er eines Tages vergeht und verweht. Und dann, ja dann hatte ich wieder lachen können und hatte Liebesspiele gespielt mit den süßen abenteuerlustigen Motten, die um das Licht meines Vermögens und meiner Künstlerschaft geschwärmt waren, und als ich alles das hinter mir hatte, zog ich mich, angeekelt von der Schlauheit und Ränkesucht der Frauen, wieder zurück und stürzte mich in lange und kampfreiche Abenteuer im Reiche des Geistes. Und jetzt war ich also hier, an Bord der Elsinore, aus dem Sattel gehoben bei meinen Zusammenstößen mit den großen Problemen, mit zerschlagenem Schädel fortgetragen vom Schlachtfeld des Geistes.

Während ich mich an die Reling lehnte, versuchte ich mich von den Vorahnungen kommenden Unheils zu befreien. Aber immer wieder kehrten meine Gedanken zu Fräulein West zurück, die dort unten trällernd umherging, eifrig damit beschäftigt, ihr kleines Nest zu bauen. Und von ihr glitten meine Gedanken weiter zu dem ewigen Mysterium der Frau. Ja, selbst ich mit meiner ganzen Verachtung für das Weib, selbst ich wurde doch immer wieder von ihrem nie zu lösenden Rätsel eingefangen.

Oh, nein, ich mache mir keine Illusionen. Die Frau, die Liebessucherin, sie, die Quälende und Besitzende, die Zarte und doch Gewalttätige, Sanfte und doch Vergiftende, die hochmütiger ist als Luzifer und doch, wie er, keinen Stolz kennt, sie übt eine ständige, fast krankhafte Anziehungskraft auf jeden aus, der zu denken vermag. Was für eine Flamme ist es, die all ihre Widersprüche und ihr Unedles durchglüht? Was ist es, das ihr den unbarmherzigen, leidenschaftlichen Drang nach Leben, immer neuem Leben auf diesem Stern eingibt? Es gibt Zeiten, da diese Sucht nach Leben mir frech und schreckenerregend erscheint. Seelenlos. Nein, man entgeht der Frau nie. Wie ein Wilder nach einem tiefen Tale zurückkehrt, wo es Gespenster und vielleicht auch Götter gibt, so kehre auch ich immer wieder zu meinen Betrachtungen über die Frau zurück.

Die Stimme des Steuermanns unterbrach meine Grübelei. Ich hörte ihn vorn auf dem großen Deck fauchen:

»Ahoi, du da, auf die Großmarsrahe! Wenn du die Seising kappst, haue ich dir deinen verfluchten Schädel zu Mus, verstanden?«

Dann hörte ich ihn wieder rufen, aber seine Stimme schien wie verwandelt. Da er auch den Namen Henry rief, verstand ich, daß es sich um den Jungen vom Schulschiff handelte:

»Du, Henry, die Oberbramleesegelrahe! Aber dreh mir die Seising nicht auf, hörst du? Die Rahe entlang und dann ans Drehreep.«

Das riß mich aus meinen Träumereien. Ich beschloß, zu Bett zu gehen. Als ich die Hand nach dem Türgriff des Navigationshauses ausstreckte, hörte ich wieder die Stimme des Steuermanns:

»Aufwachen, ihr Affen! Und ein bißchen willig!«

Ich schlief diese Nacht schlecht. Zwar schlief ich sofort ein, wachte aber gleich wieder auf. Und dann versuchte ich vergeblich wieder einzuschlafen, bis ich es schließlich aufgab. Aber bei meinem nervösen Zustand auch noch an Hitzpickeln leiden zu müssen – und noch dazu bei diesem saukalten Winterwetter, das war des Guten doch zuviel!

Um vier zündete ich das Licht wieder an, um weiter zu lesen. Meine Kabine lag auf der Luvseite des Schiffes, und an Deck hörte ich die Schritte des wachhabenden Offiziers, der unaufhörlich auf und ab ging. Einer wachte also dort oben. Die Arbeit ging ihren Gang, wachsame Männer paßten auf, und solange die Reise dauerte, würde – darüber war ich mir klar – diese Wachsamkeit keine Stunde aussetzen. Um halb fünf hörte ich den Wecker des Stewards Alarm schlagen, aber er wurde sofort wieder zum Schweigen gebracht, und fünf Minuten später streckte ich die Hand aus und öffnete die Tür, um den Steward zu rufen. Ich hatte Verlangen nach einer Tasse Kaffee.

Der Steward schien wirklich ein Juwel zu sein. Zehn Minuten später brachte er mir eine Tasse wundervollen Kaffees. Dann las ich weiter, bis es hell wurde, und als es halb neun war, hatte ich schon im Bett gefrühstückt, war angezogen und rasiert und an Deck. Wir wurden noch geschleppt, aber wegen des leichten Nordwindes waren schon die Segel gesetzt. Im Navigationshaus saßen der Kapitän und der Lotse und rauchten. Am Steuer stand ein Mann, dem ich sofort ansah, daß er zu den wenigen Tüchtigen an Bord gehörte. Er war nicht groß, eher etwas untersetzt. Seine Stirn war hoch und intelligent. Ich erfuhr später, daß er Tom hieß – Tom Spinker, ein Engländer. Er hatte blaue Augen, helle Haut, Haar und Bart waren graumeliert; er schien gegen Fünfzig zu sein. Er grüßte mich gutgelaunt und lächelte freundlich dabei. Er hatte freilich nicht gerade die seemännische Art des Schulschiffsjungen Henry, aber ich erkannte doch sofort, daß er nicht nur ein befahrener, sondern sogar ein tüchtiger Seemann war.

Fräulein West tauchte mit rosigem Morgenteint aus dem Navigationshause auf. Als ich auf ihre Frage, wie ich geschlafen hätte, »ganz scheußlich« antwortete, bat sie um nähere Erklärung. Ich erzählte ihr deshalb von meinen Hitzpickeln und zeigte ihr die Blasen an meinen Handgelenken.

»Sie müssen ein Blutreinigungsmittel haben«, entschied sie sofort. »Warten Sie doch bitte einen Augenblick ... Ich will sehen, was ich habe.«

Im selben Augenblick lief sie in die Kajüte und kam gleich darauf mit einem Glase Wasser in der Hand wieder, in das sie einen Teelöffel Cremor Tartari gerührt hatte.

Ich trank. Und um elf, als ich es mir auf meinem Deckstuhl bequem gemacht hatte, kam sie wieder und gab mir eine zweite Dosis. Bei dieser Gelegenheit rügte sie scharf, daß ich Wada erlaubt hatte, Possum Fleisch zu geben. Sie belehrte mich und Wada, daß es eine wahre Todsünde sei, so jungen Hunden Fleisch zu geben. Die Verpflegungsfrage des Hündchens erregte einen wahren Sturm in einem Wasserglase, und als alles vorbei war, hatte Fräulein West es verstanden, eine enge Verbindung zwischen uns beiden anzuknüpfen. Und sie hatte in mir das Gefühl wachgerufen, daß Possum uns eigentlich gemeinsam gehörte.

Das Gabelfrühstück bestärkte mich in meiner Bewunderung für den Koch. Im Laufe des Nachmittags ging ich deshalb in die Kombüse, um seine Bekanntschaft zu machen. Er war durch und durch Chinese, jedenfalls bis er den Mund öffnete, denn da wurde er plötzlich Vollblutengländer. Er sprach, tatsächlich so kultiviert wie ein Oxforder Student.

Auch er war alt, um die Sechzig, wenn er auch nur Neunundfünfzig zugeben wollte. Dreierlei fiel mir besonders an ihm auf: sein Lächeln, das sein ganzes glattrasiertes Asiatengesicht mit den schiefen Augen umfaßte, seine außergewöhnlich regelmäßigen, weißen Zähne, die ich für falsch hielt, bis der allwissende Wada mich eines Besseren belehrte; endlich seine Hände und Füße. Seine lächerlich kleinen, aber schöngeformten Hände waren es, die mich veranlaßten, mir auch seine Füße anzusehen. Auch sie waren lächerlich klein und sehr gut, fast stutzerhaft beschuht.

Gegen Mittag setzten wir den Lotsen ab, aber die Britannia bugsierte uns noch einige Stunden und warf erst los, als das offene Meer vor uns lag und das Land nur noch als ein schmaler blauer Streifen am Horizont zu sehen war. Erst jetzt begann unsere Reise wirklich, wenn seit unserer Abfahrt von Baltimore auch schon gut vierundzwanzig Stunden vergangen waren.

Als der Schlepper loswarf, stand ich am Kampanjebogen und schaute voraus. Fräulein West trat zu mir. Sie hatte in der Kajüte zu tun gehabt und war nur heraufgekommen, um – wie sie sich ausdrückte – ein bißchen frische Luft zu schöpfen.

Sie beobachtete den Himmel mehrere Minuten in äußerst sachverständiger Weise und sagte dann:

»Das Barometer steht heute sehr hoch ... Die Brise wird nicht lange anhalten. Entweder schläft der Wind ein, oder er dreht sich. Dann gibt es eine Nordostkühlte.«

»Was würden Sie denn vorziehen?« fragte ich.

»Die Kühlte selbstverständlich. Sie bringt uns eher vom Lande weg und hilft mir außerdem schneller durch das Fegefeuer der Seekrankheit hindurch. Ja, ja«, fügte sie hinzu, »ich habe zwar gute Seebeine – aber am Anfang jeder Reise leide ich entsetzlich. Sie werden mich wahrscheinlich einige Tage nicht zu sehen bekommen.«

»Ich habe irgendwo gelesen, daß Lord Nelson nie eine gewisse Übelkeit überwand, wenn er auf See war«, sagte ich.

»Ich habe sogar meinen Vater gelegentlich seekrank gesehen«, antwortete sie. »Auch einige von den stärksten und abgehärtetsten Seeleuten, die ich je gekannt habe.«

Pike hielt einen Augenblick in seinem unaufhörlichen Auf- und Abwandern an Deck inne und lehnte sich neben uns an den Kampanjebogen. Ein Teil der Mannschaft arbeitete auf dem Deck unter uns. Meinem unerfahrenen Blick erschienen sie noch abstoßender als bisher.

»Eine nette Sammlung, Herr Pike«, sagte Fräulein West.

»Die schlimmste, die ich je gesehen habe«, knurrte er, »und ich habe doch was erlebt in der Beziehung.«

»Sie sehen so verhungert aus«, bemerkte ich.

»Sind sie auch«, antwortete Fräulein West, und ihre Augen glitten mit demselben abschätzenden Viehhändlerblick, den ich bei dem Steuermann bemerkt hatte, über die Männer hin. »Aber sie werden bald dicker, wenn sie regelmäßige Mahlzeiten und keinen Whisky bekommen. Nicht wahr, Herr Pike?«

»Sicher. Und Sie werden sehen, wie sie aufleben werden. Vielleicht. Denn es ist eine verdammt faule Gesellschaft.«

Ich sah hinauf in die mächtigen Berge aus Segeltuch. Auf unseren Masten waren in allen Richtungen Segel aufgebläht, aber dennoch setzten die Matrosen unter Befehl Mellaires immer noch dreieckige klüverähnliche Segel zwischen den Masten. Die Langsamkeit und Ungeschicklichkeit der Mannschaft war dabei so groß, daß ich den Steuermann fragte:

»Was würden Sie mit dieser Mannschaft machen, Herr Pike, wenn es jetzt Sturm gäbe und Sie alle Segel gesetzt hätten?«

Er zuckte die Achseln, als ob ich ihn gefragt hätte, was er bei einem Erdbeben in New York tun würde, wenn ihm die Wolkenkratzer auf den Kopf fielen.

»Was wir machen würden?« antwortete Fräulein West an seiner Statt. »Die Segel herunterholen. Oh, das geht schon, Herr Pathurst, mit jeder Mannschaft. Sonst wäre ich schon längst ertrunken.«

»Sicher«, stimmte der Steuermann ihr bei. »Und ich auch.«

»Die Offiziere können reine Wunder vollbringen, selbst mit der schlechtesten Mannschaft«, fügte sie hinzu.

Wieder nickte Pike zustimmend. Unwillkürlich betrachtete ich seine beiden gewaltigen Fäuste, die sich ganz instinktiv ballten.

»Ich erinnere mich, wie wir einmal San Francisco mit einer ganz hoffnungslosen Besatzung verließen«, lachte Fräulein West. »Es war die Lallah Rookh – Sie erinnern sich doch, Herr Pike?«

»Das fünfte Kommando Ihres Vaters«, nickte er. »Erlitt später Schiffbruch an der Westküste. Lief bei dem großen Erdbeben auf.«

»Ja, das Schiff meine ich. Unsere Mannschaft schien damals nur aus Kuhjungen, Maurern und Landstreichern zu bestehen. Kaum hatte der Schlepper losgeworfen, begann es zu wehen. Da vollbrachten unsere Steuermänner aber reine Wunder ... Erinnern Sie sich an Silas Harding?«

»Ob ich mich erinnere!« rief Pike begeistert. »Das war ein Mann. Aber er muß schon alt gewesen sein!«

»Ja«, bestätigte sie. »Und ein furchtbarer Mann war er.« Sie wandte sich an mich. »Er war unser Steuermann. Die Männer waren alle seekrank und lauter unbefahrene Leute. Aber Harding kriegte doch die Segel herunter. Einer von den Grünlingen, ein Landstreicher – er hatte Herrn Harding offenbar schon von der richtigen Seite kennengelernt –, fiel von der Großuntermarsrahe. Glücklicherweise fiel er ins Großsegel, überschlug sich und landete an Deck auf den Füßen, ohne daß ihm etwas passiert war, aber zu seinem Pech direkt vor Harding. Ich weiß nicht, wer erstaunter war, aber ich glaube fast, Harding, denn er stand wie versteinert da – er hatte natürlich erwartet, den Mann zerschmettert zu sehen. Dem Mann aber erging es anders – er warf nur einen Blick auf Harding, dann sprang er wie ein Wilder in die Takelung und kletterte schleunigst wieder zu seiner Rahe hinauf.«

Fräulein West und Pike lachten so herzlich wie über einen guten Witz. Daß eine Dame und noch dazu eine so entzückende wie Fräulein West solche Dinge kannte und in diese Seite des Seemannslebens so tief eingeweiht war, gefiel mir nicht recht. Es bedeutete eine Verhärtung des Feinsten in ihrem Charakter – und das behagte mir gar nicht.

Ich betrachtete sie wieder, und wieder sah ich, wie fein ihre Haut war. Das Haar war dunkler als ihre Augenbrauen, die gerade und ziemlich niedrig über den mandelförmigen Augen lagen. Die Iris war grau, von einem warmen Grau, und ihr Blick war ruhig und fest, klug und lebhaft. Wenn man ihr Gesicht als Ganzes betrachtete, war das Bemerkenswerteste daran vielleicht der Ausdruck von tiefer Ruhe. Sie schien immer im Gleichgewicht, im Frieden mit sich selbst und der Welt zu sein. Beim Lächeln zeigte sie nur selten ihre Zähne, denn sie schien eigentlich nur mit den Augen zu lächeln. Wenn sie aber lachte, sah man die weißen Zähne, starke, gesunde, normale Zähne. Schön würde ich sie wohl nicht genannt haben, aber sie besaß vieles von dem, was eine Frau zu einer Schönheit macht.

»Fräulein West hat soeben den Wetterpropheten gespielt –«, sagte ich zu dem Steuermann. »Jetzt möchte ich gern wissen, was Sie vom Wetter denken?«

Pike ließ seinen Blick über die leise wogende Fläche des Meeres und über den Himmel schweifen. Einen Augenblick studierte er noch genau See und Himmel. »Bei dem hohen Barometerstand sollte ich fast meinen, daß wir eine leichte Kühlte aus Nordost bekommen werden ... oder der Wind flaut ab, was eigentlich das Wahrscheinlichste ist.«

Fräulein West warf mir einen triumphierenden Blick zu, hielt sich dann aber plötzlich am Bogen fest. Die Elsinore wurde durch eine außergewöhnlich hohe Dünung gehoben, um gleich darauf wieder ins Wellental zu sinken. Dann schlingerte das Schiff unter donnerähnlichem Knattern der Segel nach Lee.

»Der Wind stillt schon, er läuft Schulen«, sagte Fräulein West, mit einem Anflug von Ärger. »Und wenn es so weitergeht, muß ich in wenigen Minuten ins Bett kriechen.«

Sie lehnte mein Mitgefühl ab.

»Machen Sie sich meinetwegen keine Sorgen, Herr Pathurst ... Die Seekrankheit ist scheußlich und unappetitlich; aber im übrigen will ich lieber seekrank sein als Hitzpickel haben.«

54

Die Männer an Deck schienen wieder eine Dummheit begangen zu haben, nach der erhobenen Stimme Mellaires zu schließen. Ein Teil der Mannschaft trug in ihren Gesichtern deutliche Spuren von Schlägen – besonders einer von ihnen hatte ein so geschwollenes Auge, daß er es nicht einmal öffnen konnte.

»Es sieht aus, als ob er in der Dunkelheit gegen eine Deckstütze gelaufen wäre«, sagte ich.

Sehr beredt – aber auch ganz unwillkürlich und unbewußt – war der schnelle Blick, den Fräulein West auf die riesigen Fäuste des Steuermanns warf, deren Knöchel ganz frische Hautabschürfungen trugen. Dieser Blick gab mir einen tiefen Stich ins Herz: *Sie wußte Bescheid.*

An diesem Tage aßen wir drei Männer unser Mittagessen allein. Der Tisch war mit einem Schlingerbord versehen worden, denn in der Totenstille schlingerte die Elsinore hin und her. Fräulein West hatte sich schon längst zurückgezogen.

»Jetzt werden wir sie erst in einigen Tagen wiedersehen«, meinte Kapitän West. »Ihrer Mutter ging es ebenso; sie hatte sonst auch Seefüße, wurde aber immer bei Beginn der Fahrt krank.«

»Man muß eben erst zurechtgeschüttelt werden.« Pike setzte mich in Erstaunen durch die längste Bemerkung, die er bisher bei Tisch gemacht hatte: »Alle müssen wir zurechtgeschüttelt werden, wenn wir den festen Boden hinter uns lassen. Wir müssen die schönen Tage an Land vergessen, und dann beginnen die Wachen – immer wieder Wachen, vier Stunden an Deck, vier Stunden Ruhe. Und es wird einem anfangs verdammt sauer, bis man sich an die Änderung gewöhnt hat. Haben Sie übrigens zufällig diesen Winter die Hempel und Blanche Arral in New York gehört, Herr Pathurst?«

Ich nickte, immer noch ganz verblüfft über seine ungewohnte Beredsamkeit bei Tisch.

»Donnerwetter ja, wenn man denkt, daß man die hören kann, und dann soll man darauf verzichten und wieder Wache schieben. Pfui Deubel!«

»Lieben Sie die See denn nicht?« fragte ich.

Er seufzte.

»Ich weiß nicht recht. Aber selbstverständlich ist die See das einzige, was ich kenne.«

»Mit Ausnahme der Musik«, sagte ich.

»Ja, das ist wohl richtig, aber die See hat mich um die meiste Musik gebracht.«

»Aber die Schumann-Heink haben Sie doch sicher gehört?«

»Herrlich, herrlich!« murmelte er begeistert. »Ich habe ein halbes Dutzend Platten von ihr. Bei der zweiten Plattfußwache bin ich frei heute. Wenn Kapitän West also nichts dagegen hat, und wenn Sie Lust haben, sie zu hören – es ist wirklich ein guter Apparat.«

Als der Steward abgedeckt hatte, brachte dieses bemooste Überbleibsel aus den alten männertötenden und männerhetzenden Tagen, dieser Vagabund der Meere, aus seiner Kammer eine einfach herrliche Sammlung von Schallplatten. Er legte sie auf den Tisch, wo er auch seinen Apparat aufstellte. Kapitän West und ich machten es uns in den großen Ledersesseln bequem, während Pike das Grammophon bediente. Sein Gesicht wurde von den Hängelampen beleuchtet, so daß ich selbst den leisesten Ausdruck, der darüberglitt, beobachten konnte. Ich erwartete irgendeinen volkstümlichen Schlager zu hören – aber nein. Seine Platten gehörten ohne Ausnahme zu den allerbesten, und die liebevolle Sorgfalt, mit der er sie behandelte, war einfach eine Offenbarung für mich. Eine Zeitlang konnte ich meinen Blick nicht von den großen, brutalen Händen lassen, die jetzt plötzlich in allen Bewegungen eine so liebevolle Sorgfalt verrieten. Jede Berührung der Platten war eine Liebkosung, und während die Platte lief, hockte er träumend am Apparat.

Kapitän West saß unterdessen in seinem Sessel und rauchte seine Zigarre. Sein Gesicht war ganz ausdruckslos; er schien gänzlich unberührt von der Musik zu sein. Ich glaube überhaupt kaum, daß er sie hörte. Er erschien mir übernatürlich ruhig und übernatürlich fern. Und während ich ihn betrachtete, dachte ich darüber nach, worin seine Arbeit hier an

Bord wohl eigentlich bestand. Ich hatte ihn bis jetzt noch nichts tun sehen. Das Einnehmen und Verstauen der Ladung hatte Pike überwacht. Erst als das Schiff in See stechen sollte, war Kapitän West an Bord gekommen. Ich hatte ihn noch keine Befehle erteilen hören. Mir kam es vor, als ob Pike und Mellaire die ganze Arbeit täten. Kapitän West rauchte Zigarren und kümmerte sich nicht um die Mannschaft der Elsinore.

Als Pike den »Halleluja-Chor« aus dem »Messias« und »Er bespeist die Seinen ...« gespielt hatte, bemerkte er zu mir – fast wie eine Entschuldigung –, er liebe religiöse Musik besonders, und vielleicht stamme diese Vorliebe daher, daß er als Kind Chorknabe gewesen sei.

»Dann versetzte ich aber dem Herrn Pfarrer mit dem Baseballschläger eins über den Kopf«, schloß er seinen Bericht mit einem harten Lachen.

Und wieder versank er in glückliche Träume, während er Meyerbeers »König des Himmels« spielte. Als halb acht Glasen geschlagen wurde, brachte er Apparat und Platten wieder in seine Kammer, nachdem er sie sorgfältig eingepackt hatte.

Diese Nacht schlief ich wieder miserabel. Da ich in der vorigen zu wenig Schlaf bekommen hatte, klappte ich früh mein Buch zu und löschte das Licht. Aber kaum war ich eingeschlafen, als mein Hitzausschlag mich so furchtbar plagte, daß ich wieder aufwachte. Den ganzen Tag hatte ich nichts gespürt, aber im selben Augenblick, als ich das Licht ausschaltete, begann das verdammte Jucken von neuem. Wada war noch nicht zu Bett gegangen, und ich ließ mir deshalb von ihm etwas Cremor Tartari geben. Das half indessen nicht im geringsten, und als ich um Mitternacht die Wache ablösen hörte, schlüpfte ich in meinen Hausanzug und ging auf die Kampanje.

Ich sah, daß Mellaire jetzt die Hundewache hatte und seinen regelmäßigen Trott auf und ab an der Backbordseite der Kampanje begann.

»Ein schöner Abend, Herr Pathurst!« begrüßte er mich. »Nur dumm, daß wir keinen Wind haben, der uns auf die hohe See bringt.«

»Was halten Sie eigentlich von der Mannschaft?« fragte ich ihn, als wir einen Augenblick nebeneinander standen.

»Ich habe viele merkwürdige Mannschaften in meinem Leben gesehen, Herr Pathurst, aber noch keine wie diese. Knaben, Greise, Krüppel und ... haben Sie nicht gesehen, wie Tony, der Grieche, vorgestern über Bord sprang? Na, das ist alles nur der Anfang. Haben Sie den kleinen vertrockneten Schotten bemerkt?«

»Der immer so mürrisch und bösartig aussieht, und der vorgestern abend am Ruder stand?«

»Eben den – Andy Fay heißt er. Nun, Andy Fay hat sich soeben bei mir über O'Sullivan beklagt. Er sagt, daß er ihm das Leben bedrohe. Als Andy Fay abgelöst wurde, um acht, fand er O'Sullivan dabei, sein Rasiermesser zu schleifen. Ich werde Ihnen die ganze Unterhaltung wiedergeben, wie Andy sie mir erzählte:

»Da sagte O'Sullivan zu mir: ›Herr Fay, ich möchte Ihnen mal was sagen!‹ ›Heraus damit‹, sagte ich. ›Was willst du?‹ ›Verkaufen Sie mir Ihre Stiebel, Herr Fay‹, sagte er sehr höflich zu mir. ›Aber was willst du denn damit?‹ fragte ich. ›Sie würden mir einen großen Gefallen damit erweisen, Herr Fay‹, sagte er. ›Schon möglich‹, sagte ich. ›Aber es sind meine einzigen, und du hast doch selbst welche.‹ ›Herr Fay, die brauche ich bei schlechtem Wetter‹, sagte O'Sullivan. ›Ich werde sie in Seattle bezahlen, wenn ich die Heuer kriege‹, sagte er. ›Nicht zu machen. Und außerdem hast du mir gar nicht gesagt, was du damit anfangen willst‹, sagte ich. ›Aber das will ich Ihnen sagen, Herr Fay‹, sagte er. ›Ich will sie über Bord schmeißen.‹ Da drehte ich mich um und wollte weggehen, und da sagte O'Sullivan ganz höflich, und dabei schliff er weiter an seinem verdammten Rasiermesser: ›Herr Fay‹, sagte er. ›Wollen Sie so freundlich sein und mal herkommen? Ich möchte Ihnen gern die Kehle abschneiden.‹ Und da wußte ich, daß mein Leben in Gefahr ist, und nun komme ich vertrauensvoll zu Ihnen, Steuermann, denn dieser Mann ist verrückt, Steuermann!«

»Oder wird es bald«, meinte ich. »Ich habe ihn schon beobachtet – das ist doch der große Bursche, der immer vor sich hinmurmelt?«

»Das ist er«, antwortete Mellaire.

»Gibt es viele von der Sorte auf See?« fragte ich.

»Mehr, als mir lieb ist, Herr Pathurst.«

Er steckte sich eine Zigarette an. Mit einer raschen Bewegung nahm er die Mütze ab, beugte den Kopf und hielt das flackernde Streichholz hoch, damit ich sehen konnte.

Ich sah einen graumelierten Kopf und einen Schädel, der nicht kahl, aber doch nur teilweise mit Haar bedeckt war. Und quer über diesen Schädel lief die furchtbarste Narbe, die ich je in meinem Leben gesehen habe. Das Streichholz erlosch, ich sah die Narbe deshalb nur flüchtig, aber ich hätte schwören mögen, sie war so tief, daß ich zwei Finger hätte hineinlegen können. Sie war eine nur mit Haut überzogene Kerbe, und ich bin fest überzeugt, daß das Gehirn selbst direkt unter der Haut lag.

Er setzte die Mütze wieder auf und lachte heiter und beruhigend.

»Ein verrückter Schiffskoch war es, der mich so zurichtete, Herr Pathurst. Mit seiner verfluchten Fleischaxt! Wir waren mehrere tausend Meilen von jedem Hafen entfernt – in der Südsee –, aber der Koch hatte sich in den Kopf gesetzt, daß wir im Hafen von Boston lagen und ich ihm nicht erlauben wollte, an Land zu gehen. Ich kehrte ihm gerade den Rücken und ahnte deshalb nicht, was eigentlich mit mir geschah.«

»Aber wie haben Sie nur eine so furchtbare Verwundung überstehen können?« fragte ich ihn. »Sie müssen eine außergewöhnliche Konstitution besitzen.«

Er zuckte die Achseln.

»Ich lag in meiner Koje – viele Wochen lang – es war eine verdammt lange Fahrt – und als wir Hongkong erreichten, war das Ding geheilt, und ich hatte schon wieder die Wache als dritter Steuermann übernommen – damals fuhren wir immer mit drei Steuermännern.«

Es sollten viele Tage vergehen, bis ich erfuhr, welche Rolle diese Narbe an Mellaires Kopf noch in seinem Schicksal und dem der Elsinore spielen sollte.

Wir sprachen weiter miteinander, und er erzählte mir viele andere Erlebnisse zur See – namentlich mit Verrückten, die die See in besonderem Maße unsicher zu machen schienen. Und dennoch konnte ich mich mit dem Manne nicht aussöhnen. Freilich fand ich weder in dem, was er sagte, noch in der Art, wie er es erzählte, irgend etwas, das nicht in Ordnung gewesen wäre. Es wurde mir an sich nicht schwer, seine allzu süßliche Sprechweise und seine übertrieben höflichen gesellschaftlichen Formen zu übersehen. Das war es also nicht. Obgleich ich aber hier im Dunkeln nicht einmal seine Augen sehen konnte, hatte ich doch immer das unheimliche, vermutlich ganz instinktive Gefühl, daß hinter diesen Augen, in diesem Schädel ein anderes fremdes Wesen verborgen lag, das mich beobachtete, maß und studierte und stets etwas anderes sagte, als es meinte.

Als ich hinunterging, tat ich es mit dem sonderbaren Gefühl, mit der einen Hälfte eines Doppelwesens gesprochen zu haben. Die andere Hälfte hatte sich in keiner Weise geäußert, und dennoch fühlte ich, daß sie da war und sich gewandt hinter der Larve von Fleisch und Worten verbarg.

Aber ich konnte immer noch nicht schlafen. Es muß die Wärme des Bettes sein, die meine Hitzpickel verschlimmert, dachte ich. Das furchtbare Jucken hörte immer auf, wenn ich meine Leselampe wieder anzündete. Kaum aber hatte ich die Lampe wieder ausgelöscht und die Augen geschlossen, so wurde ich auch schon wieder gequält und gestört. Auf diese Weise verrann Stunde um Stunde, in denen ich mich – abgesehen von den vergeblichen Versuchen einzuschlafen – mühselig durch ein Buch hindurchackerte.

Über meinem Kopf hörte ich das ewige Auf und Ab des Untersteuermanns. Um vier Uhr wurde die Wache abgelöst, und jetzt erkannte ich den schleppenden Gang Pikes. Eine halbe Stunde später begann die Elsinore zu krängen. Ich konnte hören, wie Pike Befehle fauchte, und bisweilen vernahm ich das Trappeln und Schleifen vieler Füße über meinem Kopf. Die Elsinore krängte immer mehr nach meiner Seite, bis ich das Wasser durch die Lichtpforte sehen konnte;

dann richtete sie sich wieder auf und rauschte mit solcher Schnelligkeit durch das Wasser, daß ich durch das dicke Glas den Schaum zischen und singen hörte. Der Steward brachte mir den Kaffee, und ich las weiter, bis es hell wurde und Wada mein Frühstück brachte. Als ich auf die Kampanje kam, sah ich, daß die Elsinore mit vielen beschlagenen Segeln durch eine grobe See unter bedecktem Himmel dahinrauschte. In der Kajüte saß Kapitän West und rauchte seine Zigarre. Dabei las er in der Bibel. Fräulein West erschien gar nicht, und ich freute mich, daß ich zu dem Hitzausschlag nicht auch noch seekrank geworden war.

Es war ein sehr trüber Tag. Keine Sonne. Hin und wieder Regenschauer. Und unaufhörlich schlugen Sturzseen über die Luvreling. Wenn ich durch die runden Deckfenster der Kajüte nach vorn auf das große Deck blickte, konnte ich sehen, wie die Seeleute, wenn sie heißten und halten, von den über das Deck schlagenden Sturzseen durchnäßt wurden. Aber zwischen diesen Männern, die sich festkrallten, wo sie konnten, gingen bald Pike, bald Mellaire umher, aufrecht, ohne zu wanken, mit der Sicherheit, die nur Kraft und Autorität verleihen. Sie verloren nie das Gleichgewicht. Sie wichen weder Schaum noch Spritzern aus, gingen keiner Sturzsee aus dem Wege. Sie waren anders ernährt, waren von einem ganz anderen Geist beseelt, waren aus Stahl im Vergleich mit den Schwächlingen, die sie zur Arbeit trieben.

Nach dem Mittagessen gab es heute leider kein Schallplattenkonzert. Diesmal hatte Pike die Plattfußwache und mußte deshalb an Deck sein.

Dieses ewige Nichtschlafenkönnen! Eine neue qualvolle Nacht, und dann wieder ein langer trüber Tag mit graubewölktem Himmel und bleierner, grober See. Und kein Fräulein West! Auch Wada war jetzt seekrank, wenn er sich auch heldenmütig auf den Beinen hielt und mir behilflich zu sein versuchte, obgleich er kaum aus den verglasten Augen sehen konnte. Ich schickte ihn zu Bett und las alle die endlos langen Stunden, bis meine Augen müde geworden waren und mein Gehirn ganz umnebelt war.

Kapitän West war übrigens nicht sehr unterhaltend. Je mehr ich von ihm sah, desto mehr wunderte ich mich. Er hatte das Gleichgewicht und das Wesen, die einem zurückhaltenden, übergeordneten Wesen ziemen, aber dennoch stellte ich mir bisweilen die Frage, ob es nicht nur äußere Form war und sonst nichts. Manchmal glaube ich fast, daß hinter dem Gepräge edler Rasse, dem Anschein großer Kraft und der aristokratischen Haltung seiner hohen Gestalt in Wirklichkeit gar nichts Tieferes steckte.

Dann wieder grübelte ich, was sich wohl hinter diesen klaren blauen Augen verbergen möchte.

So fern die beiden Steuermänner auch ihren Leuten waren, so groß der Abstand zwischen ihnen auch sein mochte, der Abstand zwischen Kapitän West und seinen beiden Offizieren war doch noch größer. Ich hatte noch nicht bemerkt, daß er mit Mellaire je ein Wort über das unvermeidliche »Guten Morgen« hinaus auf der Kampanje gesprochen hätte, und mit Pike, der doch dreimal täglich am Tische mit ihm saß, schien er auch noch keine längere Unterhaltung geführt zu haben.

Noch etwas: Worin bestehen eigentlich die Obliegenheiten des Kapitäns? Vorläufig hatte er nichts getan, als dreimal täglich zu essen, sehr viele Zigarren zu rauchen und jeden Tag einen Spaziergang von insgesamt einer Meile Länge auf der Kampanje zu machen. Die Steuermänner mußten die gesamte Arbeit tun, und es ist eine verdammt schwere Arbeit ... vier Stunden an Deck und vier Stunden Freizeit, Tag und Nacht in unaufhörlichem Wechsel. Ich beobachtete Kapitän West und war tatsächlich erstaunt. Er konnte zurückgelehnt im Sessel der Kajüte sitzen und unbewegt Stunde auf Stunde vor sich hinstarren, bis ich eine fast unüberwindliche Neigung verspürte, ihn zu fragen, woran er nur so lange dächte. Bisweilen zweifelte ich, daß er überhaupt an etwas dachte. Ich war nicht imstande, ihn zu ergründen.

Alles in allem war es ein trauriger Tag, mit Regenschauern und Sturzseen über das Deck. Ich begann einzusehen, daß es bedeutend schwieriger ist, als ich gedacht hatte, ein Segelschiff mit fünftausend Tonnen Kohle an Bord um Kap Horn zu führen. Die Elsinore ging so tief, daß sie wie ein Holzklotz war, der immer wieder überspült wurde. Die sechs Fuß hohe Schanzkleidung aus Eisen konnte nicht verhindern, daß die Seen über das Deck stürzten, das Schiff wurde durch ihr Gewicht noch tiefer gedrückt, bis es ganz tot dalag.

Ja, es war ein trübseliger Tag gewesen. Die beiden Steuermänner hatten sich in Wachen und Ruhestunden abgelöst. Kapitän West hatte auf dem Diwan der großen Kajüte geschlafen oder die Bibel gelesen. Fräulein West war immer noch krank. Ich hatte mich in meinen Büchern müde gelesen, und mein Gehirn war vom Schlafmangel so umnebelt, daß ich ganz melancholisch war. Selbst Wada bot durchaus kein erheiterndes Schauspiel – mit kleinen Zwischenräumen kroch er aus dem Bett, um mit seinen kranken, glasigen Augen meine Wünsche ausfindig zu machen. Ich selbst hatte keinen anderen Wunsch, als selbst seekrank zu werden. Nie in meinem Leben hätte ich gedacht, daß eine Seereise so unbeschreiblich eintönig und so wenig ermunternd sein könnte, wie diese zu werden schien.

Wieder ein Morgen mit bewölktem Himmel und bleierner See. Die Elsinore hat die Hälfte ihrer Segel gesetzt, sie läuft mit klappernden Schlagpforten, und das Wasser strömt aus ihren Speigatten. Es geht ostwärts, immer weiter in den Atlantischen Ozean hinein. Und ich hatte die letzte Nacht nur anderthalb Stunden geschlafen. Im selben Augenblick, wenn ich die Lampe auslösche und einnicken will, fängt das Jucken sofort an, und überall an meinem Körper entstehen kleine Knoten oder Blasen.

Fräulein West ist immer noch seekrank, aber ganz scheint die Krankheit sie doch nicht mit Beschlag zu belegen, denn von Zeit zu Zeit schickt sie mir den Steward mit einer Dosis Cremor Tartari.

Aber heute habe ich eine Offenbarung gehabt. Ich habe endlich Kapitän West entdeckt: er ist ein Samurai, eines dieser höheren Wesen, die die Dinge durchschauen und Herren des Lebens und ihrer Mitmenschen in einer Weise sind, die jenseits von Güte und Weisheit der gewöhnlichen Sterblichen liegt. Aber lassen Sie mich erzählen:

Heute schlug der Wind um. Plötzlich um acht Punkte, also um ein Viertel des ganzen Kreises. Denken Sie sich einen steifen Wind, der heulend aus Südwest kommt ... und dann einen andern noch schwereren und gewaltigeren, der das Schiff mit plötzlichen Stößen aus Nordwest trifft. Wir wären durch einen Küselwind gelaufen, versicherte Kapitän West mir und fügte hinzu, es sei schon möglich, daß der Wind den ganzen Kompaß durchlaufen würde.

In Seestiefeln, Ölzeug und Südwester hatte ich einige Zeit auf der Kampanje verbracht, wo ich mich am Bogen festhielt und wie gebannt auf die armen Teufel von Matrosen starrte, die oft bis an den Hals im Wasser standen und bisweilen ganz untertauchten oder wie Strohhalme auf dem Deck herumgeschleudert wurden, während sie unaufhörlich heißten und halten, stumpfsinnig blind, offenbar in Todesangst, und das alles zur Begleitung der schmetternden Befehle Pikes. Mir erschien es fast als ein Spaß, ihnen zuzusehen, es war beinahe wie im Zirkus. Der Wind heulte noch lauter, und die See kochte und gischte in wilder Wut. Der Ernst der Lage wurde mir erst klar, als zwei Mann auf Deck liegenblieben. Der eine war Jare Jakobsen, ein stumpfsinniger Skandinavier, der sich das Bein gebrochen hatte und vorausgetragen wurde, während man den andern, Bub Twist, bewußtlos und mit blutendem Kopf wegschaffen mußte.

Als der Sturm seinen Höhepunkt erreicht hatte, mußte ich mich am Kampanjebogen festklammern, damit mich der Wind nicht hinunterwarf. Und mein Gesicht schmerzte von den Nadelstichen der fliegenden Schaumspritzer. Ich hatte das Gefühl, daß der Wind mir das ganze Spinngewebe, das die Schlaflosigkeit über mein Gehirn gelegt hatte, wieder herausblies.

Und unterdessen ging Kapitän West auf und ab, schlank, aristokratisch, voller Anmut, selbst in seinem Ölzeug, das von Wasser troff. Es kostete ihn auch nicht die geringste Mühe, seinen Körper den heftigen Schlingerbewegungen der Elsinore anzupassen.

Bei diesem Wetter nahm er sich Zeit und Muße, mir zu erzählen, daß wir durch einen Küselwind gingen, und daß der Wind den ganzen Kompaß durchlaufen würde. Ich sah, daß er dauernd den bedeckten Himmel, an dem die Wolken dahinjagten, im Auge behielt. Mir schien es, als könnte der Wind nicht noch schlimmer werden. Er aber hatte offenbar am Himmel gefunden, was er suchte. Und da hörte ich zum erstenmal seine Stimme. Es war eine Stimme, wie geschaffen für das Meer: klar wie eine Glocke, rein wie Silber, von einer unsagbaren Schönheit und Kraft, mühelos und doch alles beherrschend! Das furchtbare Brüllen des Sturmes heulte in den Stags, grölte in den Wanten, schlug die steif angesetzten Leinen klatschend gegen die stählernen Masten und gab in den unzähligen, winzigen Tauen hoch oben ein Höllenkonzert von schrillem Pfeifen und Kreischen. Und doch klang die Stimme des Kapitäns klar und deutlich durch diesen irrsinnigen Lärm hindurch, süß und weich wie Musik und doch mächtig wie die Stimme des Erzengels am Jüngsten Tage. Und die Stimme erreichte den Mann am Steuerruder und Pike, der bis zu den Hüften im Wasser stand, und brachte ihnen Befehle. Und der Mann am Steuerrad gehorchte und gab brüllend und fauchend seine Befehle weiter an die armen Teufel, die sich am Boden wälzten, aber doch gehorchten. Und wie die Stimme war auch das Gesicht – ein solches Gesicht hatte ich nie zuvor gesehen ... es war das Gesicht eines überirdischen Geistes, rein durch seine Weisheit, erleuchtet durch den Glanz der Macht und Ruhe. Der Samurai war in Donner und Blitz auf den Flügeln des Sturmes angeritten gekommen, um die mächtige, schwer arbeitende, so komplizierte und schwerfällige Elsinore durch den Sturm zu lenken und das Menschenbündel auf ihr nach seinem Willen zu führen – nach seinem Willen, der der Wille der Weisheit war.

Und dann beugte sich Kapitän West gleichgültig, unbekümmert, schlanker, größer und in seinem triefenden Ölzeug aristokratischer als je, zu mir, berührte leicht mit seiner Hand meine Schulter und zeigte achteraus über unsere Windviering. Ich blickte hin, aber ich konnte nichts sehen als See und Himmel, die ineinander verflossen, und eine dunkle Wolkenbank, die an der Brust der See riß und zerrte. In derselben Sekunde verstummte der Südweststurm. Kein Wind wehte, kein Lüftchen regte sich. Nichts war geblieben als eine ungeheure Stille in der Luft.

»Was ist denn das?« fragte ich verdutzt.

»Der Wind schlägt um«, sagte er. »Von dort kommt er.«

Und jetzt kam ein Windstoß aus Nordwesten, ein sausender Sturm, ein gewaltiger atmosphärischer Schlag, der verwirrte und betäubte und die Takelung wieder ihren harfenden Protest singen ließ. So stark war der Windstoß, daß er mich gegen den Bogen preßte und mir den Atem mit solcher Kraft in die Lungen zurückdrückte, daß ich fast erstickte ... ich mußte den Kopf drehen. Ich fühlte mich wie ein Strohhalm vor dieser gewaltigen Kraft.

Und wieder lauschte der Mann am Ruder auf die Stimme des Erzengels, während Kapitän West selbst, schlank und aufrecht, in stetem Gleichgewicht, das Gesicht in den Wind gerichtet, dastand oder langsam auf und ab ging.

Es war ein wundervolles Bild. Jetzt lernte ich erst die See und die Männer kennen, die sie beherrschen. Kapitän West hatte sich in seiner wahren Gestalt gezeigt. Als der Sturm auf seinem Höhepunkt und die Lage kritisch war, hatte er die Führung der Elsinore übernommen, und Pike war das geworden, was er in Wirklichkeit nur war: der Vorarbeiter einer Arbeiterschicht, der Sklavenpeitscher.

Eine Minute ungefähr schlenderte Kapitän West noch auf und ab, dann ging er hinunter, jedoch erst, nachdem er noch, die Hand auf der Türklinke des Navigationshauses, einen letzten prüfenden Blick auf die sturmzerwühlte See und den finsteren Himmel geworfen hatte, die er sich beide unterjocht hatte.

Zehn Minuten darauf guckte ich durch die Kajütentür hinein. Seestiefel und Ölzeug waren schon fort. Die Füße in Pantoffeln auf einem Schemel, lag er zurückgelehnt in einem großen Ledersessel und rauchte träumend seine Zigarre, während er irgendwelchen Gedanken nachhing. Falls seine Augen sahen, dann war es etwas, das sich jenseits der Kajütenwand, der Reling und meiner Vorstellungskraft befand. Ich hatte einen ungeheuren Respekt vor ihm bekommen, obgleich ich ihn jetzt noch weniger als früher kannte, was freilich sehr wenig besagen wollte.

Eine böse Nacht folgte – gleich schlimm für die Elsinore wie für mich. Das Schiff wurde schrecklich umhergeworfen. Durch Schlafmangel erschöpft, schlief ich früh ein, um nach einer Stunde wieder aufzuwachen, ganz verzweifelt über all die juckenden Blasen auf meiner Haut, wieder Cremor Tartari, wieder Lesen, immer neue Versuche einzuschlafen, bis mir der Steward kurz vor fünf den Kaffee brachte. Dann hüllte ich mich in meinen Schlafrock und schlich mich, gequält und verstört, in die große Kajüte. Ich setzte mich in einen Ledersessel und döste vor mich hin, bis ich durch einen gewaltigen Ruck des Schiffes hochgeschleudert wurde. Ich versuchte es mit dem Sofa und versank sofort in tiefen Schlaf – um mich ebenso schnell auf dem Fußboden zu finden, wo ich hingekollert war.

Ich begab mich in den Speisesaal, warf mich auf einen angeschraubten Stuhl und schlief wieder ein, den Kopf auf den Armen und die Arme auf dem Tisch. Und Viertel nach sieben weckte der Steward mich durch kräftiges Rütteln, weil der Tisch gedeckt werden sollte.

Halb bewußtlos durch die Schwere, die stets nach kurzem Schlaf auf einem lastet, zog ich mich an und taumelte auf die Kampanje in der Hoffnung, daß der Wind mein Gehirn rein wehen würde. Pike hatte die Wache und ging mit seinen schleppenden Schritten an Deck auf und ab. Der Mann ist ein wahres Wunder – neunundsechzig Jahre alt, mit einem harten Leben hinter sich, und doch stark wie ein Löwe!

Ich lehnte mich an den Kampanjebogen und starrte voraus über das furchtbar mißhandelte Deck. Alle Klapp-Pforten und Speigatten hatten genug zu tun, um das Gewicht zu erleichtern, das der Atlantik unaufhörlich an Bord schleuderte. Ein Stück der hölzernen Finknetzreling war mitsamt ihren Koveinnägeln gegen die Steuerbord-Schanzkleidung unmittelbar unter den Besanwanten geschleudert worden, und eine verblüffende Menge von Tauen und Takeln schwamm jetzt dort im Wasser herum. Nancy und fünf oder sechs Mann arbeiteten, in Todesangst zitternd, um Ordnung zu schaffen.

Ich sagte zu Pike, daß die Männer mir magerer und schwächer erschienen als im Anfang, und er zögerte einen Augenblick mit der Antwort, während er sie mit seinem kühlen Viehhändlerblick abschätzte.

»Mag schon sein«, sagte er schließlich zornig. »Es ist eben eine faule Bande, nichts mit ihnen aufzustellen. In meinen jungen Tagen wurden wir bei solcher Arbeit noch fett, das heißt, fett ja nicht, dazu schufteten wir zu schwer. Aber immer in Form, das war es. Aber dieser dreckige Plunder ... Sagen Sie mal, Herr Pathurst, Sie erinnern sich doch an den Mann, mit dem ich am ersten Tage sprach, und der sagte, daß er Charles Davis hieß?«

»Von dem Sie meinten, daß etwas bei ihm nicht stimmte?« fragte ich.

»Eben der! Er liegt jetzt mit dem verrückten Griechen im Mittschiffshaus, und er wird nicht so viel Arbeit leisten, wie auf einem Fingernagel Platz hat. Er hat den ganzen Körper voll von Löchern, so groß, daß ich die Faust hineinstecken kann. Ich weiß nicht, ob es Brandgeschwüre sind, Krebsbeulen, Löcher von Kanonenkugeln oder was sonst ... und da hat der Kerl noch die Frechheit, mir zu erklären, daß sie erst hier an Bord aufgebrochen seien. Aber ein Wunder ist der Bengel doch! Ich beobachtete ihn die ersten Tage, schickte ihn zu Topp ließ ihn in den Vorraum klettern, um einige Tonnen Kohle zu trimmen, und er verzog nicht eine Miene. Als er dann schließlich bis zum Hals im Salzwasser stand, da war er erledigt ... und jetzt ist er frei von aller Arbeit ... und zwar für die ganze Reise. Jede Woche wird er seine Heuer erheben und dabei den ganzen Tag im Bett liegen und keinen Finger rühren.«

Er schwieg einen Augenblick, um seine zerschlagenen Knöchel zu betrachten, als ob er feststellen wollte, wieviel Antriebskraft noch in ihnen steckt. Dann seufzte er:

»Und dann sollten Sie den buckligen Schurken sehen, der zu Mellaires Wache gehört. Der ganze Kerl wiegt kaum seine hundert Pfund und muß etwa fünfzig Jahre alt sein. Und so einer spielt den befahrenen Seemann an Bord der Elsinore! Und was noch schlimmer ist, schiebt der Bengel einem die Verantwortung zu – er ist ein gemeines Luder, eine Giftschlange, eine bösartige Wespe. Und er fürchtet sich nicht im geringsten, weil er genau weiß, daß man nicht den Mut hat, auf ihn loszuschlagen, aus reiner Angst, ihn zu Apfelmus zu hauen. Ja, ja, der ist eine Perle, damit Sie Bescheid wissen, falls jemand eine Pardune heruntergerutscht kommt, um Sie zu fragen. Und falls Sie es noch nicht wissen sollten, so kann ich Ihnen noch erzählen, daß er Mulligan Jacobs heißt.«

Als ich nach dem ersten Frühstück wieder an Deck kam – Mellaire hatte eben die Wache –, sah ich noch einen, der offenbar zu den besseren Leuten gehörte. Er stand am Steuerrad – ein kleiner, kräftig gebauter, muskulöser Mann von etwa fünfundvierzig Jahren, mit dunklem, an den Schläfen bereits ergrautem Haar, einem kräftigen Adlergesicht, dunkler Haut und scharfblickenden klugen schwarzen Augen. Mellaire bestätigte mein Urteil, indem er mir erzählte, daß es der beste Seemann in seiner Wache sei. Da er den Mann immer den »Malteser Londoner« nannte, fragte ich ihn, was er damit meinte, und er sagte:

»Erstens, daß er Malteser ist, Herr Pathurst, und zweitens, daß er Cockney wie ein Londoner spricht. Und Sie können ruhig wetten, daß er die Glocken von London läuten hörte, ehe er noch ein Wort sprechen konnte.«

In diesem Augenblick erschien Fräulein West auf der Kampanje. Sie sah so frisch und rosig aus wie je, und wenn sie wirklich seekrank gewesen war, so konnte man es ihr jedenfalls nicht ansehen. Als sie mich begrüßte, bemerkte ich wieder ihre lebhaften, elastischen Bewegungen und ihre zarte Haut. Das Haar, auf dem sie eine weiße Strickmütze trug, war glatt und gepflegt.

»Und wie ist es Ihnen ergangen?« fragte sie, fuhr aber gleich fort: »Ich habe wundervoll geschlafen heute nacht! Eigentlich war meine Krankheit schon vorgestern vorbei, aber ich habe mir einen Tag völliger Ruhe gegönnt. Ich habe zehn geschlagene Stunden ununterbrochen geschlafen.«

»Ich wünschte dasselbe auch von mir sagen zu können«, antwortete ich trübselig.

»Gott, sind Sie denn krank gewesen?«

»Im Gegenteil«, erwiderte ich trocken. »Aber das wäre mir lieber gewesen. Ich habe keine vier Stunden geschlafen, seit ich an Bord kam. Dieser verfluchte Hitzausschlag!«

Ich hielt ihr das geschwollene Handgelenk vor die Augen. Sie warf einen Blick darauf, blieb dann plötzlich stehen, nahm es in ihre beiden Hände und unterwarf es einer gründlichen Prüfung.

»Du lieber Gott!« rief sie und begann zu lachen.

Ich wußte nicht, was ich davon denken sollte. Ihr Lachen war wirklich eine Freude für mein Ohr, so weich, so gesund und freimütig. Andererseits fand ich es wenig erheiternd; daß die Ursache mein bedauernswertes Schicksal war.

»Sie Ärmster«, sagte sie schließlich, noch glucksend vor Lachen. »Und wenn ich daran denke, daß ich das ganze Cremor Tartari so ganz zwecklos verschwendet habe.«

»Es scheint ja ... sehr ... sehr komisch zu sein«, sagte ich etwas steif, aber nur, um zu merken, daß es gar keinen Zweck hatte, Fräulein West gegenüber den Steifen zu spielen. Sie begann einfach wieder zu lachen.

»Was Sie nötig haben, Herr Pathurst«, sagte sie und lachte wieder, »ist nämlich eher eine äußerliche Behandlung ...«

»Bitte erzählen Sie mir nur nicht, daß ich die Windpocken oder Masern bekommen hätte«, rief ich entrüstet.

»Nein, nein.« Sie schüttelte ihren Kopf, während sie einen neuen Lachanfall hatte. »Sie haben nämlich einen ganz schweren Anfall —«

Sie machte absichtlich eine Pause und sah mir dann in die Augen.

»Von Wanzen«, schloß sie ihren Satz.

Und dann fügte sie ganz ernst hinzu: »Das bringen wir aber gleich in Ordnung. Ich werde die Räume unten gründlich untersuchen, obwohl ich ja weiß, daß weder Papa noch ich welche haben. Und obwohl es meine erste Reise mit Pike ist, weiß ich doch, daß er ein viel zu hartgesottener Seemann ist, um nicht nachzusehen, ob sein Raum sauber ist. Bei Ihnen (ich hatte wirklich Angst, daß sie sagen würde, ich hätte sie mitgebracht), bei Ihnen müssen sie wohl aus dem Vorderkastell eingeschleppt sein. Vorn haben sie ja immer Wanzen. Es ist am besten, wenn Sie gleich mit Wada sprechen, daß er irgendwo ein vorläufiges Nachtlager für Sie einrichtet. Die nächsten paar Nächte müssen Sie in der großen Kajüte oder im Navigationshaus verbringen. Und sorgen Sie, bitte, dafür, daß Wada alles Silber und anderes Metall, das anlaufen könnte, aus Ihrer Kabine herausnimmt. Denn jetzt räuchern wir aus, und dann müssen wir auch das Paneel abreißen und wieder aufsetzen. Sie können mir die Sache ruhig anvertrauen. Ich kenne dies Ungeziefer gründlich.«

Dann wurde gründlich reingemacht und alles auf den Kopf gestellt. Zwei Nächte konnte ich nicht in meiner Kabine schlafen – die eine verbrachte ich im Navigationshaus, die andere in der großen Kajüte. Ich schlief fast ununterbrochen, und noch jetzt bin ich ganz verblödet vor lauter Schlafen. Dank einem seltsamen Prozeß meiner Einbildungskraft scheint es mir Wochen, ja Monate zurückzuliegen, daß ich Baltimore an jenem eiskalten Märzmorgen verließ. Und doch hatten wir damals den 28. März, und heute sind wir in der ersten Woche vom April.

Fräulein West ist das tüchtigste und praktischste weibliche Wesen, das ich je getroffen habe. Unter ihrer Anleitung wurden Kojen, Schränke, Regale und alles überflüssige Holzwerk herausgerissen. Sie arbeitete mit dem Zimmerbaas von morgens bis abends. Und als dann eine Nacht lang ausgeräuchert war, wurden zwei Matrosen beauftragt, die Säuberungsaktion mit Terpentin und Bleiweiß zu vollenden. Jetzt ist der Zimmermann eifrig dabei, meine Räume wieder instand zu setzen, und in zwei oder drei Tagen hoffe ich, sie wieder beziehen zu können.

Aus den zwei Leuten, die mit Terpentin und Bleiweiß arbeiten sollten, wurden freilich vier. Denn die ersten wurden von Fräulein West wieder weggeschickt, weil sie ihr für diese Arbeit weniger geeignet schienen. Der eine von ihnen, der – wie er mir sagte – Steve Roberts hieß, ist eine ganz interessante Erscheinung. Ich hatte indessen erst wenig mit ihm gesprochen, als Fräulein West ihn wegschickte und Pike mitteilte, daß sie richtige Seeleute für diese Arbeit wünschte.

Das war Steve Roberts, der zum erstenmal in seinem Leben auf See war, allerdings nicht. Er erzählte nicht, wie er von einer Rinderfarm im Westen nach New York gekommen war, und ebensowenig berichtete er, wie er sich für die Elsinore hatte heuern lassen. Doch nun ist er einmal da – kein Seemann zu Pferde, aber ein Cowboy zur See. Er ist klein von Gestalt, aber sehr kräftig. Er hat breite Schultern, und seine Muskeln schwellen unter dem Hemd, aber dabei hat er schmale Hüften, schlanke Glieder und hohle Wangen. Obgleich ein Neuling auf See, erweist sich Steve Roberts als tüchtig und intelligent, und zuverlässig ist er auch. Er blickt einem freimütig ins Gesicht, wenn man mit ihm spricht, und doch habe ich gerade in solchen Augenblicken einen Eindruck von Unaufrichtigkeit. Wenn es zu Unruhen kommen sollte, ist mit ihm zu rechnen. Es scheint eine Art Verwandtschaft zwischen ihm und den drei Männern zu bestehen, gegen die Pike plötzlich ein solches Vorurteil faßte. Ich habe auch bemerkt, daß Steve Roberts in seinen Freiwachen hauptsächlich mit diesen dreien – Bub Twist; Nasen-Murphy und Bert Rhine – zusammen ist.

Der zweite, den Fräulein West ebenfalls wegschickte, nachdem sie ihn nur fünf Minuten beobachtet hatte, war Mulligan Jacobs. Vorher geschah jedoch etwas Seltsames: Ich befand mich in der Kabine, als Mulligan Jacobs kam, und unwillkürlich bemerkte ich den schnellen, gierigen Blick, den er auf meine gefüllten Bücherregale warf. Er näherte sich ihnen, wie ein Räuber einem geheimen Goldschatz.

Und seine Augen! Alle Bitterkeit des Lebens lag in ihnen. Sie waren klein, diese Augen, von einem fahlen Blau, brennend und stechend. Die Lider waren entzündet und verstärkten dadurch noch die kaltflammende Bitterkeit des Blicks. Der Mann war offenbar der geborene Hasser, und bald wurde mir klar, daß er tatsächlich alles in dieser Welt haßte – alles, mit Ausnahme von Büchern.

»Möchten Sie gern etwas davon lesen?« fragte ich freundlich. Der zärtliche Ausdruck seiner Augen, der nur den Büchern gegolten, erlosch sofort, als er den Kopf drehte, um mich anzusehen, und ehe er ein Wort gesprochen hatte, wußte ich, daß er auch mich haßte.

»Sie haben einen kräftigen Körper und lassen doch Diener ihre Bücherhaufen schleppen, während ich mit meinem Buckel schuften muß.«

Wie soll ich die giftige Bosheit schildern, mit der er das sagte. Aber der Umstand, daß ich in diesem Augenblick durch die offene Kabinentür den schleppenden Gang Pikes hörte, schenkte mir ein dankbares Gefühl der Sicherheit, denn mit diesem Manne in einem Raum allein zu sein, erschien mir ungefähr so, wie in einem Käfig mit einem Tiger eingesperrt zu werden.

»Haben Sie denn Schmerzen?« fragte ich.

»Es brennt in meinem Gehirn«, lautete seine Antwort. »Aber mit welchem Recht besitzen Sie all diese Bücher? Weshalb können Sie des Nachts in ihnen schwelgen, während mein Gehirn in Flammen steht, ich immer wieder Wache schieben muß und mein Buckel mir nicht erlaubt, einen halben Zentner Bücher zu schleppen.«

»Noch ein Verrückter«, dachte ich. Und doch mußte ich diese Ansicht sehr schnell ändern, denn aus der Vorstellung heraus, es mit einem Verrückten zu tun zu haben, fragte ich ihn, was für Bücher er denn zentnerweise schleppen müßte, und welche Schriftsteller er am liebsten läse. Seine Büchersammlung, erzählte er mir, enthielte eine vollständige Ausgabe von Byron, ferner eine Shakespeare-Ausgabe und den ganzen Browning. Im Vorderkastell hätte er auch sechs Bücher von Renan und acht oder zehn von Zola. Zola wäre sein Abgott, wenn sein Lieblingsschriftsteller auch Anatole France sei.

Vielleicht war er verrückt, aber dann auf ganz andere Weise als irgendein Verrückter, den ich je getroffen habe. Ich sprach weiter mit ihm über Bücher und Schriftsteller. Er kannte alles mögliche, hatte aber einen ausgeprägten Geschmack.

Während er mit mir sprach, fühlte ich, daß er mich haßte. Er schien mir übrigens von irischer Abkunft zu sein, und es war klar, daß er sich sein Wissen nicht von selbst angeeignet hatte. Er ging zuletzt ein wenig aus sich heraus und erzählte mir, daß er in seiner Jugend Leichtathlet, ja sogar professioneller Läufer in Ost-Kanada gewesen war. Dann hatte die Krankheit ihn befallen, und ein Vierteljahrhundert lang war er Tramp und Vagabund gewesen. Er rühmte sich, mehr Gefängnisse und Zuchthäuser als jeder andere kennengelernt zu haben. In diesem Stadium unserer Unterhaltung zeigte sich Pike in der Türöffnung. Er würdigte mich nur eines entrüsteten und tadelnden Blickes. Offenbar mißfiel ihm, daß ich mich mit Mulligan Jacobs unterhielt. Zu Mulligan selbst sagte er mit seinem gewöhnlichen Fauchen:

»Mach, daß du an deine Arbeit kommst. Quatschen kannst du, wenn du Freiwache hast.«

Und dann sah ich, wie dieser Mulligan Jacobs eigentlich war. Der giftige Haß, den ich bereits in seinem Gesicht gesehen hatte, war das reine Nichts im Vergleich mit dem, der sich jetzt darin enthüllte.

»Geh zum Henker, alter Schuft!« knurrte er.

Wenn ich je Mord in den Augen eines Mannes gelesen habe, dann jetzt in den Augen des Steuermanns. Mit erhobener Faust taumelte er in die Kabine. Ein einziger Schlag dieser Bärenpranke, und Mulligan Jacobs wäre in die ewige Finsternis geschleudert worden. Aber er fürchtete sich nicht. Er stand da wie eine in die Ecke gedrängte Ratte. Ohne zu blinzeln, fauchend und knurrend, sah er dem tobenden Riesen ins Gesicht. Noch mehr: er streckte seinen Kopf auf dem verkrüppelten Hals vor, um dem drohenden Hieb zu begegnen. Das war zuviel für Pike – es war unmöglich, dies widerliche, verkrüppelte Geschöpf zu schlagen.

»Nein, ich habe keine Angst, dich ›alter Schuft‹ zu schimpfen«, sagte Mulligan Jacobs. »Nur los! Warum haust du denn nicht?«

Aber Pike konnte nicht. Er, dessen ganzes Leben darin bestanden hatte, Männer an die Arbeit zu treiben, wie der

Viehtreiber die Rinder in das Schlachthaus, er war nicht imstande, diesen menschlichen Jammerlappen zu schlagen.

»Mach, daß du an deine Arbeit kommst, Mulligan. Ehe du an Land gehst, werde ich dich schon so weit haben, daß du mir aus der Hand frißt.«

Und Mulligan Jacobs' Kopf auf dem verkrüppelten Hals näherte sich dem Steuermann noch um einen Zoll, während seine verbissene Wut schon fast zur lodernden Flamme wurde. So gewaltig war die Raserei, die ihn schüttelte, daß er keine Worte fand, ihr Ausdruck zu verleihen. Alles, was er hervorzubringen vermochte, waren einige tiefe, tierische Kehllaute. Und ich hätte mich nicht gewundert, wenn er dem Steuermann Gift ins Gesicht gespien hätte.

Pike drehte sich um und verließ den Raum. Er hatte eine Niederlage erlitten.

Und jetzt arbeitet ein anderer mit Terpentin und Bleiweiß in meiner Kabine. Er heißt Arthur Deacon, ein blasser Mann mit verborgenem Blick. Ich fragte Pike, was er von dem Mann hielte.

»Weißer Sklavenhändler«, lautete seine Antwort. »Hat sich aus New York drücken müssen, um seine Haut zu retten. Er wird hier schon etwas anzetteln mit den drei Lausigeln, denen ich neulich eins ausgewischt habe.«

»Und was denken Sie von denen?«

»Ich setze ein Monatsgehalt gegen ein Pfund Tabak, daß irgendein Staatsanwalt eben in diesem Augenblick auf der Suche nach ihnen ist. Ich möchte so viel Kröten haben, wie der Mann gekriegt hat, der die Jungens aus New York weggeschafft hat ...«

»Mitglieder einer Diebesbande?« fragte ich.

»Ja — eben. Aber ich werde ihnen das Fell gerben. Ich werde schon mit ihnen fertig werden, glauben Sie mir! Ich hab schon bessere Leute begraben müssen, und ich werde noch manchen begraben, der mich für einen alten Schuft hält.«

Er schwieg einen Augenblick und sah mich feierlich an.

»Herr Pathurst, ich habe gehört, daß Sie ein Bücherschreiber sind. Und als man mir in der Agentur erzählte, daß Sie unser Passagier sein sollten, machte ich mir den Spaß, hinzugehen und mir Ihr Stück anzusehen. Ich will nichts über das Stück sagen. Aber das möchte ich Ihnen doch sagen, Herr Pathurst, daß Sie als Bücherschreiber hier an Bord Stoff genug kriegen werden. Es wird hier einen Mordskrach geben, glauben Sie mir, und hier vor Ihnen steht ein alter Schuft, der seinen Anteil daran haben wird.«

Wie herrlich habe ich geschlafen! Und das habe ich Fräulein West zu verdanken! Warum hat weder Kapitän West noch Pike, die doch beide Erfahrung genug haben, herausgefunden, was mit mir los war? Oder Wada? Aber nein, dazu bedurfte es ausgerechnet Fräulein Wests. Wäre sie nicht auf der Elsinore gewesen, der Mangel an Schlaf hätte mich so entnervt, daß ich mir die Pulsadern zerbissen und vor Wahnsinn geheult hätte.

Heute morgen nahm ich meine gewohnte, scherzhafte Unterhaltung mit Mellaire wieder auf:

»Hat O'Sullivan jetzt die Stiefel von Andy Fay bekommen?«

»Noch nicht, Herr Pathurst«, lautete die Antwort, »aber fast hätte er sie heute gekriegt. Kommen Sie mal mit, Herr Pathurst, ich werde Ihnen was zeigen ...«

Ohne sich auf weitere Erklärungen einzulassen, führte mich der Untersteuermann über die Laufbrücke, am Mittschiffshaus vorbei nach dem Vorderkastell. Als ich vom Rande der Back auf das Kabelgatsluk hinunterblickte, sah ich dort zwei Japaner mit Nadeln und Zwirn sitzen und ein großes Segeltuchbündel zusammennähen, in das offenbar ein menschlicher Körper eingewickelt war.

»O'Sullivan hat sein Rasiermesser gebraucht«, sagte Mellaire.

»Und das ist Andy Fay?« rief ich.

»Nein, Herr Pathurst, nicht Andy Fay, sondern ein Skandinavier. Christian Jespersen laut Musterrolle. Er kam zufällig O'Sullivan in die Quere, als der sich die Stiefel holen wollte, und dieser Zufall hat Andy Fay gerettet. Andy war etwas schneller, Jespersen stolperte schon über seine eigenen Füße, wie konnte er da O'Sullivan ausweichen. Dort sitzt Andy jetzt!«

Ich folgte dem Blick Mellaires und sah den ausgemergelten, alten kleinen Schotten auf einem Reservespier sitzen und seine Pfeife rauchen. Den einen Arm trug er in der Schlinge, und um den Kopf hatte er einen Verband. Neben ihm hockte Mulligan Jacobs. Sie gaben ein hübsches Paar ab – beide hatten sie blaue Augen und einen bösen Blick. Beide waren gleich ausgemergelt. Es war nicht schwer zu erkennen, daß sie schon zu Beginn der Fahrt ihre Verwandtschaft in bezug auf ihre Unzufriedenheit mit dem Leben festgestellt hatten. Andy Fay war, wie ich wußte, dreiundsechzig Jahre alt, und Mulligan Jacobs, der erst gegen Fünfzig war, glich den Altersunterschied durch den Haß aus, der in seinen Augen und seinen Zügen glomm.

Knirps bog soeben um die Ecke des Vorderkastells und begrüßte mich mit seinem gewohnten Clowngrinsen. Seine eine Hand war verbunden.

»Herr Pike muß viel zu tun gehabt haben«, sagte ich zu Mellaire, als ich es sah.

»Während seiner ganzen Wache von vier bis acht hat er Verwundete geflickt.«

»Wieso?« fragte ich. »Sind denn noch mehr verwundet?«

»Noch einer, Herr Pathurst, ein ganz gerissener Kerl: Chantz. Er ist nicht schwer verwundet, aber Sie hätten ihn nur winseln hören sollen.«

»Und wo ist O'Sullivan jetzt?« forschte ich.

»Im Mitschiffshaus bei Davis. Und ohne einen Riß in der Haut. Herr Pike kam dazu und schlug ihn knockout, und jetzt liegt er festgezurrt unten und redet im Fieber. Er hat Davis eine Höllenangst eingejagt. Davis hockt in seiner Koje mit einem Marlpfriem in der Hand und droht O'Sullivan den Schädel einzuschlagen, wenn er loskommt. Ach Gott, ja«, seufzte der Untersteuermann. »Das ist die verrückteste Reise und die verrückteste Mannschaft, die ich je getakelt habe. Sie wird nicht gut enden, diese Fahrt. Das kann jeder mit einem halben Auge sehen. Ehe wir Kap Horn erreichen, haben wir Winter – und dabei das Vorderkastell voll von Verrückten und Krüppeln. Sehen Sie nur den da! Verrückt, wie eine toll gewordene Wanze! Er kann jeden Augenblick wieder über Bord springen!«

Ich folgte seinem Blick und sah den Griechen Tony, der am ersten Tag über Bord gesprungen war. Er schien sich wohl zu befinden, wenn er auch den einen Arm in der Schlinge trug.

Mein Blick kehrte zu der in Segelleinen gehüllten Leiche Christian Jespersens und zu den Japanern zurück, die ihm mit Segelgarn das Leichentuch nähten. Der eine von ihnen trug eine Hand in einem mächtigen Verband aus Watte und Mull.

»Ist der auch verwundet?« fragte ich.

»Nein, das ist ja der Segelmacher, beide übrigens. Der mit der Hand ist recht tüchtig. Yatsuda heißt er. Aber er hat Blutvergiftung gehabt und lag über achtzehn Monate im Krankenhaus in New York. Er wehrte sich mit Händen und Füßen gegen eine Amputation. Jetzt ist er wieder ganz in Ordnung, nur daß die Hand, mit Ausnahme von Daumen und Zeigefinger, gelähmt ist. Er lernt jetzt mit der linken Hand nähen. Er ist einer der besten Segelmacher, die Sie auf See finden können.«

»Ein Verrückter und ein Rasiermesser sind eine gefährliche Verbindung«, bemerkte ich nachdenklich.

»Die fünf Mann außer Gefecht gesetzt hat«, seufzte Mellaire. »Erstens O'Sullivan selbst; Christian Jespersen ist schon abgemustert, und dann Andy Fay, Knirps und Chantz, und die Reise hat kaum angefangen. Und dazu Lars mit dem gebrochenen Bein und Davis, der endgültig erledigt ist ... ja, ja, Herr Pathurst, wir werden bald so wenig Arbeitskräfte haben, daß wir beide Wachen brauchen, um ein Stagsegel zu setzen.«

Als ich später mit Possum an Deck umherschlenderte, kam ich auch an der Tür des Mannschaftslazaretts vorbei und hörte das eintönige Vor-sich-Hinsingen O'Sullivans. Ich guckte hinein. Da lag er festgeschnürt auf dem Rücken in seiner Koje und rollte mit den Augen. In der Oberkoje über ihm lag

Charles Davis und rauchte ruhig seine Pfeife. Der Marlpfriem lag griffbereit auf dem Bettrand neben dem Patienten.

»Die reine Hölle, nicht wahr?« begrüßte mich Davis. »Und wie soll ich pennen, wenn der Pavian da unten liegt und ich sein verfluchtes Geschnatter anhören muß? Nicht eine Minute hält er den Rand; wenn er mit den Zähnen knirscht, ist es zum Davonrennen. Und nun sagen Sie selbst, Herr, ob es recht ist, so einen verrückten Kerl mit einem Kranken zusammenzulegen? Oder bin ich vielleicht nicht krank?«

Während er noch sprach, tauchte der Steuermann neben mir auf und stellte sich so, daß Davis ihn nicht sehen konnte. Der sprach weiter:

»Wenn alles hier seine Richtigkeit hätte, sollte ich die Unterkoje haben. Es tut verflucht weh, wenn ich hier heraufklettern muß. Aber das Gesetz schützt Seeleute an Bord besser als an Land. Ich werde Sie als Zeugen vor Gericht laden, wenn wir erst in Seattle sind.«

Pike stellte sich in den Türrahmen.

»Halt die Fresse, verdammter Seerechtsverdreher«, fauchte er. »Hast du uns nicht schon genügend reingelegt, als du dich in dem Zustand heuern ließest? Und wenn du noch einmal ...«

Pike war so wütend, daß er seine Drohung nicht zu Ende sprechen konnte.

»Ich kenne das Gesetz, Herr«, antwortete Davis unverzüglich. »Ich tue meine Arbeit als befahrener Seemann an Bord dieses Schiffes. Alle können es bestätigen. Ich war Toppsgast vom ersten Tage an. Jawohl, Herr, und ich stand Tag und Nacht bis zum Hals im Salzwasser, Herr. Und Sie schickten mich nach unten, um Kohle zu trimmen. Und ich hab' immer meine Pflicht getan und mehr als das, bis die Krankheit kam, Herr.«

»Du warst ein stinkendes und verwestes Aas, ehe du an Bord kamst«, brauste Pike auf.

»Das wird das Gericht schon entscheiden, Herr«, antwortete Davis, den nichts aus der Ruhe bringen konnte.

»Und wenn du jetzt nicht deine verdammte Fresse hältst«, fuhr Pike fort, »dann schmeiß' ich dich hier hinaus und zeige dir, was arbeiten heißt.«

»Und dann werden die Reeder mir eine tüchtige Entschädigung zu zahlen haben, wenn wir wieder im Hafen sind«, knurrte Davis.

»Nicht wenn ich dich begrabe, ehe wir einlaufen, Davis«, lautete die barsche Antwort. »Du wärst nicht der erste Seerechtsverdreher, den ich mit einem Sack Kohlen an den Füßen über Bord gehen ließe.«

Pike wandte sich ab und setzte dann seinen Rundgang an Deck fort. Ich ging ihm nach, als er plötzlich stehenblieb.

»Herr Pathurst!«

Er sprach nicht wie ein Schiffsoffizier zu einem Passagier – sein Ton war befehlend. Ich fuhr zusammen.

»Herr Pathurst, von jetzt ab lassen Sie sich am besten so wenig wie möglich an Deck dieses Schiffes sehen. Danke.«

Und wieder machte er kehrt und ging seines Weges.

Zwei Wochen auf einer wundervollen See unter einem Himmel mit weißen Wölkchen vor einer leichten östlichen Kühlte, die uns mit Leichtigkeit acht Knoten die Stunde treibt. Kapitän West sagt, daß es der Nordostpassat sei. Ich erfuhr auch, daß die Elsinore, um nicht bei Kap San Roque an der brasilischen Küste aufzulaufen, erst ostwärts bis fast zur afrikanischen Küste steuern müßte. Bei diesem Koppelkurs könnten sogar die Kapverdischen Inseln in Sicht kommen.

Als ich heute morgen an Deck kam, fand ich den Selbstmörder Tony am Steuerrad. Er schien jetzt ganz vernünftig zu sein und grüßte mich auch freundlich, als ich ihm einen guten Morgen bot. Die verwundeten Matrosen scheinen jetzt übrigens alle in der Besserung zu sein, mit Ausnahme natürlich von Charles Davis und O'Sullivan. Der liegt noch immer festgezurrt in seiner Koje, und Davis wird von Pike gezwungen, seinen Kameraden zu bedienen und zu pflegen. Die Folge ist leider, daß Davis sich hin und wieder an Deck zeigt, wenn er Essen und Wasser aus der Kombüse holen muß. Dann nimmt er jedesmal die Gelegenheit wahr, um den anderen Seeleuten das ihm angetane Unrecht vorzukäuen.

Wada berichtete mir heute morgen übrigens eine sehr merkwürdig anmutende Geschichte. Er scheint sich mit dem

Steward und den beiden Segelmachern, die ja alle auch Asiaten sind, allabendlich in der Kabine des Kochs, der ebenfalls Asiat ist, zu einem kleinen Klatsch zu treffen, wobei sie sämtliche Schiffsgerüchte gründlich und eifrig durchhecheln. Nur wenig entgeht ihrer Aufmerksamkeit, und ich erfahre dann von dem treuen Wada immer alles, was sie beredet haben. Und eben jetzt berichtete er mir etwas ganz Seltsames von dem Untersteuermann Mellaire. Sie hatten von ihm gesprochen und waren sich alle einig, daß seine Vertraulichkeit mit den drei Verbrechern im Vorderkastell höchst unpassend sei.

»Aber Wada«, sagte ich, »der ist doch gar nicht so! Im Gegenteil, er ist immer sehr grob und hart zu sämtlichen Matrosen. Er behandelt sie einfach wie Hunde. Das wissen Sie doch.«

»Ganz recht«, stimmte Wada mir zu. »Die andern Matrosen er behandelt so. Aber diese drei bösen Männer seine guten Freunde geworden sein. Louis sagen, Untersteuermann gehören hinter Mast wie Steuermann und Kapitän. Nicht gut für Untersteuermann, als Freund mit Matrosen sprechen. Nicht gut für Schiff. Sie werden sehen!«

Wadas Worte bewogen mich immerhin, der Sache nachzugehen. Es sieht wirklich so aus, als ob die drei Banditen, Bub Twist, Nasen-Murphy und Bert Rhine, sich zu Herrschern der Back aufgeworfen hätten. Die drei halten immer zusammen, und so ist es ihnen gelungen, im Vorderkastell ein Schreckensregiment zu errichten. In New York hatten sie vermutlich die Rohlinge des Verbrecherviertels zu beherrschen verstanden, und das ist eine gute Schule gewesen. Soweit ich aus den Worten Wadas klug werden konnte, scheinen sie den Anfang mit den beiden Italienern in ihrer Wache, Guido Bombini und Mike Cipriani, gemacht zu haben. Durch Mittel, die ich nicht erraten kann, haben sie diese beiden Wracks zu ihren zitternden Sklaven gemacht.

Chantz steht ebenfalls unter dem Terror der Banditen, wenn er auch etwas besser behandelt wird. Hermann Lunkenheimer, ein an sich gutmütiger, aber nicht sehr begabter Deutscher, bekam eine tüchtige Tracht Hiebe von den dreien, weil er es abgelehnt hatte, Nasen-Murphys schmutzige

Kleider zu waschen. Die beiden Bootsleute haben eine wahre Todesangst vor dieser Bande, und nicht ohne Grund, denn der Kreis der Banditen erweitert sich immer mehr. Auch Steve Roberts, der Excowboy, und der frühere Sklavenhändler haben sich ihm jetzt angeschlossen.

Ich bin der einzige hinter dem Mast, dem das alles bekannt ist, und ich gestehe offen, daß ich nicht recht weiß, was ich mit diesem Wissen anfangen soll. Pike wird mir einfach sagen, daß ich mich um meine eigenen Angelegenheiten kümmern solle. Mellaire kommt selbstverständlich nicht in Frage. Kapitän West hat ja sozusagen keine Mannschaft. Und Fräulein West? Ja, die würde mich, glaube ich, wegen meiner Ängste nur auslachen. Außerdem sehe ich ja auch ein, daß jedes Vorderkastell seinen Raufbold oder seine Bande von Raufbolden haben muß. Folglich ist das eine Sache, die nur die Back selbst und nicht die Kajüte angeht. Die Arbeit auf dem Schiff wird ja getan. Die einzige Folge einer Einmischung meinerseits wäre also, daß es den Unglücklichen, die sich der Schreckensherrschaft im Vorderkastell beugen müssen, noch schlimmer erginge als bisher.

Und noch etwas erzählte mir Wada. Die Banditenclique hat sich das Vorrecht angemaßt, sich die besten Stücke aus den Fleischschüsseln herauszufischen. Was sie übriglassen, erhalten dann die andern. Ich muß jedoch zugeben, daß die Mannschaft der Elsinore sehr gutes Essen erhält. Die Leute bekommen so viel, wie sie nur mögen. Auf der Back steht auch stets eine Tonne mit gutem Schiffszwieback zu freier Benutzung. Louis backt außerdem dreimal wöchentlich frisches Brot für die Mannschaft. Das Essen ist abwechslungsreich und in jeder Beziehung einwandfrei. Nicht einmal das Trinkwasser ist Einschränkungen unterworfen. Das Aussehen der Matrosen bessert sich in dieser Zeit des guten Wetters auch mit jedem Tage.

Es ist ein seltsames Leben, das man hier auf der Elsinore führt. Obgleich ich das Gefühl habe, schon monatelang an Bord zu sein, weil ich die geringste Einzelheit dieser unserer kleinen Welt kenne, muß ich doch gestehen, daß ich mich noch durchaus unsicher fühle. Mein Gehirn pendelt hin und her zwischen Dingen, die es begreift, und solchen, die ihm ganz unverständlich sind – von unserm Samurai-Kapitän mit der wunderbaren Erzengelstimme, die man nur im Getöse des Sturmes zu hören bekommt, bis zu dem schwachsinnigen Faun mit den klaren, schmerzerfüllten Augen, bis zu den drei Banditen, die das Vorderkastell beherrschen und den Unter-steuermann in Versuchung führen, bis zu O'Sullivan im stäh-lernen Loch des Mannschaftslazaretts und dem ewig jam-mernden Davis, der in seiner Oberkoje liegt und den Marl-pfriem nicht aus der Hand läßt, ja bis zu Christian Jespersen, der irgendwo in der unendlichen Weite des Meeres mit sei-nem Kohlensack an den Füßen liegt. In solchen Augenblicken erscheint einem das Leben an Bord der Elsinore ganz unwirk-lich.

Hat es je eine solche Fahrt gegeben?

Als ich heut morgen an Deck kam, sah ich niemand am Steuerrad. Es kam mir ganz unheimlich vor: die gewaltige Elsinore mit allen Segeln beim Winde über See gleitend ... und keine Hand, die sie lenkte.

Kein Mensch auf der Kampanje! Es war die Wache des Steuermanns, und ich eilte über die Laufbrücke, um ihn zu suchen. Er stand beim Kabelgatsluk, wo er dem Segelmacher Anweisungen erteilte. Als er fertig war, bemerkte er mich und grüßte.

»Guten Morgen«, gab ich seinen Gruß zurück. »Sagen Sie, wer steht denn heute am Rad?«

»Der verrückte Griechen-Tony«, antwortete er.

»Ich setze ein Monatsgehalt gegen ein Pfund Tabak, daß er nicht da ist.«

Pike sah mich mit einem schnellen scharfen Blick an.

»Wer steht denn am Rad?«

»Kein Mensch«, antwortete ich.

Da explodierte er. Das Alter war mit einem Schlage ver-schwunden, und er sprang mit einer Schnelligkeit über das Deck, die wohl kaum ein anderer an Bord hätte erreichen können. Er verschwand hinter dem Navigationshaus in der Richtung des Steuerhauses.

Dann wurde mit rasender Schnelligkeit eine Reihe von Befehlen gebrüllt. Die ganze Wache wurde an die Geitaue gestellt, und alles wurde bereit gemacht, um zu brassen – dann wurde gefiert und angehalt – ich kannte bereits das Manöver ... das Schiff sollte vor dem Winde wenden.

Als ich wieder achteraus ging, kamen Mellaire und der Zimmerbaas aus der Kajüte – sie schienen in ihrem Frühstück gestört worden zu sein, denn sie wischten sich noch den Mund. Pike trat an den Rand der Kampanje, erteilte dem Untersteuermann einige Befehle, die sofort voraus weitergegeben wurden, und stellte den Zimmermann ans Rad.

Als die Elsinore abgefallen war, so daß sie den Wind von achtern bekam, ließ der Steuermann sie anluven, bis sie über Backbordbug am Winde lag und denselben Weg, den sie gekommen war, wieder zurücklief. Dann zeigte Pike mit dem Finger auf das Achterluk, das zu dem großen Heckraum führt. Die Leiter war von dort verschwunden.

»Er muß die Lazarettleiter mitgenommen haben«, sagte Pike.

Kapitän West kam aus dem Navigationshaus. Er grüßte ganz wie sonst, und bot mir und dem Steuermann Guten Morgen. Dann ging er ruhig über die Kampanje bis zum Steuerrad, wo er einen Augenblick stehenblieb, um sich das Kompaßhäuschen anzusehen. Langsam kehrte er um und blieb vorn am Bogen stehen. Wieder kam er zu uns zurück. Zwei volle Minuten vergingen, ehe er sprach.

»Was ist los? Mann über Bord?«

»Jawoll, Käpt'n!«

»Und die Lazarettleiter hat er mitgenommen?« fragte Kapitän West.

»Jawoll, Käpt'n! Es ist der Grieche, der schon in Baltimore über Bord gesprungen ist.«

Die Sache war offenbar nicht bedeutungsvoll genug, um Kapitän West in einen Samurai zu verwandeln. Er zündete sich eine Zigarre an und nahm seinen gewöhnlichen Spaziergang auf. Und dennoch war nichts seiner Aufmerksamkeit entgangen, nicht einmal das Fehlen der Lazarettleiter.

Pike schickte Leute in alle Bramrahen, um Ausschau zu halten, und die Elsinore glitt wieder durch die See. Jetzt kam auch Fräulein West auf die Kampanje und stellte sich neben mich. Sie zeigte keine Aufregung und beruhigte mich auf ihre Art, indem sie mir erzählte, wie schwer es sei, einen Selbstmörder von der Art Griechen-Tonys loszuwerden.

»Ihre Verrücktheit hat nämlich die Eigentümlichkeit, die Leute immer zu überfallen, wenn schönes Wetter oder andere besonders günstige Umstände herrschen«, sagte sie lächelnd. »Zum Beispiel, wenn man leicht ein Boot aussetzen kann, oder wenn ausgerechnet ein Schlepper längsseits liegt. Zuweilen nehmen sie sogar ein Rettungsgerät mit, wie jetzt die Leiter.«

Nach einer guten Stunde ließ Herr Pike die Elsinore wieder halsen, und jetzt liefen wir wieder denselben Kurs, den wir gelaufen waren, als der Grieche über Bord sprang. Kapitän West promenierte immer noch rauchend auf der Kampanje. Andy Fay wurde ans Rad gestellt, und der Zimmermann begab sich wieder nach unten, um sein Frühstück zu beenden.

Mir kam ja das ganze Benehmen der Leute reichlich herzlos vor. Kein Mensch kümmerte sich wirklich um den unglücklichen Mann, der über Bord gesprungen war. Und doch mußte ich gestehen, daß man zu seiner Rettung alles getan hatte, was überhaupt möglich war.

In diesem Augenblick wurde vom Ausguck auf der Kreuzbramrahe gepreit. Der Steuermann spähte nach Luv aus, ließ plötzlich das Glas sinken, rieb sich die Augen und sah dann wieder hinaus. Da ließ Fräulein West, die ein anderes Glas benutzte, einen überraschten Ausruf hören und begann zu lachen.

»Was meinen Sie dazu, Fräulein West?« fragte der Steuermann.

»Er scheint gar nicht im Wasser zu liegen. Er steht.«

Pike nickte. »Auf der Leiter«, sagte er. Er wandte sich an den Untersteuermann. »Herr Mellaire, lassen Sie das große Boot aussetzen und bemannen. Ich gehe selbst mit. Aber nehmen Sie Männer, die einen Riemen handhaben können.«

»Gehen Sie doch auch mit«, sagte Fräulein West zu mir. »Dann haben Sie einmal Gelegenheit, die Elsinore unter vollen Segeln zu sehen.«

Pike nickte mir sein Einverständnis zu, und so ging ich mit ins Boot, wo ich mich auf die Achterducht neben den Mann setzte, der das Ruder nahm, während ein halbes Dutzend Hände uns zu dem Selbstmörder pullten, der so wunderbar auf der Oberfläche der See stand. Der Malteser-Londoner führte den Schlagriemen. Unter den andern Seeleuten befand sich einer, dessen Namen ich wenige Tage zuvor erfahren hatte – Ditman Olansen, ein Norweger. Ein guter Seemann, der aber, wie Mellaire mir gesagt hatte, ganz plötzlich ohne ersichtlichen Grund in wahnsinnige Wut geraten konnte. Ditman Olansen war der reine Berserker. Als ich ihn aber mit seinen großen hellblauen, etwas blöden Augen dasitzen und in stetigem Takt pullen sah, schien er mir der letzte Mensch auf Erden, der zu Berserkerwut neigte.

Als wir uns dem Griechen näherten, begann er uns drohend anzubrüllen und sein großes Scheidemesser zu schwingen. Unter seinem Gewicht sank die Leiter immer tiefer, bis das Wasser seine Knie umspülte, und so balancierte er nun, während er wilde Grimassen schnitt und mit den Armen fuchtelte. Sein Gesicht, verzerrt wie eine Affenfratze, bot keinen angenehmen Anblick. Und als er nicht aufhören wollte, mit seinem Messer herumzufuchteln, dachte ich, wie es wohl überhaupt gelingen sollte, den Mann heil an Bord zu bekommen.

Aber die Sorge hätte ich ruhig Pike überlassen können. Er nahm den Fußstock, der unter den Füßen des Malteser-Londoner lag, und legte ihn auf die Achterducht, so daß er ihn zur Hand hatte. Pike wich dem drohenden Messer geschickt aus und wartete ruhig ab, bis eine Welle dem Spiegel des Bootes hob und der Grieche in das Wellental sank. Jetzt war der Augenblick gekommen, und wieder hatte ich Gelegenheit, die Körpergewandtheit dieses alten Mannes zu bewundern. Er paßte die Zeit genau ab und ließ den Fußstock blitzschnell und mit gewaltiger Kraft auf den Kopf des Griechen sausen. Dem fiel das Messer aus der Hand, während der arme Kerl selbst bewußtlos zusammenbrach und ins Wasser fiel. Anscheinend ohne die geringste Mühe holte Pike ihn dann aus dem Wasser und warf ihn in das Boot. Es war ein tüchtiger Hieb, den er dem Griechen mit dem Fußstock versetzt hatte. In dünnen Bächen rieselte das Blut durch das feuchte Haar.

Im nächsten Augenblick holten die Matrosen weit aus, und Pike steuerte das Boot zur Elsinore zurück. Da hob ich zufällig den Kopf, und das wundervolle Bild, das die Elsinore darbot, überwältigte mich. In der langen Zeit, die ich schon an Bord war, hatte ich ganz vergessen, daß sie außen weißgestrichen war. So tief lag sie im Wasser, so anmutig und schlank war ihr Rumpf, daß die hohen Spieren und Masten, die bis in die Wolken zu ragen schienen, und die gewaltigen Flächen ihrer Segel mir fast übertrieben und unmöglich, ja wie eine Herausforderung an das Gesetz der Schwere erschienen. Und wie ein Wunder erschien es mir, daß dieses winzige Ungeziefer, das wir Menschen doch einmal sind, einen so prachtvollen Mechanismus erfunden und konstruiert hatte, der den gewaltigsten Elementen Trotz zu bieten wagte.

Als wir das Boot hochheißten, sah ich, daß Fräulein West nach unten gegangen war. Im Navigationshaus stand Kapitän West und zog die Chronometer auf. Mellaire war schon hineingetörnt, um noch ein paar Stunden zu schlafen, bevor er seine Wache um zwölf Uhr übernahm – ich habe übrigens vergessen mitzuteilen, daß Mellaire nicht achtern schläft. Er teilt eine Kabine im Mittschiffshaus mit Nancy, dem Bootsmann Pikes.

Keiner an Bord bezeigte Mitgefühl für den unglücklichen Griechen. Er wurde wie ein Aas auf das Großluk geworfen. Dort konnte er liegenbleiben, bis er es für gut befand, wieder zum Bewußtsein zu kommen. Ach ja … ich gestehe es offen und ehrlich – so abgehärtet bin ich jetzt auch, daß ich weder Mitleid noch Sympathie für ihn empfand. Meine Augen waren zudem immer noch von der Schönheit der Elsinore erfüllt. Man wird hart auf See.

Schon viele Tage sind wir im Nordostpassat, und eine Meile nach der anderen rollt sich mechanisch hinter uns ab. Gestern waren wir, laut Log und Observation, zweihundertzweiundfünfzig Meilen gelaufen, vorgestern zweihundertvierzig und am Tage vorher zweihundertsechzig. Aber man merkt gar nicht, wie stark der Wind eigentlich ist. Es ist herrlich, ihm seine Lungen und seine Poren zu öffnen. Nachts, wenn die ganze Kajüte schläft, liebe ich es, das Buch wegzulegen und in den dünnsten meiner Tropenpyjamas auf die Kampanje zu gehen.

Ich habe nie geahnt, was der Passat ist. Und jetzt hat er mich verzaubert. Ich spaziere zu dieser nächtlichen Zeit eine ganze Stunde auf und ab mit dem Steuermann, der gerade die Wache hat. Mellaire ist immer vollkommen angezogen, aber Pike trägt in diesen wunderbaren Nächten nur seinen Pyjama, wenn er die Wache nach Mitternacht übernimmt. Er ist einfach unheimlich muskulös. Eine wundervolle Männergestalt! Wie muß er in den strahlenden Tagen seiner Jugend vor mehr als einem Menschenalter ausgesehen haben!

Die Tage, die nur von einfacher Gewohnheitsarbeit erfüllt sind, gleiten wie im Traum dahin. Hier, wo die Zeit peinlich genau eingeteilt ist und jede Stunde und jede halbe Stunde einem unweigerlich durch die Schiffsglocken vorn und achtern zum Bewußtsein gebracht wird, hört trotzdem jeder Zeitbegriff auf. Die Tage gleiten ineinander über, die Wochen lösen sich unmerklich ab, und ich meinerseits erinnere mich nicht, welchen Tag der Woche oder des Monats wir haben.

Wie ich in diesem wunderbaren Wetter lese! Ich habe so wenig körperliche Bewegung, daß mein Bedarf an Schlaf nur sehr gering ist. Und es gibt hier so wenig von den Unterbrechungen im Lesen, von denen es so viele an Land gibt, daß ich mich fast stumpfsinnig lese. Ich hole in dieser Beziehung das Versäumte vieler Jahre nach. Es ist eine wahre geistige Schlemmerei, und ich bin überzeugt, daß unsere hohlköpfigen Matrosen mich für den Allerverrücktesten an Bord halten.

Bisweilen werde ich von dem vielen Lesen so wirr im Kopf, daß ich für jede Zerstreuung geradezu dankbar bin. Wenn wir in den stillen Gürtel zwischen Nordost- und Südostpassat kommen, werde ich mir von Wada meinen kleinen zweiundzwanzigkalibrigen Rekülstutzen an Deck bringen lassen und versuchen, schießen zu lernen. Als kleiner Junge pflegte ich gern zu schießen. Ich erinnere mich, daß ich, wenn ich ins Gebirge ging, immer eine Schrotflinte mit mir schleppte.

Während die Kampanje reichlich Raum zum Spazierengehen bietet, kann man die Deckstühle nur unter den Sonnensegeln aufstellen, die zu beiden Seiten des Navigationshauses ausgespannt sind. Dieser Raum wird aber wiederum dadurch begrenzt, daß man je nach der Stellung der Sonne, der Frische des Windes, immer nur die eine oder die andere Seite benutzen kann. Deshalb kommt es von selbst, daß Fräulein Wests Stuhl fast immer neben dem meinen steht. Kapitän West hat natürlich auch einen Deckstuhl, er benutzt ihn aber nur sehr selten. Das Manövrieren des Schiffes und die täglichen Beobachtungen machen ihm so wenig Arbeit, daß er selten mehr als eine Stunde im Navigationshaus verweilt. Er sitzt lieber in der großen Kajüte, ohne etwas anderes zu tun, als mit offenen Augen zu träumen, während der frische Wind durch die offenen Lichtpforten hereinweht. Fräulein West sehe ich jetzt sehr viel. Ich lese ihr oft vor – natürlich namentlich aus Büchern, die mir Gelegenheit geben, sie etwas auszuforschen. Dieses Vorlesen führt außerdem zu längeren Diskussionen, und ich muß betonen, daß sie bisher nichts geäußert hat, was meine ursprüngliche Auffassung von ihr irgendwie geändert hätte.

Sie ist eine reife Frau, mit der ganzen äußeren Sicherheit einer solchen, hat aber die Frische des jungen Mädchens. Sie ist großzügig, zuverlässig, verständig, ja, und auch empfindungsfähig. Aber ihre überströmende Lebenskraft widerspricht der Reife ihres Wesens. Bisweilen kommt es mir vor, als müßte sie schon in den Dreißigern sein. Dann aber wieder, wenn ihre Lebensgeister und ihre Lachlust angeregt sind, scheint sie kaum dreizehn.

Und ... ja, das darf ich nicht vergessen: ich weiß jetzt, daß nicht das Interesse für einen fremden Mann – mit anderen Worten für mich – sie bewogen hat, die Reise mitzumachen.

Sie hat es nur ihres Vaters wegen getan. Irgend etwas stimmt nicht bei ihm. Hin und wieder habe ich bemerkt, daß sie ihn mit Blicken betrachtet, die eine unbeschreibliche Sorge, eine rührende Liebe offenbaren. Gestern erzählte ich bei Tisch eine lustige Geschichte, als mein Blick zufällig auf Fräulein West fiel. Sie hatte gar nicht zugehört. Die Hand, mit der sie ihre Gabel zum Munde führte, blieb einen Augenblick unbeweglich in der Luft, während sie ihren Vater mit Augen anstarrte, die nichts sahen als ihn. Es war ein Blick voll tiefer Angst. Als sie merkte, daß ich sie beobachtete, ließ sie mit wundervoller Selbstbeherrschung die Hand ganz langsam und natürlich sinken, aber ihr Blick wich nicht vom Gesicht ihres Vaters.

Aber ich hatte es doch gesehen, ja, ich sah noch mehr: Ich sah, wie Kapitän Wests Gesicht durchsichtig bleich wurde, wie seine Augenlider sich langsam schlossen und seine Lippen flüsterten, ohne einen Laut von sich zu geben. Dann öffneten sich die Augen wieder, seine Lippen gewannen die gewohnte Selbstbeherrschung wieder, und langsam kehrte die Farbe in seine Wangen zurück.

Und doch war das derselbe Kapitän West, der sieben Stunden später die hochmütige Seemannsseele des Steuermanns züchtigte. Es war am selben Abend; es war sehr dunkel, und die Mannschaft stand auf dem großen Deck und halte aus. Ich kam eben aus dem Navigationshaus und sah Kapitän West mit den Händen in den Taschen an mir vorbeigehen. Er ging bis zur Kampanje. Plötzlich hörte man vom Besanmast den scharfen Ton von reißendem Tauwerk und das Krachen von zerbrechendem Holz. Im selben Augenblick fielen die Matrosen rücklings auf das Deck und kollerten dort herum.

Es folgte ein kurzes Schweigen. Dann hörte ich die Stimme Kapitän Wests: »Was war denn das, Steuermann?«

»Das Fall, Käpt'n«, kam eine Antwort aus dem Dunkel.

Abermals herrschte einen Augenblick allgemeines Schweigen. Dann hörte ich wieder die Stimme Kapitän Wests: »Ein andermal fieren Sie zuerst Ihre Schot!«

Nun ist Pike zweifellos ein glänzender Seemann, aber in diesem »Fall« hatte er tatsächlich einen Fehler gemacht. Ich kann mir vorstellen, welchen Schlag diese Rüge für seinen Stolz bedeutete, um so mehr, als er durchaus keinen guten Charakter hat, sondern rachsüchtig und primitiv ist, und wenn er auch mit dem gebotenen Respekt: »Jawohl, Käpt'n«, antwortete, so war ich doch überzeugt, daß die armen Teufel, die ihm unterstellt sind, im Laufe der Nacht seinen Zorn zu fühlen bekamen.

Es kam auch, wie ich erwartet hatte – denn heute morgen bemerkte ich, daß John Hackey, ein Friscoer Strolch, ein blaues Auge hatte, und daß Guido Bombini mit einem geschwollenen Kinn herumlief, das nicht von schlechten Eltern war. Ich fragte Wada, und er lieferte mir prompt die neuesten Nachrichten. Es hatte eine gehörige Tracht Hiebe auf der Back gesetzt, während wir achtern in unseren Betten schlummerten. Auch heute noch geht Pike mürrisch und verärgert herum. Er schnauzt die Männer noch mehr an als sonst und ist nur eben höflich gegen Fräulein West und mich. Er grunzt seine einsilbigen Antworten in den Bart, während sein Gesicht den Superlativ von Ärger ausdrückt. Fräulein West, die von der Geschichte gestern nichts weiß, lacht und sagt, er sei »seesauer«, eine Erscheinung, die sie öfters erlebt zu haben behauptet, und die sie so getauft hat.

Aber ich kenne Pike, diesen prächtigen, eigensinnigen alten Seebären jetzt gründlich. Es wird genau drei Tage dauern, ehe er wieder der alte ist. Er ist nämlich sehr stolz auf seine seemännische Tüchtigkeit, und am meisten an der ganzen Geschichte kränkt ihn das Bewußtsein, einen Bock geschossen zu haben.

Heute, genau achtundzwanzig Tage nach unserer Abfahrt, passierten wir in früher Morgenstunde die Linie. Ich trank gerade meinen Kaffee, als es geschah. Und Charles Davis feierte die Begebenheit, indem er O'Sullivan ermordete. Bonny, ein langaufgeschossener dünner Bengel von Mellaires Wache, brachte uns die Nachricht. Der Untersteuermann und ich hatten eben den Lazarettraum betreten, als Pike selbst kam.

O'Sullivans Sorgen sind jetzt überstanden. Der andere in der Oberkoje hat sein trauriges Irrendasein mit dem Marlpfriem zu einem würdigen Abschluß gebracht.

Ich begreife diesen Charles Davis nicht! Er saß seelenruhig in seiner Koje und rauchte ebenso ruhig seine Pfeife, während er Mellaire seine Antworten gab. Und dabei ist er durchaus nicht verrückt. Mit voller Überlegung und kalten Blutes hat er den Wehrlosen ermordet.

»Warum hast du es getan?« fragte Herr Mellaire.

»Weil ... weil, Steuermann«, sagte Davis und paffte weiter. »Weil ...« paff, paff ... »weil er meinen Schlaf störte. Weil ...« paff, paff ... »weil er mich langweilte. Nächstes Mal« ... paff, paff ... »werden gewisse Herren, hoffe ich, vorsichtiger sein, wenn sie jemand zu mich hereinstecken. Es tut mir weh, wenn ich hier herauf klettern muß ...« paff, paff ... »und jetzt kriege ich wieder die Unterkoje.«

»Aber warum hast du es getan?« fauchte Pike.

»Ich sage es Ihnen ja, Steuermann, weil er mich langweilte. Ich hatte genug davon, und da befreite ich ihn heut morgen von seinem Elend. Der Mann ist verreckt. Da ist nichts zu machen. Es war Notwehr. Ich kenne das Gesetz. Mit welchem Recht haben Sie einen Verrückten zu mir gelegt?«

»Bei Gott, Davis«, rief der Steuermann, »du wirst nie deinen Abmusterungstag in Seattle erleben. Du wirst schon deinen Lohn kriegen. Einen harmlosen Verrückten zu morden! Du wirst ihm über Bord folgen, Freundchen.«

»Wenn das geschieht, werden Sie aufgehängt, Steuermann«, antwortete Davis. Er richtete seine kalten Augen auf mich und rief: »Und Sie, Herr, ruf ich zum Zeugen an! Sie hören, daß er mich bedroht! Und Sie werden vor Gericht beeiden, daß der Steuermann mein Leben bedroht hat. Er soll aufgeknüpft werden, und das von Rechts wegen.«

»Halt deine dreckige Fresse, oder ich schlage sie dir zu Brei, du verfluchter Bengel!« brüllte Pike und sprang mit geballter Faust auf ihn los.

Davis wich unwillkürlich zurück. Sein Fleisch war schwach, aber seine Seele nicht. Bald hatte er sich wieder in der Gewalt und zündete sich ruhig ein Streichholz an.

»Mir machen Sie keine Angst, Steuermann«, knurrte er. »Ich habe keine Angst zu verrecken. Früher oder später muß der Mensch ja doch dran glauben. Und im übrigen werde ich jetzt nicht sterben, ich werde diese Reise zu Ende machen und die Reeder vor Gericht laden.«

Tatsächlich kämpften in mir zwei Empfindungen miteinander – eine gewisse Bewunderung für diesen Matrosen, der krank und doch so mutig war, und die Sympathie für Pike, der sich so beleidigen lassen mußte, ohne es über sich zu bringen, den Kranken zu schlagen.

Dennoch sprang er in kalter Wut auf den Mann los, packte ihn mit seinen knochigen Händen am Hals und schüttelte ihn eine ganze Minute lang. Es war ein Wunder, daß er dem Mann nicht einfach das Genick brach.

»Ich lade Sie als Zeugen vor«, wandte Davis sich keuchend an mich, sobald der Steuermann ihn wieder losgelassen hatte.

Er röchelte und räusperte sich, befühlte seine Kehle und drehte den Kopf, um zu zeigen, wie schlimm er behandelt worden war.

»Die Spuren von den Fingern werden schon in ein paar Minuten zu sehen sein«, murmelte er mit hörbarer Zufriedenheit, sobald er wieder zu Atem kam.

Das war zuviel für Pike. Er machte kehrt und verließ fluchend den Raum. Als ich mich einige Minuten später ebenfalls entfernte, stopfte Davis sich wieder seine Pfeife. Dabei erzählte er Mellaire, daß er auch ihn als Zeugen vorladen wolle.

Auf diese Weise bekamen wir unser zweites Begräbnis an Bord. Pike ärgerte sich, weil die Elsinore so schnell lief, daß man keine ordentliche Zeremonie vornehmen konnte. Unter diesen Umständen verlor man nur wenige Minuten, indem man das große Marssegel der Elsinore backbraßte, um ihr die Fahrt zu nehmen, während O'Sullivan mit dem unvermeidlichen Sack Kohlen an den Füßen über Bord geschoben wurde.

»Ach, das ist ja alles nur Kinderspiel«, meinte Mellaire gemütlich, als wir während der ersten Wache die Kampanje auf und abgingen. »Ich machte mal eine Fahrt mit einem Lastdampfer, der vierhundert Chinesen an Bord hatte, Kulis, die nach Beendigung ihrer Vertragszeit heimkehrten. Da brach die Cholera aus. Wir warfen dreihundert von ihnen über Bord, Herr, dazu die beiden Bootsmänner, den größten Teil der Laskaren, die unsere Mannschaft bildeten, den Steuermann, den dritten Steuermann, den ersten und dritten Meister und schließlich den Kapitän selbst. Der zweite Meister und der weiße Heizer waren die einzigen, die unten übrigblieben, und ich selbst führte das Kommando an Deck, bis wir den Hafen erreichten. Die Ärzte wollten gar nicht an Bord kommen – sie ließen uns auf der Außenreede ankern und befahlen mir, unsere Toten über Bord zu werfen. Ich mußte selbst die Leichen einwickeln und mit der Donkeymaschine an Deck heißen, und nach jeder Leiche, die ich über Bord warf, nahm ich einen Schnaps. Als ich mit der Arbeit fertig war, hatte ich einen tüchtigen sitzen.«

»Und Sie selbst bekamen keine Cholera?« fragte ich.

Mellaire zeigte mir seine linke Hand – ich hatte schon bemerkt, daß der Zeigefinger fehlte.

»Das ist alles, was mir passierte. Der Alte hatte einen Foxterrier wie Sie. Und als der Alte über Bord gegangen war, wurden der Hund und ich die besten Freunde. Als ich aber eben die letzte Leiche an Deck heißte, was tat das kleine Biest da? Sprang an meinen Beinen hoch und schnüffelte an meiner Hand. Ich drehte mich um und wollte ihn streicheln, aber im selben Augenblick war meine andere Hand zwischen die Räder gekommen, und der Finger war weg.«

»Herrgott!« rief ich. »Welch ein Pech, den Finger zu verlieren, wenn man durch eine so gräßliche Geschichte glücklich hindurchgekommen ist.«

»Ja, das dachte ich auch«, pflichtete Mellaire mir bei.

»Aber was taten Sie dann?« fragte ich.

»Na, ich guckte mir den Finger an, sagte ›Lieber Gott!‹ oder so was und nahm noch einen Schnaps. Ich glaube, ich war so voll von Alkohol, daß die Bakterien tot umfielen, sobald sie nur den Geruch spürten.« Er überlegte einen Augenblick. Dann fügte er hinzu: »Offen gestanden, Herr Pathurst, ich weiß nicht, ob diese Alkoholtheorie ganz richtig ist, denn der Alte und die beiden Bootsmänner waren auch besoffen, als sie starben, und der dritte Meister auch.«

Ich werde mich nie mehr wundern, daß das Leben auf See hart macht!

Es ist etwas geschehen. Aber keiner weiß, was, weder vorn noch achtern – natürlich mit Ausnahme der Beteiligten, die aus verständlichen Gründen den Mund halten. Aber das Schiff ist mit Gerüchten und Vermutungen geladen.

Aber eines ist sicher: Pike hat einen furchtbaren Schlag auf den Kopf bekommen. Gestern kam ich wieder verspätet zum Lunch, und als ich hinter seinem Stuhl vorbeiging, sah ich eine furchtbare Beule an seinem Kopf. Als ich mich ihm gegenüber gesetzt hatte, bemerkte ich, daß seine Augen ganz betäubt aussahen, ja, ich konnte sogar Schmerz darin lesen. Er beteiligte sich nicht an der Unterhaltung, aß nachlässig und benahm sich, als ob er nicht ganz bei sich wäre. Es war ganz deutlich, daß er sich mit eiserner Kraft zusammennahm.

Und keiner hat den Mut, ihn zu fragen. Ich weiß jedenfalls, daß ich nicht den Mut dazu aufbringen konnte. Dieser furchtbare Überrest aus vergangenen Tagen des Seemannslebens hat mir einen Respekt eingeflößt, der zur Hälfte aus Furcht, zur anderen Hälfte aus wirklicher Hochachtung gemischt ist. Er benimmt sich, als litte er an den Folgen einer Gehirnerschütterung. Daß er Schmerzen hat, ist unzweifelhaft, sein ganzes Benehmen, wenn er sich unbeobachtet glaubt, beweist es. Als ich heute nacht die Kajüte verließ, um einen Augenblick frische Luft zu schnappen und mir die Sterne anzusehen, stellte ich mich auf das große Deck unterhalb der Kampanje. Unmittelbar über meinem Kopfe hörte ich ein leises Stöhnen, das nicht aufhören wollte. Lautlos schlich ich mich näher. Jetzt sah ich, daß es Pike war, der gestöhnt hatte – er lehnte sich ganz zusammengebrochen an den Kampanjebogen und stützte den Kopf in die Hände.

Ungesehen von andern, machte er in der einsamen Nacht seinem Schmerz Luft.

Aber er führte seine Wache durch und kam seinen Pflichten als Offizier nach, als ob nichts geschehen wäre. Ich vergaß übrigens eines: Fräulein West wagte es, ihn zu fragen, und er antwortete ihr, daß er Zahnschmerzen hätte.

Wada kann nicht herausbekommen, was geschehen ist. Er erzählt, der asiatische Kreis, der in der Kabine des Kochs die Sache eifrig diskutiert hat, sei der Ansicht, daß es die drei Banditen sind, die »das Ding gedreht« haben. Bert Rhine läuft nämlich mit einer gelähmten Schulter herum, Nasen-Murphy humpelt, und Bub Twist liegt krank in der Koje. Diese Tatsachen sind das einzige, woraus man sich etwas zusammenreimen kann. Die Banditen sind ebenso verschwiegen wie Pike. Der asiatische Kreis ist aber zu dem Schluß gekommen, daß ein Mordversuch gemacht wurde, der nur daran scheiterte, daß der Schädel des Steuermanns zu hart war.

Gestern abend bekam ich einen neuen Beweis, daß Kapitän West in Wirklichkeit den Ereignissen auf der Elsinore gegenüber nicht ganz so gleichgültig ist, wie er tut. Ich war über die Laufbrücke bis zum Besanmast gegangen und stand in dessen Schatten, so daß man mich nicht gleich sehen konnte. Von dem engen Durchgang zwischen Mittschiffshaus und Finkennetzreling am Großdeck unten hörte ich die Stimmen Bert Rhines, Murphys und Mellaires. Sie unterhielten sich freundschaftlich, ja sogar vertraulich, denn ihre Stimmen hatten einen gemütlichen Klang, hin und wieder lachte einer, bisweilen alle drei. Ich dachte an den Bericht Wadas über den Verkehr des Untersteuermanns mit den Banditen und versuchte zu lauschen. Aber die Banditen sprachen sehr leise, und ich konnte nur feststellen, daß die Unterhaltung äußerst freundschaftlich und vertraut vor sich ging.

Plötzlich hörte ich Kapitän Wests Stimme von der Kampanje her. Es war nicht die Stimme Samurais. Doch ich weiß, daß es mich durchschauerte, als ich sie hörte – sie war so wundervoll und doch so beherrscht und kalt wie das Klirren von Stahl in einer eisigen Nacht. Und ich merkte, daß die Stimme auf die Männer unten wie ein elektrischer Schlag wirkte. Ich konnte fühlen, wie sie erstarrten und erschauerten, als sie die Stimme hörten. Und doch sprach sie nur: »Unter-steuermann!«

»Jawohl, Käpt'n«, antwortete Mellaire nach einem kurzen Schweigen, das voll unheimlicher Spannung war.

»Kommen Sie achteraus«, erklang die Stimme Kapitän Wests.

Ich hörte, wie der Untersteuermann an Deck lief und ei-nen Augenblick am Fuß der Kampanjetreppe stehenblieb.

»Ihr Platz ist hinter dem Mast, Steuermann«, sagte die kal-te, leidenschaftslose Stimme.

»Jawohl, Käpt'n«, antwortete der Untersteuermann.

Das war alles. Kein Wort wurde weiter gesprochen. Kapi-tän West begann wieder, an der Luvseite der Kampanje auf und abzugehen, und Mellaire stieg die Treppe hinauf und begann seine Wache auf der Leeseite.

Ich selbst ging weiter über die Laufbrücke bis zum Vor-derkastell und blieb eine halbe Stunde dort stehen, ehe ich über das Großdeck in die Kajüte zurückkehrte. Ohne mir über meine Gründe klar zu sein, hatte ich doch das Gefühl, daß niemand erfahren dürfe, daß ich die Begebenheit miter-lebt hatte.

Der Nordostpassat hat uns jetzt fast bis zum Südwestpas-sat gebracht, ließ uns aber vorher mehrere Tage in der stillen Zone schlingern und halb ersticken. Während dieser Zeit machte ich indessen die Entdeckung, daß ich Talent zum Stutzenschießen habe. Pike schwor, daß ich viel Übung haben müßte, und ich war selbst ganz verblüfft, weil es mir so leicht fiel. Nachdem ich eine halbe Stunde von dem schwankenden Deck aus auf Flaschen geschossen hatte, die auf den Wogen schaukelten, war ich schon so weit, daß ich jede Flasche auf den ersten Schuß zertrümmerte.

Ich würde meine eigene Fähigkeit auf diesem Gebiet nicht als etwas Außergewöhnliches betrachtet haben, hätte ich nicht Fräulein West und Wada bewogen, auch ihr Heil zu versu-chen. Keiner von ihnen hatte so viel Erfolg wie ich. Zuletzt überredete ich auch Pike, aber er ging hinter das Steuerhaus, damit keiner von der Mannschaft sehen konnte, wie schlecht er schoß. Er traf überhaupt nicht.

»Ich habe den Dreh beim Stutzenschießen nie herauskriegen können«, sagte er ärgerlich. »Aber im Nahkampf mit dem Revolver stehe ich meinen Mann. Ich glaube, es ist am besten, ich hole mir meinen herauf und schieße ihn ein bißchen ein.«

Er ging nach unten und kehrte mit einer großen vierundvierzigkalibrigen automatischen Pistole und einer Handvoll scharfer Patronen wieder.

»Es ist einfach verblüffend, Herr Pathurst, was man mit so einer Waffe machen kann, wenn man nur von rechts auf den Körper zielt, auf den Bauch zum Beispiel, auf drei bis vier Meter. Im Nahkampf können Sie die Flinte ja gar nicht verwenden. Ich lag einmal auf dem Boden, und eine ganze Bande war über mir und trampelte auf mir herum, als ich begann, mit dem Ding hier zu knallen. Das tat ihnen gut, kann ich Ihnen sagen! Einer von der Bande wollte mir gerade seine Riesenplattfüße ins Gesicht pflanzen, als ich losschoß. Die Kugel ging über seinem Knie hinein und riß ihm schließlich noch ein Ohr ab.«

»Fürchten Sie aber nicht, Ihre ganze Munition zu verbrauchen?« fragte er mich eine halbe Stunde später, als ich noch immer drauflosknallte.

Er war sehr beruhigt, als ich ihm mitteilte, daß ich nicht weniger als fünfzigtausend Patronen an Bord hatte.

Während wir noch schossen, kamen zwei Haie angeschwommen. Sie waren sehr groß, Pike schätzte sie auf mindestens viereinhalb Meter. Es war Sonntagmorgen, so daß die Mannschaft mit Ausnahme derer, die notwendige Schiffsarbeit erledigen mußten, freie Zeit hatten, und es dauerte deshalb nicht lange, so hatte der Zimmermann den einen Hai mittels eines Seils gefangen, an dessen Ende er einen mächtigen eisernen Haken mit einem Stück gesalzenen Specks von der Größe eines Kopfes befestigt hatte. Bald hatte er auch das andere Ungeheuer auf dem Haken. Sie wurden beide an Bord geholt. Und dann sah ich ein Schauspiel, das mir wieder die ganze Grausamkeit, die auf See herrscht, enthüllte.

Die Mannschaft versammelte sich um die beiden Tiere, mit Scheidemessern, Äxten, Keulen und großen Schlachtmessern bewaffnet, die sie sich in der Kombüse geliehen hatten. Ich will hier keine Einzelheiten schildern, sondern nur berichten, daß sie sich wie vollkommen verrückt vor lüsterner und grausamer Aufregung gebärdeten und vor Entzücken grölten und brüllten. Schließlich wurde der erste der beiden Haie in die See zurückgeworfen, nachdem man ihm ein spitzes Holzstück zwischen Ober- und Unterkiefer gesteckt hatte, so daß er den Rachen nicht mehr schließen konnte. Ein unvermeidlicher, langsamer Hungertod mußte die Folge sein.

»Ich will euch mal was zeigen, Kinder«, brüllte Andy Fay, als sie sich anschickten, den zweiten Hai ebenso zu mißhandeln.

Ich glaube, das, was ich jetzt sah, machte mich mehr als alles andere hart und herzlos gegen diese rohen Bestien. Zum Schluß wälzte sich der unglückliche Hai ohne Eingeweide auf dem Deck. Die Matrosen hatten sie alle herausgeschnitten. Es war nichts übrig, als die Fleischkruste des unglücklichen Tieres, das noch immer nicht verenden konnte.

Plötzlich steckte mir Mulligan Jacobs, dessen Arme blutbeschmiert wie die eines Fleischers waren, ein Stück Fleisch in die Hand. Ich trat erschrocken zurück und ließ es an Deck fallen, während die zwei Dutzend Matrosen in ein wildes Gejohle ausbrachen. Diese rohen Bestien hatten nur wenig Achtung vor mir.

Ich betrachtete den Fleischklumpen, den ich fortgeworfen hatte – es war das Herz des Hais. Und als ich es mir näher ansah, bemerkte ich, daß es hier auf dem brennend heißen Deck immer noch lebte und schlug. Da nahm ich mich zusammen und wagte es! Ich wollte nicht, daß diese Bestien das Vergnügen haben sollten, mich auszulachen. Ich blieb stehen und hob das Herz auf, während ich mühsam meine Übelkeit beherrschte, hielt es in meiner Hand und fühlte es auch dort schlagen. Da ließ Mulligan Jacobs mich stehen, um sich interessantere Unterhaltung zu verschaffen, indem er den Hai, der immer noch nicht sterben wollte, weiterquälte.

Aber jetzt wurde es mir doch unerträglich, und ich zog mich zurück, trug aber dabei immer noch das klopfende Herz in meiner Hand.

Als ich auf die Kampanje trat, sah ich Fräulein West mit ihrem Nähkorb aus der Tür des Navigationshauses kommen. Ich schlich mich auf die Steuerbordseite des Navigationshauses, um heimlich das furchtbare Ding, das ich in der Hand trug, über Bord zu schleudern. Es war in der tropischen Hitze an der Oberfläche ganz eingetrocknet, und doch schlug es immer noch. Als ich es fortwerfen wollte, blieb es mir an der Hand kleben. Statt über Bord zu fliegen, fiel es auf die Finkennetzreling und blieb dann im Schatten liegen. Als ich hineinging, um mir die Hände zu waschen, warf ich noch einen letzten Blick darauf und sah, daß es immer noch schlug.

Und als ich zurückkam, schlug es noch. Da hörte ich etwas plätschern, das von der Kuhl des Schiffes über Bord geworfen wurde, und ich wußte, daß es der Kadaver des Hais war. Ich blieb stehen, gebannt durch das Schauspiel, das das immer noch klopfende Herz mir bot.

Laute Rufe erregten meine Neugier. Alle waren auf die Reling geklettert und spähten in die See. Ich folgte ihren Blicken und sah etwas Seltsames. Der Hai, dem sie die Eingeweide herausgenommen hatten, war nicht verendet – er bewegte sich, er schwamm, er schlug mit dem Schwanz und versuchte zu tauchen. Bisweilen gelang es ihm, fünfzig oder hundert Fuß weit zu tauchen, dann wurde er wieder, trotz seinem vergeblichen Bemühen, an die Oberfläche getrieben. Jeder seiner zwecklosen Versuche wurde von einem wilden Gejohle der Matrosen begrüßt. Warum lachten sie? Es war ein erhabenes Schauspiel, dieser verzweifelte Kampf des Hais, dem man Herz und Eingeweide herausgenommen hatte; es war schrecklich anzusehen, aber zum Lachen war es nicht! Denn was sollte lächerlich sein an einem Tier, das, bis zum äußersten gequält, hilflos an der Oberfläche des Meeres kämpft und in verzweifelter Ohnmacht sein leeres Inneres der glühenden Sonne darbietet?

Ich wollte mich abwenden, als erneutes Gejohle meine Aufmerksamkeit auf sich zog. Ein halbes Dutzend anderer

Haie waren auf der Bildfläche erschienen, kleinere Tiere, etwa drei Meter lang. Sie griffen ihren hilflosen Genossen an. Sie rissen ihn in Stücke, zerfleischten ihn, verschlängen ihn. Ich sah den letzten Bissen in ihren Rachen verschwinden. Jetzt war er fort, hatte sein Grab in den lebenden Körpern von Wesen seiner eigenen Art gefunden, wo der Verdauungsprozeß schon begonnen hatte. Und doch lag hier an Deck, im Schatten der Finkennetzreling, immer noch dieses furchtbare Herz und schlug und schlug.

Ja, diese Reise ist zu Tod und Verderben beistimmt. Ich kenne Pike jetzt, und wenn er entdeckt, wer Mellaire eigentlich ist, dann gibt es Mord und Totschlag. Denn Mellaire ist gar nicht Mellaire. Er ist auch nicht aus Georgia – vielmehr stammt er aus Virginia, und sein richtiger Name ist Waltham ... Sidney Waltham. Er gehört zum virginischen Zweig der Walthams, ist zwar ein schwarzes Schaf, bleibt aber immerhin ein Waltham. Ich bin fest überzeugt, daß Pike ihn töten würde, wenn er erführe, wer Mellaire ist.

Ich werde erzählen, wie ich diese verblüffende Tatsache entdeckt habe. Es war gestern nacht. Kurz vor Mitternacht. Ich war wieder einmal auf die Kampanje gegangen, um die Frische des Südostpassats zu genießen, der uns jetzt vor sich herfegte – wir segelten dicht beim Winde, um Kap San Roque luvwärts zu umgehen. Pike hatte die Wache, und ich ging mit ihm auf und ab, während er mir Erlebnisse aus seinem bewegten Leben erzählte. Das hatte er schon oft getan, und namentlich hatte er mit Stolz – oder richtiger mit Ehrfurcht von seinem Lehrmeister gesprochen, unter dem er fünf Jahre gefahren war. Es war der »alte Kapitän Sommers«, wie er ihn immer nannte, »der feinste, aufrechteste und edelste Mann, unter dem ich je gefahren bin, Herr Pathurst«.

Nun – heute nacht kam die Rede auf traurige Ereignisse, und Pike verbreitete sich über die Schlechtigkeit der Welt und im besonderen über die Schlechtigkeit des Mannes, der Kapitän Sommers ermordet hatte.

»Er war schon ein alter Mann, über siebzig«, berichtete Pike. »Er hatte schon einmal einen kleinen Schlaganfall gehabt. Und dieser Teufel von Untersteuermann erwischte ihn einmal spät in der Nacht, als er im Bett lag, und prügelte den alten Mann zu Tode. Es war furchtbar! Sie erzählten mir damals davon! Es geschah im Hafen von San Francisco, an Bord der Jason Harrison ... elf Jahre ist es her. Und wissen Sie, was man tat? Erstens ließ man den Mörder am Leben, obgleich er hätte gehängt werden müssen. Er spielte den Verrückten, weil ihm mal vor vielen Jahren irgendein verrückter Schiffskoch den Schädel eingeschlagen hatte. Und als er sieben Jahre im Zuchthaus gesessen hatte, ließ der Gouverneur ihn laufen, weil er aus guter Familie war, aus einer einflußreichen, alten Virginiafamilie, den Walthams – Sie haben wohl auch von ihnen gehört –, und die wandten jedes Mittel an, um ihn loszukriegen. Sidney Waltham hieß er.«

In diesem Augenblick gab ein Schlag auf die Schiffsglocke das Zeichen, daß die Wache in einer Viertelstunde abzulösen war. Den Steuermann hatte sein Bericht über den Tod seines Lehrmeisters so aufgeregt, daß er stehengeblieben war, und jetzt standen wir beide am Rand der Kampanje. Ein verhängnisvoller Zufall wollte, daß Mellaire schon eine Viertelstunde vor Beginn seiner Wache herauskam und die Kampanjetreppe heraufstieg. Während der Steuermann noch sprach, trat Mellaire zu uns.

»Daß man ihm das Leben ließ«, sagte der Steuermann, »solange er wenigstens im Zuchthaus saß – schön. Als sie ihn aber begnadigten, da schwur ich, ihn zu kriegen. Und das tue ich auch! Ich glaube weder an Gott noch an den Teufel, und es ist und bleibt eine verflucht dreckige und gemeine Welt, aber ich glaube an Vorahnungen, und ich weiß, daß ich ihn kriegen werde.«

»Und was werden Sie dann tun?« fragte ich.

»Tun?« Pikes Stimme war von Staunen erfüllt: konnte jemand so töricht sein, daß er das nicht von selbst begriff? »Tun? Nun, was tat er mit dem alten Kapitän Sommers? Seit drei Jahren ist er zwar verschwunden. Niemand hat etwas von ihm gehört. Aber er ist Seemann und wird früher oder später auf die See zurückkehren, und dann ...«

Der Untersteuermann steckte sich gerade die Pfeife an, und beim Schein der flackernden Flamme sah ich Pikes Gorillaarme mit den ungeheuren geballten Fäusten gen Himmel gehoben, während sein Gesicht sich vor Aufregung verzerrte. Und im selben kurzen Augenblick sah ich die Hand des Untersteuermanns, die das Streichholz hielt, zittern.

»Und ich habe nie auch nur eine Photographie von ihm gesehen«, fügte Pike hinzu. »Aber ich habe eine ganz allgemeine Vorstellung davon, wie der Kerl aussieht, und außerdem hat er ein Zeichen, das nicht irreführen kann. Ich würde ihn selbst im Dunkeln erkennen. Ich brauche nur nachzufühlen.«

»Wie, sagten Sie, hieß der Kapitän, Steuermann?« fragte Mellaire scheinbar gleichgültig.

»Sommers ... der alte Sommers«, antwortete Pike.

Mellaire wiederholte den Namen und sagte dann verwegen: »Hat er nicht mal die Lammermoor befehligt ... vor dreißig Jahren, glaube ich ...?«

»Ganz recht. Das ist er.«

»Dacht' ich doch, daß ich ihn kannte. Ich ankerte mal direkt neben ihm ... in der Tafelbucht.«

»Oh, diese dreckige Welt«, murmelte Pike noch, als er sich langsam und mit schleppenden Schritten entfernte.

Ich sagte dem Untersteuermann gute Nacht und wollte nach unten gehen, als er mich mit leiser Stimme zurückrief.

»Herr Pathurst!«

Ich blieb stehen. Und da sagte er, überstürzt und verwirrt: »Ach, nichts ... ich bitte um Verzeihung.«

Als ich in meiner Koje lag, fühlte ich, daß ich tatsächlich nicht imstande war, zu lesen. Immer wieder kehrten meine Gedanken zu dem zurück, was soeben an Deck geschehen war, und gegen meinen Willen tauchten die unheimlichsten Bilder wieder in meinem Kopfe auf.

Plötzlich kam Mellaire lautlos in meine Kajüte und hielt den Zeigefinger warnend vor den Mund. Erst als er neben meiner Koje stand, begann er flüsternd zu reden.

»Ich bitte um Verzeihung, Herr Pathurst. Ich bitte um Verzeihung, aber sehen Sie ... ich kam zufällig vorbei und sah, daß Sie noch wach waren ... ich dachte mir, daß es Sie nicht stören würde ... sehen Sie, ich möchte Sie um eine Gefälligkeit bitten ... ich ... ich ... äh ...«

Ich wartete ruhig, daß er weitersprechen sollte, und in der Pause, während er sich die trockenen Lippen mit der Zunge netzte, sah mich das Wesen, das in seinem Gehirn verborgen war, durch seine Augen an und schien fast herauszuspringen und sich auf mich stürzen zu wollen.

»Es ist nur eine ganze Kleinigkeit«, begann er wieder, diesmal zusammenhängender, »eigentlich lächerlich ... aber Sie werden sich vielleicht erinnern, daß ich Ihnen zu Beginn der Reise eine Narbe auf meinem Kopf gezeigt habe ... eine ganz unbedeutende Geschichte, die ich mir einmal geholt habe ... Aber ich geniere mich, sie jemand zu zeigen. Nicht um alles in der Welt möchte ich, daß zum Beispiel Fräulein West etwas davon wissen sollte ... Sie verstehen ... Sie haben ihr doch nichts davon gesagt?«

»Nein«, sagte ich. »Zufällig nicht.«

»Auch sonst niemand? Zum Beispiel Kapitän West? Oder Pike vielleicht?«

»Ich habe es keinem gesagt«, antwortete ich.

Er konnte die Erleichterung, die er empfand, nicht ganz verbergen. Das Verstörte verschwand aus seinem Gesicht. Das verborgene Wesen zog sich wieder tiefer in sein Gehirn zurück.

»Der Gefallen, um den ich Sie bitten möchte, Herr Pathurst, besteht darin, daß Sie mir versprechen, keinem etwas von dieser Bagatelle zu erzählen. Es ist wohl« – er lächelte, und seine Stimme wurde noch süßlicher als sonst – »so etwas wie Eitelkeit von mir. Sie verstehen, nicht wahr, Herr Pathurst?«

Ich nickte und machte eine ungeduldige Bewegung zum Zeichen, daß ich allein zu sein wünschte, um weiterzulesen.

»Ich kann mich also auf Sie verlassen, Herr Pathurst?«

Sein ganzes Wesen änderte sich. Es war in Wirklichkeit ein Befehl, und ich konnte fast – so schien es mir wenigstens – sehen, wie die Fangzähne des unheimlichen Wesens hinter seinen Augen drohend gefletscht wurden.

»Sicher«, antwortete ich kalt.

»Ich danke Ihnen, Herr ... ich danke Ihnen aufrichtig«, sagte er und schlich sich aus meiner Kabine. Selbstverständlich las ich nicht weiter. Wie hätte ich es können? Ich schlief auch nicht. Meine Gedanken irrten umher und konnten keine Ruhe finden. Und erst gegen Morgen fiel ich endlich zum ersten Male in dieser Nacht in einen leichten Schlummer.

Eins scheint mir aber klar: Pike ahnt nicht, daß der Mörder seines alten Lehrmeisters an Bord der Elsinore ist. Er hat nie die furchtbare Narbe gesehen, die Mellaires – oder vielmehr Sidney Walthams – Schädel zerklüftet. Und ich werde es Pike auch nie verraten. Jetzt weiß ich aber, warum ich vom ersten Augenblick an den Untersteuermann nicht leiden mochte. Und ich verstehe jetzt auch das lebende Wesen, das hinter seinen Augen lauert. Ich habe dasselbe unheimliche Wesen in den Augen der drei Verbrecher gefunden. Sie sind ja, wie der Untersteuermann, Zuchthäusler. Der Zwang, die Geheimnistuerei und die eiserne Kontrolle des Gefängnislebens haben in ihnen allen eine zweite, furchtbare Persönlichkeit entwickelt.

Und noch eins ist klar. An Bord dieses Schiffes, das jetzt durch den Südatlantik läuft, sind alle Elemente einer Tragödie gegeben. Unsere Fracht besteht aus menschlichem Dynamit, das jeden Augenblick unsere kleine schwimmende Welt in tausend Stücke sprengen kann.

Wir sind jetzt schon südlich von Rio, und es geht immer weiter nach Süden. Das Gebiet der Passate haben wir hinter uns, und der Wind ist jetzt sehr launisch, Regenschauer und Windstöße beunruhigen die arme Elsinore. Eine Stunde können wir in einer toten Kalmte schlingern, und in der nächsten Stunde schießen wir dann mit einer Geschwindigkeit von vierzehn Knoten dahin und müssen die Segel bergen, so schnell die Matrosen nur arbeiten können. Auf eine lange, träge und windstille Nacht, in der es unmöglich ist, in der stickigen schwülen Luft der Kabine zu schlafen, kann ein Tag mit einer brennendheißen Sonne und einer öligen, hohlen Dünung folgen. Und an anderen Tagen stampft dann wieder die Elsinore unter bewölktem Himmel mit beschlagenem Schleisegel und Obersegeln in einer kurzen Kappelsee.

Heute war die Kühlte gegen elf Uhr vormittags so steif, daß Pike das Großsegel bergen ließ. Das große Bramstagsegel war schon in den Vormars niedergeholt. Die Wache war aber nicht imstande, das Großsegel aufzugeien, und nachdem sie lange vergeblich gesungen und gehalt hatten, mußte schließlich die Freiwache herausgepurrt werden, um zu helfen.

»Du gütiger Himmel!« stöhnte Pike mir ins Ohr. »Zwei Wachen für so einen Fetzen, mit dem die Hälfte einer anständigen Wache ohne Mühe fertig werden könnte! Gucken Sie sich mal den Bootsmann an, der den andern ein Beispiel geben sollte.«

Der arme Nancy! Er war das traurigste, unglückseligste Geschöpf, das ich je gesehen hatte. Und Sundry Buyers war ebenso unfähig und kraftlos. In seinem Gesicht standen nur Verzweiflung und Hilflosigkeit geschrieben, und, die Hände gegen seinen Unterleib gepreßt, lief er hoffnungslos verwirrt umher, stets Arbeit suchend und nie imstande, sie zu finden.

»Du lieber Gott«, klagte Pike. »Wie soll man mit so einem Bootsmann jemand zur Arbeit antreiben? Und wenn sie erst bei Kap Horn alle Kräfte zugesetzt haben, was soll ich dann mit den Jammerlappen anfangen?«

Wenn der Wind flau ist, macht mein kleiner Stutzen mir großes Vergnügen. Ich habe schon an viertausend Patronen verschossen und betrachte mich schon fast selbst als Sachverständigen. Wenn ich einmal heimkomme, werde ich mich mit Scheibenschießen beschäftigen – es ist wirklich ein netter Sport.

»Papa kennt die See gründlich«, sagte Fräulein West heute nachmittag zu mir, als wir beisammen saßen. »Er versteht und liebt sie.«

»Vielleicht ist sie ihm auch nur eine Gewohnheit geworden«, meinte ich.

Sie schüttelte den Kopf.

»Nein, er kennt sich mit ihr aus. Und er liebt sie von ganzem Herzen. Deshalb ist er auch jetzt zu ihr zurückgekehrt. Alle seine Vorfahren waren ja Seeleute. Sein Großvater,

Anthony West, machte von 1801 bis 1847 nicht weniger als sechsundvierzig Reisen. Und sein Vater Robert befuhr als Steuermann die Nordküste, noch ehe die Zeit des Goldfiebers eingesetzt hatte, und wurde dann Führer von einigen der größten Klipper, die Kap Horn mit Goldjägern umsegelten. Elijah West, Papas Urgroßvater, war in den Revolutionsjahren Kaperkapitän – er führte die bewaffnete Brigg New Defence. Und auch dessen Vorfahren waren Besitzer, Kapitäne oder Steuerleute auf Kauffahrteischiffen, die auf große Fahrt liefen ... Anthony West führte 1808 und 1814 den großen Segler David Bruce und hatte Kaperbrief. Es war ein Schoner von zweihundert Tonnen, in Maine gebaut. Sie führte einen langen Achtzehnpfünder und zwei Zehnpfünder und lief wie der Wind. Er brach die Blockade von New Port, entwischte dann nach dem Kanal und der Biscaya und nahm für mehr als dreihunderttausend Dollar Prisen.

Papa liegt also die See im Blut. Jedes Schiff, mit dem er fährt, wird von ihm als eine besondere Individualität mit ihm eigentümlichen Eigenschaften empfunden. Ich habe ihn so oft in großen und gefahrvollen Augenblicken beobachtet ... In allem, was mit Schiffen oder der See zu tun hat, ist er wirklich ein Künstler ... es gibt kein anderes Wort dafür.«

»Sie denken groß und schön von Ihrem Vater«, bemerkte ich.

»Er ist der wundervollste Mann, den ich je getroffen habe«, antwortete sie. »Vergessen Sie nicht, daß Sie ihn nicht in seinen besten Jahren gekannt haben. Er ist nie wieder der alte geworden, seit meine Mutter tot ist.«

Sie brach plötzlich ab und schloß dann ebenso plötzlich:

»Sie kennen ihn nicht. Sie haben keine Ahnung, wie er ist.«

Ich glaube, wir werden heute einen sehr schönen Sonnenuntergang bekommen«, sagte Kapitän West gestern nachmittag.

Fräulein West und ich saßen in der Kajüte und spielten, ließen aber die Karten liegen und eilten an Deck. Der Sonnenuntergang hatte noch nicht begonnen, war aber doch sozusagen schon in Vorbereitung. Wir sahen, wie der Himmel seine Requisiten hervorholte – wie er die grauen Wolkenmassen in langen Reihen aufstellte oder in schweren Massen aufeinandertürmte, und wie er allerlei Farben auf seine Palette setzte – glühende Tinten, mit kräftigen, krassen Klecksen dazwischen.

Dann kam die große Farbenorgie, deren dominierender Ton grün war. Alles war grün, grün und wieder grün – das Blaugrün des Frühlings und das welke Grün, das Gelbgrün und das lohfarbene Grün des Herbstes, Orangegrün, Goldgrün und Kupfergrün. Und alle diese grünen Töne waren von einem Reichtum, der jeder Beschreibung spottet ... und dann verschwand und verwelkte der ganze Reichtum, dieses grüne Farbenspiel, und verbreitete sich über die grauen Wolken und über die See, die nun das wundervolle goldene Rot blanken Kupfers annahm, während die Tiefe in ihrer weichen, seidigen Fläche von dem duftigsten Erbsengrün getönt wurde. Dann legte sich über die Wolken ein langer schmaler Schwaden aus Rubin und Granatrot. Und über diesem Schwaden, von dem großen Farbenmassiv durch einen grauweißen Nebelstrich getrennt, lag ein anderer, noch schmälerer Streifen von rubinfeurigem Wein.

Als die Farben und die Abenddämmerung verschwanden und welkten, weinte der Mond, in Nebel gehüllt, und wie funkelnde Silbertropfen fielen seine Tränen in die dunkelviolette See. Und dann sank die Dunkelheit der Nacht auch auf uns herab, und wir erwachten aus unsern farbigen Träumen. Mit Schönheit gesättigt standen wir beide an der Reling und lehnten uns schweigend aneinander. –

Die Tage gleiten dahin, und die Jahreszeiten folgen in ihren Spuren. Gegen Ende des Winters haben wir Baltimore verlassen, während der Fahrt wurde es Frühling und Sommer, und jetzt haben wir schon Herbst und arbeiten uns dem Winter des stürmischen Kap Horn entgegen. Und wenn wir das Kap umsegelt haben und weiter nordwärts laufen, werden wir abermals durch Frühling und Sommer kommen, und es wird ein langer, langer Sommer sein. Denn wir folgen der Sonne nordwärts durch ihre Deklination und kommen im Sommer in Seattle an.

Wir sind jetzt auf der Höhe des La Plata, also in einem Gebiet, das wegen seiner Stürme gefürchtet ist. Pike hält Ausschau nach einem Pampero. Kapitän West scheint nach nichts Ausschau zu halten, aber ich habe doch festgestellt, daß er, sobald das Barometer oder der Himmel drohend erscheint, an Deck ist.

Die erste Probe des La-Plata-Wetters erhielten wir gestern abend. Wir hatten eine Flaute, und die Elsinore konnte ihren Kurs nur durch die hin und wieder aufkommenden Windstöße aus dem Norden halten, schlingerte aber verzweifelt in einer gläsernen, hohlen Dünung, der Nachwirkung eines Sturmes, der südlich von uns geweht hatte. Rechts voraus erhob sich schnell wie durch Zauber über dem Horizont ein dichter, schieferschwarzer Block, der eigentlich nicht die geringste Ähnlichkeit mit Wolken hatte. Es war nur eine unheimliche schwarze Masse, die immer höher stieg, bis sie über unseren Köpfen hing, um sich dann langsam nach rechts und links auszubreiten und schließlich das halbe Meer unsern Blicken zu verbergen. Und immer noch kamen hin und wieder leichte Windstöße aus Norden und strafften unsere Segel. Und immer noch schlingerte die Elsinore weiter durch die hohle glatte Dünung, während wir uns langsam dieser drohenden, schwarzen Wand näherten. Im Osten tobte ein Gewitter, und Blitze flammten dort auf, aber die schwarze Masse vor uns wurde von seltsamem Flackern und Wetterleuchten zerrissen.

Bald aber legten sich auch die Windstöße. In den Pausen zwischen dem Donnern des heraufziehenden Gewitters erreichten uns die Stimmen der Männer, die auf den Rahen waren, als befänden sie sich direkt neben uns und nicht mehrere hundert Fuß von uns entfernt. Beide Quartiere arbeiteten unter dem Kommando der Steuermänner, während Kapitän West in seiner gewohnten gleichgültigen Art auf der Kampanje auf und ab wanderte. Wenn er einen Befehl erteilte, tat er es so leise, als ob er sich mit dem Steuermann privat unterhielte – und auch nur, wenn Pike selbst die Kampanje betrat, um eine Frage an ihn zu stellen.

Und dann kam der Wind. Kam aus der Dunkelheit vorn mit der Plötzlichkeit eines Blitzes. Und gleichzeitig überfiel uns auch die schwarze Dunkelheit – man konnte sie sozusagen greifen. Es gibt keinen andern Ausdruck, dies zu beschreiben, als den alten Gemeinplatz, daß man keine Hand vor Augen sehen konnte.

Die Gabrielstimme des Samurais klang durch das Brüllen des Sturmes.

»Helm in Lee«, lautete sein hell klingender Sturmruf an den Rudergast. »Helm in Lee«, rief der Rudergänger zurück, undeutlich, unklar mit halberstickter, heiserer Stimme.

Dann kamen die Blitze über uns. Sie badeten uns in ihren blauen Flammen, jedesmal minutenlang. Und unterdessen brüllte und dröhnte der Donner unaufhörlich. Es war ein unheimliches Schauspiel – hoch oben das schwarze Gerüst von Spieren und Masten, von allen Segeln entblößt. Darunter die Matrosen, die wie riesige Käfer herumkletterten, um die Rahesegel zu bergen. Die wenigen Segel unter ihnen, die noch gesetzt waren, schimmerten weiß, drohend, unheimlich ... und endlich, ganz unten: Deck und Brücke und Hütten der Elsinore und ein Gewirr von wehenden Tauenden und Klumpen und Knäuel von menschlichen Wesen, die schwankend heißten und halten.

Was jetzt geschah, weiß ich nicht. Nur das weiß ich, daß ich hin und wieder die Erzengelstimme hörte. Dann brach tiefe Dunkelheit über uns herein, und der Regen ergoß sich in gewaltigen Strömen. Man hatte den Eindruck, daß der Regen nicht nur von oben, sondern auch von unten kam, er durchdrang alles, bahnte sich seinen Weg in meinen Südwester durch das Ölzeug, unter meinen enggeschlossenen Kragen und in die großen Seestiefel hinein. Ich war betäubt und halb bewußtlos durch diesen gewaltsamen Angriff von Donner und Blitz, Wind, Dunkelheit und Wasser. Und doch stand die ganze Zeit neben mir auf der Kampanje der Herr und Meister ruhig und besonnen und offenbarte den elenden Geschöpfen drunten seine Weisheit und seinen Willen. Und sie gehorchten ihm. Aus aller Kraft hielten sie die Brassen an, fierten Schote, braßten Rahen um, geiten Bauchgordinge auf, ließen Bullienen gehen, beschlugen und refften die mächtigen Segel oder ließen sie killen.

Genau weiß ich also nicht, was geschah, aber Fräulein West und ich klammerten uns eng aneinandergepreßt an den Bogen an. Meinen einen Arm hatte ich um sie gelegt, mit der andern Hand hatte ich den Bogen gefaßt. Ihre Schulter preßte sich eng an mich, und ihre eine Hand ballte sich um den Aufschlag meines Ölrocks. Eine Stunde später gingen wir über die Kampanje zum Navigationshaus – wir mußten uns gegenseitig helfen, den Halt nicht zu verlieren, weil die Elsinore in der immer schwerer werdenden See stampfte und bockte. Aber die Krisis war überstanden, das Schiff lebte, und wir lebten. Und mit Gesichtern, von denen das Wasser troff, und in denen unsere Augen heiter strahlten, sahen wir uns an und lachten fröhlich im hellen Licht des Navigationsraumes.

Am Fuß der Treppe sagte ich ihr Gute Nacht. Als ich an der offenen Tür der großen Kajüte vorbeiging, warf ich einen Blick hinein. Dort saß Kapitän West, den ich noch immer an Deck geglaubt. Seine Sturmkleidung hatte er schon abgelegt und die Seestiefel durch elegante Hausschuhe ersetzt. Er saß gemütlich zurückgelehnt in einem der großen Klubsessel. Mit weit geöffneten Augen starrte er durch den Rauch seiner Zigarre auf irgendwelche Visionen, die sich ihm vor dem Hintergrund der wild schwankenden Kajütenwand zeigten. –

Um elf Uhr heute morgen erlitt der Plata aber ein Fiasko. Letzte Nacht war es ein richtiger Pampero gewesen, wenn auch ein ziemlich sanfter. Heute morgen aber hatte es ausgesehen, als sollte es schlimmer werden, und da hielt er uns schließlich nur zum Narren. Im Laufe der Nacht war der Wind so abgeflaut, daß wir heute morgen schon alle Bramsegel gesetzt hatten. Gegen zehn Uhr schlingerten wir in einer toten Kalmte. Gegen elf begann es sich aber wieder verhängnisvoll im Südwesten zusammenzuballen.

Der bewölkte Himmel senkte sich immer tiefer auf uns herab. Unsere hohen Toppen schienen die Wolkendecke zu streifen. Auch der Horizont rückte immer näher, bis er nur noch eine halbe Meile entfernt schien. Die Elsinore lag wie in einem kleinen, engen Universum von Nebel und See eingeklemmt. Blitze begannen zu spielen. Dann wurde der Himmel auf einmal vom Zenit bis zum Horizont von gespalteten Blitzen zerrissen, und die feuchte Luft verwandelte sich in ein unheimliches Grün. In der toten Stille begann der Regen erst ganz leise zu rieseln, bis er allmählich zu einer Sintflut von mächtigen Tropfen wurde. Es wurde immer dunkler und dunkler, eine grüne Finsternis ... und obgleich es mitten am Tage war, mußten Wada und der Steward doch die Lampen der Hütte anzünden. Die grüne Finsternis wurde von den unaufhörlichen kleinen Blitzen in eine Flammenwand verwandelt, die immer wieder von den großen Blitzen zerfetzt wurde. Schließlich waren wir von einem elektrischen Wirbel umgeben, so daß es nicht möglich war, einen der Blitze in diesen unendlichen Flammenketten mit einem bestimmten Donner zu verbinden. Die Luft um uns brannte und brüllte einfach. Jeden Augenblick erwarteten wir, daß die Elsinore getroffen würde.

Und immer noch kein Wind. Die Spieren der Elsinore waren nackt, nur die Unterbramsegel waren gesetzt. Schlaff und schwer vom Regen hingen sie herab. Die Wolkenmasse wurde immer dünner und leichter, der Tag brach an, die grüne Finsternis wurde zu grauem Zwielicht, das Blitzen hörte auf, der Donner entfernte sich langsam ... aber immer noch wehte kein Wind.

Eine halbe Stunde später schien die Sonne, in der Ferne grollte hin und wieder der Donner am Horizont. Und die Elsinore schlingerte immer noch in der toten Kalmte ...

»Man kann nie wissen«, knurrte Pike mir ins Ohr, »vor dreißig Jahren verloren wir hier die Masten; es war genau so ein Wind wie gestern.«

Die Wache war gerade zu Ende, und Mellaire, der den Steuermann ablösen wollte, trat neben mich.

»Es ist eins von den dreckigsten Gewässern der ganzen Welt«, meinte er. »Vor achtzehn Jahren hat mir der Plata auch eins ausgewischt. Wir verloren die halben Masten, unsere Ladung rutschte, und schließlich kenterten wir. Ich war zwei Tage im Boot, ehe ein englisches Trampschiff uns auflas. Von den andern Booten wurde keins je wiedergefunden.«

»Die Elsinore hat sich aber heute nacht gut gehalten«, meinte ich zufrieden.

»Ach, es war ja auch gar nichts«, murrte Pike. »Warten Sie nur ab, bis Sie erst mal einen richtigen Pampero erleben.«

Dann wehte es wieder jeden Tag. Die mächtigen Wogen, die sich zu gewaltiger Höhe auftürmten, machten den Aufenthalt an Bord wenig gemütlich. Ich konnte es mir nur bequem machen, indem ich in die Koje törnte und mich mit Kissen umgab, die ich so fest wie möglich zwischen die Wand und meinen Körper preßte. Eines Tages stellte sich Pike in meine Kajütentür, hielt sich mit den Händen am Türrahmen fest und spreizte die Beine, um nicht bei dem unaufhörlichen, entsetzlichen Schlingern umgeworfen zu werden. Er hatte sich einen Augenblick freigemacht, um mir zu erzählen, daß er wirklich etwas Neues von diesem verdammten Pampero gelernt hätte. Der Wind sei aus einer verkehrten Ecke gekommen und hätte demzufolge überhaupt keine Daseinsberechtigung.

Er blieb immer noch stehen, und zwar in einer Weise, die ganz zufällig aussehen sollte, aber doch lächerlich durchsichtig war. Zuerst fragte er mich ganz dumm, ob der gute, kleine Possum vielleicht Symptome von Seekrankheit aufwiese. Dann erleichterte er sein erbostes Gemüt, indem er auf die Jammerlappen schimpfte, die die Fock hätten fliegen lassen. Dann bat er mich um Erlaubnis, sich eins meiner Bücher zu leihen, und wählte ausgerechnet Büchners »Kraft und Stoff«. Unterdessen überlegte ich, was er wohl von mir wollte. Schließlich ging er geradeswegs auf sein Ziel los.

»Sagen Sie mal, Herr Pathurst«, meinte er. »Erinnern Sie sich, wie lange es her ist, daß Mellaire in dieser Gegend die Masten verlor und kenterte?«

Ich wußte gleich, wo er hinwollte.

»Acht Jahre, nicht wahr?« log ich.

Pike dachte nach. »Ich begreife nicht, was für ein Schiff das gewesen sein kann, das vor acht Jahren hier kenterte«, sagte er dann, als spräche er mit sich selber. »Ich werde Mellaire mal fragen, wie das Schiff hieß.«

Dann schritt er wieder zur Tür, blieb aber plötzlich stehen, als ob ihm etwas Neues eingefallen wäre.

»Sagen Sie, Herr Pathurst, sollen es nicht zufällig achtzehn Jahre sein?«

Ich schüttelte energisch den Kopf. »Acht Jahre. Dessen erinnere ich mich ganz genau.«

Pike sah mich nachdenklich an, wartete, bis die Elsinore wieder einigermaßen gleichlastig wurde, und verabschiedete sich. Dann ging er auf die Diele hinaus.

Ich glaube seine Gedanken zu kennen. Schon seit langem kenne ich sein einfach fabelhaftes Gedächtnis für Schiffe, Offiziere, Ladungen, Stürme und Schiffbrüche.

Es ist auch klar, daß er sich in die Lebensgeschichte Sidney Walthams vertieft hat. Er läßt sich aber nicht träumen, daß Mellaire Sidney Waltham sein könne, sondern meint lediglich, Mellaire sei vielleicht vor achtzehn Jahren ein Schiffskamerad von Waltham gewesen, und zwar auf dem Schiff, das damals kenterte. Mellaire hätte wirklich vorsichtiger sein sollen.

Je öfter ich Fräulein West sehe, um so besser gefällt sie mir. Ich will keine Erklärung dafür suchen, ich weiß nur, daß sie ein Weib ist, und zwar ein begehrenswertes. Und eigentlich bin ich ja doch stolz darauf, ein Mann zu sein. All die Zeit, die ich nachts auf Studien verwendete, haben mich also doch nicht gänzlich verderben können. Dieser eine Satz hat mich wie mit einem Zauber gebannt: Ein Weib und begehrenswert, und er hallt unaufhörlich in meinem Hirn wieder. Ich mache gern weite Umwege, nur um Fräulein West flüchtig durch eine angelehnte Kabinentür oder in der Ferne in einem Gang zu sehen, ohne daß sie eine Ahnung davon hat. Ihr Haar ist wundervoll, und ihre weiche Anmut ist wie ein Zauber! Oh, ich weiß schon, wie die Frauen in Wirklichkeit sind, aber dieses Wissen macht sie nur noch wunderbarer. Ich weiß – und ich verpfände meine Seele für die Richtigkeit meiner Behauptung – ich weiß, daß Fräulein West mich tausendmal als ihren künftigen Gatten betrachtet hat, wenn ich einmal mit diesem Gedanken gespielt habe. Und dennoch ... sie ist ein Weib und ist begehrenswert!

In diesem Bericht werde ich sie überhaupt nicht mehr Fräulein West nennen. Sie hat von jetzt an aufgehört, Fräulein West zu sein. In meinen Gedanken heißt sie nur Margaret. Margaret West! Welche geheimnisvolle Zauberkraft liegt in diesem Namen! Er enthält Stolz, Herrschertum und Abenteuer auf wilden Meeren und Eroberungen wilder ferner Welten.

Und ... da ich gerade daran denke: sie ist vierundzwanzig Jahre alt. Ich habe nämlich Pike gefragt, wann der Zusammenstoß der Dixie mit dem Dampfer in der Bucht von San Francisco erfolgte. Vor zwölf Jahren – und damals war Margaret zwölf Jahre alt.

Es ist soviel zu erzählen. Wo und wie diese verrückte Reise mit der verrückten Mannschaft enden wird, davon kann man sich überhaupt keine Vorstellung machen! Aber die Elsinore läuft immer weiter, und jeder Tag ihrer Geschichte wird mit Blut geschrieben. Und während dieses ganze schwimmende Drama sich immer mehr den eisigen Stürmen von Kap Horn nähert, flüstere ich furchtlos und besessen immer wieder vor mich hin: Margaret – ein Weib! Margaret – und begehrenswert!

Doch zurück zu meinem Bericht. Es ist heute der erste Juni. Seit dem Pampero sind schon zehn Tage verstrichen. Seitdem sind wir durch Nebel, Regen und Sturm weitergesegelt und befinden uns jetzt fast auf der Höhe der Falklandinseln. Die Küste von Argentinien liegt westlich von uns hinter dem Horizont, und zu irgendeiner Stunde heute haben wir den fünfzigsten Grad südlicher Breite passiert. Hier beginnt die eigentliche Fahrt um Kap Horn, denn so berechnet der Fachmann sie: vom fünfzigsten Grad im Atlantischen bis zum fünfzigsten Grad im Stillen Ozean.

Unsere Wetteraussichten sind gut. Die Elsinore läuft bei günstigem Winde weiter. Aber es wird mit jedem Tage kälter. Der große Ofen in der Kajüte prasselt, und im ganzen Achterteil des Schiffes ist es warm und gemütlich. An Deck aber ist die Kälte schneidend, und Margaret und ich müssen auf der Kampanje jetzt dicke Handschuhe tragen. Unsere armen

Hühner! Jetzt, da wir uns dem südlichen Winter bei Kap Horn nähern, wo sie tatsächlich ihre dichteste Federtracht dringend brauchen, beginnen sie zu mausern; jetzt ist ja Sommer in dem Lande, aus dem sie stammen.

Gestern wurden für die Fahrt um Kap Horn allerlei Vorbereitungen getroffen, die nichts Gutes verheißen. Alle Brassen wurden von den Koveinnägeln des Großdecks entfernt und so angeordnet, daß man von den Decken der Hütten aus mit ihnen arbeiten kann. Offenbar erwartet man also, daß unser Deck öfters unter Wasser gerät. Ein Schiff mit voller Ladung auf hoher See ist einfach wie ein Holzklotz, der vom Wasser überspült wird, so daß man jetzt zu beiden Seiten des Decks in Schulterhöhe Rückenpaarden aufzieht. Die beiden eisernen Pforten, die von der Hütte direkt an Deck führen, sind verbarrikadiert. Erst wenn wir im Stillen Ozean nordwärts laufen, werden sie wieder geöffnet.

Und während wir uns so auf unsere Fahrt um Kap Horn vorbereiten, wird die Situation an Bord mit jedem Tage dunkler und unheilverkündender. Heute morgen wurde Petro Marinkowitsch von der Wache Mellaires tot auf dem Kabelgatsluk aufgefunden. Der Körper wies zahlreiche Messerstiche auf, und die Kehle war durchgeschnitten. Zweifellos ist der Mord von einigen Backsgasten verübt, aber es ist nicht möglich, ein Wort aus den Leuten herauszubekommen.

Die asiatische Clique in der Kabine des Kochs hat ihren eigenen Verdacht bezüglich des Todes von Marinkowitsch, will aber nichts sagen. Kopfschütteln und dunkle Andeutungen sind alles, was ich aus dem Steward und aus Wada herausbringe. Louis, der chinesische Mischling mit dem Oxforder Akzent, war indessen offenherziger.

»Wir sind von verschiedener Rasse, wir und die anderen«, sagte er. »Und die beste Politik, die wir treiben können, ist, sie in Ruhe zu lassen. Bedenken Sie meine Lage. Ich arbeite vor dem Mast in der Kombüse. Ich stehe in beständiger Verbindung mit den Matrosen. Ich schlafe sogar in ihrem Teil des Schiffes und bin dabei einer gegen alle. Der einzige Landsmann, den ich an Bord habe, ist der Steward, und der schläft achtern. Ihr Diener und die beiden Segelmacher sind Japaner.

Sie sind nur entfernt verwandt mit uns Chinesen, wenn wir auch zusammenhalten wollen, was auch geschehen mag.«

»Aber wie steht es mit Knirps?« sagte ich und dachte an die Diagnose, die Pike mit Bezug auf dessen Blutmischung gestellt hatte.

»Den erkennen wir nicht an«, antwortete Louis sehr freundlich. »Er ist Portugiese, Malaie, sogar Japaner, aber von gemischter Rasse, und außerdem ist er ja nicht richtig im Kopf.«

»Aber wie stellen Sie sich denn das Ende vor?«

»Wir werden höchstwahrscheinlich nach Seattle kommen ... jedenfalls einige von uns. Aber eines kann ich Ihnen sagen, mein Herr: ich fahre schon ein langes Leben auf See, aber eine Besatzung wie diese hab' ich noch nie gesehen. Es sind nur wenige Seeleute, es sind aber auch sehr böse Leute dabei ... und der Rest besteht aus Idioten oder noch Schlimmerem. Ich nenne keine Namen, mein Herr, aber es gibt Männer an Bord, die ich nicht gern zu Feinden haben möchte. Ich bin nur Louis, der Koch. Ich tue meine Arbeit und damit gut, mein Herr.«

Und Louis entfernte sich unter unzähligen Bücklingen ...

Die Lage ist indessen viel schlimmer geworden, als ich je gedacht hätte. Ich will nur zwei Episoden aus den letzten drei Tagen erwähnen. Mellaire ist im Begriff, die Nerven zu verlieren. Auf die Dauer kann er die Spannung nicht ertragen, auf demselben Schiff zu leben wie der Mann, der Rache für die Ermordung Kapitän Sommers' geschworen hat.

Schon vor einigen Tagen hatten Margaret und ich bemerkt, daß Mellaire ganz blutunterlaufene Augen hatte, und daß sein Gesicht sehr zerquält aussah, und wir dachten, daß er krank sei. Jetzt haben wir aber das Geheimnis erfahren. Wada liebt Mellaire nicht, und als er mir heute morgen das Frühstück brachte, konnte ich aus dem lustigen, schadenfrohen Ausdruck seiner Mandelaugen sehen, daß er eine delikate Schiffsneuigkeit auf Lager hatte. Seit einigen Tagen, so erzählte er mir, hätten er und der Steward sich mit der Lösung eines interessanten Kajütmysteriums beschäftigt. Im Heckraum stand eine Kanne mit Holzspiritus, und in der letzten Zeit hatte ihr Inhalt bedeutend abgenommen. Sie übernahmen die Rollen von Sherlock Holmes und seinem famosen Dr. Watson. Zunächst stellten sie fest, daß die Verringerung immer nur nach den Mahlzeiten stattfand. Nun konzentrierte sich ihr Verdacht auf zwei Personen, Mellaire und den Zimmermann, die allein in diesem Raum arbeiteten. Alles übrige war natürlich Kinderspiel. Kam Mellaire vor dem Zimmermann, so verschwand etwas Holzspiritus – kamen und gingen sie zusammen, so blieb der Bestand unvermindert. Der Zimmermann war nie allein in dem Raum. Die Indizienkette war also geschlossen. Und jetzt hat der Steward allen Spiritus unter seiner Koje gelagert. Nun ist Holzspiritus aber bekanntlich ein gefährliches Gift. Was für eine Konstitution muß der Untersteuermann haben! Kein Wunder, daß seine Augen blutunterlaufen waren. Ich habe Margaret natürlich kein Wort davon gesagt. Dagegen möchte ich Pike sehr gern eine kleine Warnung zukommen lassen, andererseits weiß ich, daß die Enthüllung von Mellaires Identität wieder ein Menschenleben kosten würde.

Unterdessen laufen wir immer noch nach Süden, nach der ungastlichen Spitze des Kontinents. Wenn die steife Kühlte anhält, werden wir morgen vor der Küste von Feuerland, ganz in der Nähe der Straße von Le Maire sein, durch die Kapitän West laufen will, wenn der Wind uns günstig bleibt.

Die andere Geschichte ereignete sich heute nacht. Pike spricht zwar nicht darüber, aber er kennt sich mit der Mannschaft aus. Ich bin überzeugt, daß Pike sich seit dem Tode des Marinkowitsch nach Eintritt der Dunkelheit nicht mehr an Deck wagt. Aber er vertraut sich keinem Menschen an und spielt das gefährliche Spiel allein zu Ende.

Kurz nach der Plattfußwache ging ich gestern abend nach dem Vorderkastell, und zwar im Auftrage Margarets, die mich gebeten hatte, dem Steward einige Anweisungen von ihr zu bringen. Ich wollte mich gerade nach der Kampanje zurückbegeben, als unheimliche Schreie von Pinguinen auf dem dunklen Meer meine Aufmerksamkeit auf sich zogen. Ich kletterte hinter das Backbordboot, so daß ich in der Dunkelheit nicht zu sehen war. Kaum war ich in meinem Versteck, als ich die schleppenden Schritte des Steuermanns hörte, der von der Kampanje über die Laufbrücke kam. Es war eine finstere Nacht, und die Elsinore glitt glatt und sauber durch die leisen Wellen. Pike blieb am Rand der Hüttendecke stehen.

Nach seiner Haltung zu urteilen, schien er zu lauschen. Von dem großen Deck unten hörte man ein leises Murmeln von Stimmen, und ich konnte feststellen, daß es Bub Twist, Nasen-Murphy und Bert Rhine, also die drei Banditen, waren. Jedoch waren auch Steve Roberts, der Cowboy zur See, und Mellaire dabei, obgleich sie Freiwache hatten und um Mitternacht wieder an Deck sein mußten. Besonders unrecht war es natürlich von Mellaire, daß er sich mit den Matrosen einließ – ein schweres Vergehen gegen die Schiffsdisziplin.

Ich blieb in meinem Versteck und lauschte.

Fünf Minuten vergingen. Zehn Minuten. Die Männer sprachen immer noch miteinander. Das Schreien der Pinguine ging mir auf die Nerven. Ich sah, wie Pike den Kopf nach dem Geräusch wandte – er starrte direkt zu mir herüber, bemerkte mich aber nicht. Dann lauschte er wieder auf das Flüstern in seiner Nähe.

War es nun Zufall, daß Mulligan Jacobs auf die Brücke ging, oder tat er es, um sich zu überzeugen, ob die Luft rein sei, das weiß ich natürlich nicht. Ich kann nur berichten, was tatsächlich geschah. An der Seitenwand des Mittschiffhauses ist eine Leiter, und diese Leiter kletterte Mulligan Jacobs so lautlos hinauf, daß ich seine Anwesenheit erst bemerkte, als ich Pike knurren hörte: »Was hast du hier zu suchen, zum Kuckuck?«

»Was geht Sie das an?« fauchte Mulligan Jacobs zur Antwort.

Pike fuhr mit so furchtbaren Verwünschungen auf ihn los, daß ich sie nicht wiederholen kann. Dann fragte er wieder, was Jacobs wollte.

»Ich hab' vorhin beim Aufscheren meinen Tabak vergessen«, sagte der Krüppel. Nein, er sagte es nicht – er spie es heraus, als ob die Worte Gift wären, das seinen Gegner töten konnte.

»Mach, daß du wegkommst, oder ich schmeiß' dich hinunter«, tobte der Steuermann.

»Alter Schuft!« lautete die Antwort des furchtbaren Krüppels.

Pike packte ihn am Kragen und hob ihn hoch.

»Willst du jetzt gehen? Oder soll ich dich hinunterschmeißen?« fragte der Steuermann.

»Du alter Schuft ... du alter Schuft ... du alter Schuft«, wiederholte Mulligan Jacobs unaufhörlich in seiner viehischen Wut.

»Sag das noch mal, und ich schmeiß' dich über Bord«, stieß Pike schließlich mit heiserer Stimme hervor.

»Alter Schuft«, jappste Mulligan Jacobs.

Der Steuermann schleuderte ihn weit von sich, und der Krüppel flog an Deck, aber selbst da knurrte er noch vernehmlich:

»Alter Schuft, alter Schuft ...«

Pike knirschte mit den Zähnen. Er lehnte seinen Arm auf das Geländer der Laufbrücke und legte seinen Kopf auf den Arm. So stand er eine volle Minute und stöhnte: »Großer Gott, großer Gott.«

Dann ging er langsam mit schleppenden Schritten wieder über die Brücke zurück.

Land ahoi!« Das war der erste Ruf gestern morgen. Es lief mir kalt den Rücken hinab, als es auftauchte, das erste Land, das ich seit unserer Abreise von Baltimore vor vielen Jahrhunderten erblickte. Keine Sonne schien. Der Morgen war feucht und kalt, und der frische Wind drang unbarmherzig durch die Kleider. Hin und wieder ging ein kleiner Schneesturm über uns hin. Vom Lande war nichts zu sehen als Schnee. Lange, niedrige, schneebedeckte Bergketten hoben sich aus dem grauen Ozean. Nirgends sahen wir Anzeichen von Leben, es war ein ödes, wildes, trauriges und unbewohntes Land. Als wir uns gegen elf Uhr der Le-Maire-Straße näherten, hörten die Böen auf und wurden von einer stetigen, steifen Kühlte abgelöst. Dazu setzte die Gezeitenströmung in einer uns günstigen Richtung ein.

Kapitän West zögerte nicht. Die Weisungen, die er Pike erteilte, waren ruhig und schnell. Der Rudergast legte das Ruder hart um, und beide Wachen enterten in die Wanten, um Reuel- und Obersegel loszumachen. Und doch wußte Kapitän West ganz genau, welche Gefahr er lief, wenn er durch diesen Friedhof verlorener Schiffe segelte.

Als wir vor vollen Segeln in die schmale Straße einliefen, glitt die zackige Küste der Tierra del Fuego mit schwindelnder Schnelligkeit an uns vorüber. Wir waren ihr ganz nahe, ebenso nahe jedoch der zerklüfteten Küste von Staten-Island. Hier, in einer windumrauschten Bucht, zwischen zwei schroffen Felswänden, blieb Kapitän West, der hin und wieder sein Glas benutzte, auf seiner Wanderung über Deck plötzlich stehen und beobachtete lange einen bestimmten Punkt im Meere. Ich richtete mein Glas auf dieselbe Stelle und sah schaudernd die vier Masten eines großen Schiffes aus dem Wasser ragen. Es konnte nicht lange her sein, daß es gescheitert war.

»Ein deutsches Salpeterschiff«, sagte Pike.

Kapitän West nickte: »Es sieht aus, als sei es längst verlassen. Schicken Sie aber doch ein paar Leute mit guten Augen in den Mars, Steuermann. Vielleicht sind Überlebende an Land.«

Aber wir fuhren weiter, ohne ein Anzeichen von Leben zu sehen. Pike ging händereibend auf und ab und lachte leise vor sich hin. Er erzählte mir, daß es Schiffsführer gäbe, die vierzig Reisen um Kap Horn gemacht und nicht ein einziges Mal wie wir das Glück gehabt hätten, durch die Straße laufen zu können. Gewöhnlich geht die Fahrt östlich um Staten-Island herum. Und hier, an der äußersten Spitze der Welt, wo der große Westwind, unbehindert von jeglichem Land, um die schmale Zunge schlüpfen kann, hier muß man sich den westlichen Kurs Zoll für Zoll, Meile für Meile erkämpfen. Die Bücher für Segelkunde geben immer wieder denselben Rat: Laufe westwärts ... was du auch tust, immer westwärts!

Als wir die Straße verließen, war es früh am Nachmittag, und immer noch wehte derselbe stetige Wind. Pike war ganz außer sich. Als seine Wache zu Ende war, konnte er sich kaum von Deck losreißen.

»Morgen sind wir auf der Höhe von Kap Horn«, sagte er vergnügt. »Denke» Sie, was das heißt! Wir werden uns herumschleichen – ganz still und leise! Die gute alte Elsinore! Vorn hat sie freilich eine gottverlassene Rasselbande, aber an ihrem Helm sitzt der liebe Gott!«

Mellaire benahm sich ganz anders.

»Das gibt es gar nicht«, sagte er zu mir. »Kein Schiff ist je auf diese Weise um Kap Horn herumgekommen. Sie werden sehen: es gibt Sturm. Er kommt ganz sicher aus Südwest. Wetten wir um ein Pfund Tabak, Herr, daß wir binnen vierundzwanzig Stunden die Segel wieder einholen müssen. Ich setze zehn Pfund gegen fünf, daß wir in einer Woche noch nicht um das Kap herum sind, zwanzig Pfund gegen fünf, daß wir heute in vierzehn Tagen noch nicht den fünfzigsten Grad im Pazifik erreicht haben.«

Kapitän West hatte sich wieder mit seiner Zigarre in den Klubsessel gesetzt. Er verlor überhaupt kein Wort über die Sache, obgleich Margaret und ich strahlender Laune waren und während der ganzen Plattfußwache Duette sangen.

Und heute morgen lag Kap Horn mehr als sechs Meilen nördlich von uns. Wir waren also da, waren an der gefährlichen Stelle und eilten weiter nach Westen.

»Was kostet der Tabak heute?« neckte ich Mellaire.

»Der Preis steigt«, gab er zurück. »Ich möchte tausend Wetten von der Sorte laufen haben.«

Ich sah mir den Himmel an, konnte aber nichts finden, was seine Bemerkung irgendwie begründete. Das Wetter war einwandfrei.

Auf der Kampanje traf ich Pike. Als Gruß ließ er nur ein Grunzen hören.

»Es geht ja herrlich vorwärts«, wagte ich fröhlich zu bemerken.

Er antwortete nicht, sondern starrte mit einem Ausdruck, der noch säuerlicher als sonst war, auf den grauen Himmel im Südwesten. Dann knurrte er: »Es zieht auf. Können Sie nicht sehen?«

Ich schüttelte den Kopf.

»Warum, glauben Sie denn, holen wir die Fetzen ein?« knurrte er.

Ich blickte hinauf. Die Obersegel waren bereits eingeholt, und jetzt kam die Reihe an die Reuel. Die Bramrahen wurden heruntergenommen, während Geitaue und Gordingen die Segel blähen ließen. Dabei erschien es mir, als ob die nördliche Kühlte uns jetzt noch günstiger wäre als bisher.

»Der Teufel soll mich holen, wenn ich etwas merken kann«, sagte ich.

»Dann gucken Sie sich mal das Barometer an«, grunzte er, drehte sich um und entfernte sich.

Im Kartenraum zog Kapitän West sich schon die Seestiefel an, und das allein hätte mir mehr sagen können als das Barometer, wenn das auch beredt genug war. Letzte Nacht hatte es auf 30,10 gestanden, jetzt zeigte es 28,64. Nicht einmal während des Pamperos war es so tief gefallen.

»Das übliche Kap-Horn-Programm«, meinte Kapitän West lächelnd, während er die Hand nach seinem Ölrock ausstreckte. Und doch konnte ich es immer noch nicht glauben.

»Ist es noch weit weg?« fragte ich.

»Gleich geht es los«, sagte er. Und dann hörte ich Pike seine Befehle brüllen, während sich in meinem Herzen eine leise Ehrfurcht vor Kap Horn zu regen begann.

Eine Stunde darauf liefen wir mit Backbordhalsen und gerefftem Fock- und Großsegel. Der Wind war nach Südwest gedreht, und wir trieben gegen das Land. Kapitän West gab dem Steuermann Befehl, alles zum Halsen bereitzumachen. Beide Wachen blieben an Deck, um die nötigen Manöver vorzunehmen.

Es war erstaunlich, wie grob die See im Lauf so kurzer Zeit geworden war. Der Wind war schon zu einem Sturm angewachsen, der in gewaltigen Stößen daherkam. Wir waren in graue Finsternis gehüllt. Die Lampen in den Kajüten waren schon angezündet. Die Seen brachen sich an der Luvreling, brausten ständig über sie hinweg und hielten das Deck halb unter Wasser. Auf den Decken der beiden Hütten und auf der Kampanje stand die ganze Besatzung in mehrere Gruppen geteilt – alle im Ölzeug. Vorn führte Mellaire das Kommando. Pike leitete die Gruppe auf dem Mittschiffshaus und auf der Kampanje. Kapitän West schlenderte auf und ab, sah alles, sagte nichts. Was es jetzt zu tun gab, war Sache der Steuermänner.

Der Sturm, der immer steifer wurde, brüllte jetzt, als ob die Hölle losgelassen wäre. Immer und immer wieder wurden die Leute auf dem Mittschiffshaus, die sich mit gesenkten Köpfen gegen den Sturm beugten, in den Gischt der Wellen eingehüllt, die sich an der Reling brachen. So furchtbar waren die Windstöße, daß die Elsinore nicht vor ihrem Ruder aufkommen wollte. Sie krängte stark über, der Sturm schüttelte und peitschte sie, aber ihr Bug fiel nicht ab, und immer näher trieben wir der furchtbaren, eisernen Küste. Wir warteten. Alle drei Gruppen von Männern warteten. Ruhelos und erregt wartete auch Pike – seine grauen Augen waren ebenso hart wie die eisige Kälte, sein Mund ebenso rauh wie die Elemente, die er bekämpfte. Der Samurai wartete ruhig, gleichgültig, fern. Und Kap Horn wartete, wartete auf das Schiff und auf unsere Knochen.

Aber da fiel die Elsinore ab. Der Winkel, in dem die Stöße des Sturmes unsere Segel trafen, änderte sich, und bald flogen wir mit furchtbarer Schnelligkeit vor dem Winde dahin. Das Manöver war geglückt. Die Rahen wurden scharf eingebraßt, die Bulinen angezogen, die Luvbrassen festgesetzt. Und die Elsinore, die jetzt auf Steuerbordhalsen lag, hatte viele tausend Meilen des Südmeeres in Lee.

Bevor ich hinunterging, hörte ich Kapitän West zum Steuermann sagen, daß die beiden Wachen, da sie ja sowieso jetzt an Deck wären, auch gleich noch ein Reff am Focksegel einstechen könnten, ehe sie es festmachten. Ich konnte die schwarzen Gestalten der Männer auf der Fockrahe sehen. Sie schienen mit dem Reffen gar nicht weiterzukommen.

»Zwei Wachen auf einer einzigen Rahe und werden nicht mal mit so nem Handtuch fertig«, knurrte Pike. »Was soll da erst werden, wenn wir einen ganzen Monat hier liegen müssen?«

»Einen ganzen Monat!« rief ich erschrocken.

»Ein Monat ist gar nichts für das schlimme Vorgebirge«, sagte er barsch. »Ich habe sieben Wochen hier gelegen, und dann mußten wir kehrtmachen und den andern Weg nehmen.«

»Um die Erde herum?« japste ich.

»Das war die einzige Möglichkeit, nach San Francisco zu kommen«, antwortete er. »Kap Horn ist eben Kap Horn, hierher macht man keine Badereisen.«

Haben Sie Lust mit aufzuentern?« fragte Margaret mich, kurz nachdem wir von Tisch aufgestanden waren.

Sie stand verführerisch im Türrahmen meiner Kabine und hatte schon Ölzeug, Südwester und Seestiefel an.

»Solange wir unterwegs sind, habe ich es noch nie erlebt, daß Sie über Deck waren«, fuhr sie fort. »Sind Sie schwindelfrei?«

Ich legte ein Lesezeichen in mein Buch, sprang aus der Koje, wo ich es mir mit Kissen auf allen Seiten bequem gemacht hatte, und klatschte in die Hände, um Wada zu rufen.

»Wollen Sie wirklich?« rief sie eifrig.

»Wenn Sie einverstanden sind, daß ich die Führung übernehme«, antwortete ich überlegen. »Und wenn Sie mir versprechen, sich gehörig festzuhalten. Wohin geht es denn?«

»Auf den Kreuzmasttopp, das ist das leichteste. Und was das Festhalten betrifft, so erinnern Sie sich bitte freundlichst, daß ich schon oft oben gewesen bin. Denken Sie lieber an sich!«

»Schön«, sagte ich, »meinetwegen können Sie vorangehen. Ich werde mich schon festhalten ...«

Sie sah mich prüfend an, während ich die Hand nach meinem Ölrock ausstreckte.

Auf der Kampanje war es wundervoll, schrecklich und düster. Der ungeheure Weltraum war uns greifbar nahe. Er hüllte uns in einen Mantel von stürmischem Wind und schäumendem Gischt. Graue Finsternis umgab uns. Über das große Deck konnte man überhaupt nicht kommen, und die Ablösung am Steuer mußte deshalb über die Laufbrücke gehen. Es war jetzt zwei Uhr, und seit mehr als zwei Stunden hingen die armen durchfrorenen Geschöpfe auf der vereisten Rahe, immer noch entkräftet und hoffnungslos. Kapitän West blieb einen Augenblick in Lee des Navigationshauses stehen und beobachtete die Leute.

»Wir wollen das Reffen lieber aufgeben«, sagte er zu Pike. »Machen Sie nur das Segel fest. Sie können ja meinetwegen doppelte Seisinge anlegen.« Mit seinen schleppenden Schritten ging der Steuermann nach vorn. Hin und wieder mußte er stehenbleiben, wenn der Gischt oder die Seen über ihm zusammenschlugen. Und als er das Vorderkastell erreicht hatte, begann er seiner Verachtung über die jämmerliche Mannschaft Luft zu machen, die so elend war, daß nicht einmal beide Quartiersvölker zusammen ein Focksegel reffen konnten.

Er hatte natürlich recht. Sie konnten es nicht schaffen, so gut ihr Wille auch sein mochte – denn das habe ich erkannt, die Leute tun ihr Bestes, wenn der Befehl zum Bergen der Segel gegeben wird. Wahrscheinlich haben sie einfach Angst. Es fehlt ihnen der eiserne Charakter Pikes, die Weisheit und der stählerne Wille des Samurais. Das Fehlen dieser Eigenschaften ist ja eben der Grund, daß sie im Schweinekoben des Volkslogis leben müssen.

Margaret hielt es nicht für unter ihrer Würde, sich auf meinen Arm zu stützen, als sie auf die Finknetzreling an der Leeseite der Kreuzmastwanten kletterte. Aber es war nur eine Anerkennung meiner ritterlichen Höflichkeit, denn in der nächsten Sekunde schwang sie sich kühn außenbords auf die Wevelinge. Dann begann sie zu entern. Ich folgte ihr, fast ohne daran zu denken, wie gefährlich dieser Ausflug für einen Neuling war – so regte mich ihr Beispiel und meine Verachtung der Jammergestalten des Vorderkastells an. Was andere Männer konnten, konnte ich auch. Und keine Tochter eines Samurais sollte das Vergnügen haben, mich zu übertreffen.

Aber es war eine langsame, mühselige Arbeit. Wenn das Schiff nach der Windseite schlingerte, wurde man hilflos wie ein Schmetterling gegen die Wanten gepreßt. Der Druck war in solchen Augenblicken so groß, daß man weder Hand noch Fuß heben konnte, man brauchte sich nicht einmal festzuhalten, man wurde vom Wind einfach an der Wante festgeklebt.

Durch den Schnee, der zu fallen begann, sah ich, wie das Deck unter mir immer kleiner wurde, so klein, daß ein Sturz ein gebrochenes Rückgrat oder den Tod bedeutet hätte — wenn man nicht etwa in die See gefallen und im eisigen Wasser ertrunken wäre. Margaret kletterte inzwischen immer weiter. Ohne Aufenthalt stieg sie bis unter den Mars, ergriff mit den Händen die Püttinge und schwang sich leicht und furchtlos hinauf, wobei sie ihre Bewegungen genau dem Schlingern des Schiffes anpaßte. Dann stand sie sicher droben. Ich kam ihr nach. Ich flüsterte weder Gebete, noch kannte ich Angst oder Schwindel, als ich dem Deck den Rücken kehrte und unter die Plattform kroch, während ich mich mit den Händen vorfühlte, denn im Schneegestöber konnte ich nichts sehen. Ich befand mich wie in einer Verzückung. Ich hätte alles wagen mögen. Wäre sie durch die Luft gesprungen, um mit ausgebreiteten Armen an der Brust des Sturmes gen Himmel zu steigen – ich wäre ihr ohne Zaudern nachgesprungen.

Als mein Kopf über dem Rand des Marses auftauchte, so daß ich sie wieder sehen konnte, bemerkte ich, daß sie mich mit sturmklaren Augen betrachtete. Und als ich mich mühelos um die Wanten schwang, sah ich Beifall in ihren Augen.

Dann setzte sie sich und ließ ihre Beine in den großen derben Seestiefeln im Schneegestöber hin und her baumeln. Ich setzte mich neben sie.

Hier oben waren wir ganz allein. Wir waren ans äußerste Ende der Welt gekommen. Doch sieh ... aus dem Schnee tauchte ein mächtiger Albatros auf. Mit einer Schnelligkeit von mindestens achtzig bis neunzig Meilen die Stunde ließ er sich, ohne die Flügel zu regen, vor dem Winde treiben. Er mußte seine fünfzehn Fuß von einer Flügelspitze bis zur andern messen. Noch ehe wir ihn sahen, hatte er die Gefahr erkannt, kippte leicht und graziös auf die Seite, machte einen kleinen Bogen und vermied auf diese Weise mühelos einen Zusammenstoß. Kopf und Hals waren ihm von Alter oder Frost bereift, und sein klares rundes Auge sah uns an, während er vorbeiflog und in einem großen Kreis durch den Sturm in Lee verschwand.

Schnell, wie der Schneesturm gekommen war, legte er sich wieder, und als es klar wurde, konnten wir die lange, schmale Gestalt des Schiffes unter uns überblicken – das ganze Großdeck war von einer zischenden Flut bedeckt, die Galion von brechenden Seen überspült, und der Ausguck, der sich, um sein Leben nicht in allzu große Gefahr zu bringen, auf die Decke des Vorderkastells gelegt hatte, krallte sich fest, um nicht von den gewaltigen Wogen über Bord geschwemmt zu werden. Gerade unter uns sahen wir Mellaire, der mit einer Handvoll Leute im Begriff stand, Steuertaljen an der Ruderpinne zu befestigen, um das Steuerreep zu entlasten. Und wir sahen den Samurai in Lee des Navigationshauses auftauchen. Er bewegte sich mit gewohnter Sicherheit auf dem wahnsinnig rollenden Deck, während er sich mit Pike unterhielt und ihm anscheinend irgendwelche Instruktionen erteilte.

Der graue Kreis unserer Welt hatte sich jetzt um einige hundert Schritt erweitert, und wir konnten den tollen Tanz der See betrachten. In unendlichen Reihen rollten die Wogen gegen die Elsinore, verschlangen einen Augenblick ihre schlanke und zerbrechliche Gestalt, schleuderten dann Hunderte von Tonnen Wasser auf ihr Deck und warfen das Schiff schließlich gen Himmel, um mit schäumenden Kämmen wieder in der düster-grauen Dunkelheit in Lee zu verschwinden.

Und die mächtigen Albatrosse kreisten unter uns, lavierten gegen den Sturm und sausten erhaben, mit fast größerer Schnelligkeit als der Wind selbst, davon.

Margaret wandte ihren Blick von dem mächtigen Schauspiel ab und sah mich mit beredten und fragenden Augen an. Mit Fingern, die trotz dicken Fäustlingen ganz gefühllos geworden waren, bog ich die Ohrenklappe ihres Südwesters beiseite und rief ihr zu:

»Das ist mir alles nichts Neues. Ich bin hier schon längst gewesen. Mit meinen Vorfahren habe ich das alles schon durchlebt. Mit ihnen war ich bereits hier. Jetzt erst weiß ich, daß meine Vorfahren Wikinger waren. Ich bin einer von den Helden vergangener Zeiten. So gut wie sie gehöre ich jenen Tagen an. Ich habe die vereisten Meere bekämpft und besiegt.«

Sie lachte ihr bezauberndes Lachen. Aber ein Schneegestöber kam über uns. Unsere Wangen brannten vor Kälte. Die Elsinore wurde auf die Seite geschleudert, als sollte sie sich nie wieder aufrichten – wir aber klammerten uns fest und flogen in einem mächtigen Bogen durch die Luft.

»Und die Bücher?« erkundigte sie sich spöttisch, als wir uns anschickten, hinabzuentern.

»Die können zum Teufel gehen, nebst all den gehirnschwachen, weltkranken Narren, die sie geschrieben haben«, antwortete ich.

Und wieder lachte sie ihr berauschendes Lachen – aber der Wind verwehte den Laut, als sie sich in den Raum hinausschwang. Sie spannte alle Muskeln und schwebte frei in der Luft, bis ihre Füße den Halt gefunden hatten, den sie nicht sehen konnte. Dann verschwand sie unter dem gefährlichen Mars aus meinem Gesichtskreis.

»Was kostet der Tabak heute?« fragte Mellaire, als wir uns heute morgen an Deck begrüßten. Ich war müde und wie zerschlagen. Alle Knochen und Muskeln schmerzten, nachdem ich sechzig Stunden lang vom Sturm herumgeworfen war.

Jetzt war es wieder windstill, und die Elsinore, deren wenige Segel gegen die Masten schlugen, schlingerte schrecklicher als je. Mellaire wies nach Steuerbord – ich sah dort eine dunkle Küste mit weißen, zerklüfteten Klippen schimmern.

»Staten Island, das östliche Ende«, sagte Mellaire.

Und ich wußte, daß wir jetzt die Position erreicht hatten, von der aus ein Schiff die Umsegelung von Kap Horn in Angriff nimmt. Und doch hatten wir vor drei Tagen nur wenige Meilen vor Kap Horn gelegen. Und jetzt konnten wir wieder von vorne anfangen.

Die Verhältnisse, unter denen die Matrosen arbeiten, sind tatsächlich erschütternd. Während des Sturmes wurde das Volkslogis zweimal unter Wasser gesetzt – und das bedeutet, daß alles, was sich darin befand, im Wasser herumschwamm, und daß alle Kleider, Bettdecken und Matratzen durchnäßt wurden und naß bleiben werden, bis wir Kap Horn gerundet haben. Erst wenn wir in die Gebiete kommen, wo besseres Wetter herrscht, können sie wieder trocknen. Dasselbe gilt natürlich vom Mittschiffshaus. Und es gibt keine Öfen in diesen Räumen, so daß es den Leuten unmöglich ist, ihre Sachen zu trocknen.

Die Matrosen tragen schon die Spuren der schweren Arbeit, die sie leisten müssen. Es ist verblüffend, wie mager und eingefallen ihre Gesichter in der kurzen Zeit geworden sind. Und doch – es mag paradox klingen, trotz ihren ausgemergelten, mageren Gesichtern sehen sie aus, als wären sie groß und dick geworden. Aber diese anscheinende Fettleibigkeit ist nur die Folge von den vielen Kleidungsstücken, die sie auf dem Leibe haben. Dazu bewegen sie sich wie die Elefanten, denn sie haben sich die Füße über den schweren Seestiefeln noch mit Sackleinen umwickelt.

Es ist auch wirklich kalt, obgleich das Thermometer heute gegen Mittag nur wenige Grad unter Null zeigte. Ich habe Wada die Kleidung, die ich an Deck trage, wiegen lassen – ohne Ölzeug und Seestiefel sind es schon achtzehn Pfund. Und doch ist mir durchaus nicht warm genug, wenn es weht. Wie sich Leute, die einmal eine Fahrt um Kap Horn gemacht haben, wieder für eine solche Reise anheuern lassen können, ist mir ganz unbegreiflich. Es zeigt nur, wie unbeschreiblich dumm und stumpfsinnig sie sind.

Die Tage verstreichen – wenn man das düstere Grau, das die völlige Finsternis unterbricht, überhaupt Tag nennen kann. Seit einer Woche haben wir die Sonne nicht zu sehen bekommen. Einmal trieb uns ein Sturm bis ungefähr hundert Meilen südlich von Kap Horn – dann kam aber ein anderer Sturm aus Südwesten, der unser Vormarssegel zerriß, das nagelneue Gaffelsegel aus dem Liek zerrte und uns auf irgendeinen nur zu erratenden Längengrad östlich von Staten Island zurückschleuderte.

Dann folgt ein Sturm dem andern, und alle kommen sie aus Westen, und wir laufen nach Osten.

In den Kajüten brennen den ganzen Tag die Lampen. Aber Pike läßt nie mehr sein Grammophon spielen. Margaret rührt nie mehr die Tasten ihres Klaviers an. Sie klagt, daß ihr alle Glieder schmerzen und wie zerschlagen sind. Ich habe mir neulich, als ich gegen die Wand geschleudert wurde, die Schulter verrenkt. Wada und der Steward humpeln. Die einzige Stelle, wo ich es mir wirklich gemütlich machen kann, ist die Koje, die ich mit Kissen so vollgestopft habe, daß selbst der wildeste Sturm mich nicht hinauswerfen kann. Da liege ich nun die ganze Zeit mit Ausnahme der Mahlzeiten und einiger kleiner Ausflüge, die ich, um frische Luft zu schöpfen, an Deck mache. Und achtzehn oder neunzehn von den vierundzwanzig Stunden des Tages lese ich.

Es war Mellaires Wache. Ich las, als ich das Trappeln vieler Füße über meinem Kopfe hörte. Die Elsinore fuhr über Backbordhalsen, und es waren nur sehr wenige Segel gesetzt. Ich dachte deshalb, was für ein ernstes Ereignis wohl die Wache an Deck gebracht hätte, als auch schon ein abermaliges Getrappel mir zeigte, daß jetzt auch die Freiwache an Deck kam. Aber ich hörte weder fieren noch halen, und der Gedanke an Meuterei schoß mir durch den Kopf.

Aber nichts geschah. Meine Neugier wuchs; ich schlüpfte in Seestiefel, Schafspelz und Ölrock, setzte den Südwester auf, zog die Fäustlinge an und begab mich an Deck. Pike war schon angezogen und lief mir voran. Kapitän West, der bei diesem schlechten Wetter im Navigationshaus schläft, stand in der Tür, durch die das Lampenlicht von drinnen auf die ängstlichen Gesichter der Matrosen fiel.

Die Leute vom Mittschiffshaus waren nicht mit dabei, sonst aber alle Mann aus dem Vorderkastell. Nur Andy Fay, der zur Freiwache gehörte, war ruhig in seiner Koje geblieben, und Mulligan Jacobs hatte die Gelegenheit benutzt, um sich in das Vorderkastell zu schleichen und seine Pfeife zu stopfen.

»Was ist los, Steuermann?« fragte Kapitän West.

Ehe der Steuermann antworten konnte, sagte Bert Rhine grinsend: »Der Teufel ist an Bord gekommen, Käpt'n.«

Sein Grinsen fiel indessen nicht ganz echt aus. Je mehr ich daran denke, um so mehr staune ich, daß so verwegene Männer, wie die drei Banditen, sich dermaßen hatten erschrecken lassen. Aber ängstlich waren sie alle drei, so ängstlich, daß sie ihre Kojen verlassen und ihre kostbare Ruhezeit geopfert hatten.

Larry war so erschrocken, daß er wie ein Affe schnatterte. Er drängte und kämpfte sich durch die Menge hindurch, um möglichst weit aus den dunkeln Schatten in den sicheren Kreis des Lichts zu kommen, das aus dem Navigationshaus fiel. Der Griechen-Tony war ebenso verrückt; er murmelte vor sich hin und bekreuzte sich immerfort. Arthur Deacon war fast zusammengebrochen, und er und Chantz stützten sich aufeinander, ohne sich ihrer Feigheit zu schämen. Bob, der große, dicke Junge, schluchzte, während Bony, der andere Jungmann, zähneklappernd dastand. Und selbst die beiden besten Männer vor dem Mast waren dabei, wenn sie sich auch im Hintergrund hielten, den Rücken der gefährlichen Dunkelheit und die Gesichter sehnsüchtig dem beruhigenden Licht zugekehrt.

Ich beobachtete auch Mellaire. Mag sein, daß er Pike fürchtet, auch, daß er ein Mörder ist – aber jedenfalls fürchtete er sich nicht vor dem Übernatürlichen. Da zwei Männer zugegen waren, die über ihm standen, hatte er, wenn auch seine Wache war, keine Verpflichtung, sich hervorzutun. Er stand deshalb ruhig da und betrachtete den ganzen Auftritt mit spöttischen Blicken.

»Wie sieht denn der Teufel aus?« fragte Kapitän West.

Bert Rhine grinste blöd.

»Na, antworte dem Kapitän!« knurrte Pike.

Es war Mord, reiner Mord, der für eine Sekunde in den Augen des Banditen aufglomm, als er das Fauchen des Steuermanns hörte. Dann antwortete er Kapitän West: »Ich blieb nicht lange genug, um ihn mir nur genauer anzusehen, Käpt'n. Aber es war ein Riese von Teufel.«

»Er ist so groß wie 'n Elefant, Käpt'n«, erklärte Bill Quigley. »Ich hab' ihn gesehn, Käpt'n. Er hätte mich beinah gekriegt, als ich aus der Back lief.«

»O Gott, o Gott!« stöhnte Larry. »Wie er gegen die Hütte schlug, Käpt'n. Er hat uns zum Jüngsten Gericht gerufen!«

»Deine Theologie läßt einiges zu wünschen übrig«, sagte Kapitän West ruhig, obgleich mir auffiel, wie müde und abgespannt er aussah.

Er wandte sich zum Steuermann. »Steuermann, gehen Sie mal hin und reden Sie mit dem Teufel. Ergreifen Sie ihn und binden Sie ihn gehörig, dann werde ich ihn mir morgen früh ansehen.«

»Jawoll, Käpt'n«, sagte Pike.

Und als ich Pike und Mellaire durch die Mauer der Dunkelheit voraus folgte und wir über die schwanke, vereiste, von Seen umspülte Laufbrücke gingen, wagte kein einziger von den Matrosen uns zu begleiten.

Auf der Decke des Mittschiffshauses bekamen wir eine Sturzsee, die mich schaudern läßt, so oft ich daran denke. Ich hatte mich zu sehr mit dem Ankleiden beeilt, so daß ich mein Ölzeug nicht am Halse zugeknöpft hatte, und wurde deshalb bis auf die Haut naß. Das nächste Stück der Brücke passierten wir durch fliegenden Gischt und waren endlich glücklich auf der Decke der Back angelangt, als irgend etwas mit einem mächtigen Krachen gegen die Wand das Volkslogis prallte.

»Was es auch sein mag, es spielt offenbar die Rolle des Teufels«, brüllte Pike mir ins Ohr, während er versuchte, den Gegenstand mit Hilfe einer elektrischen Handlampe zu identifizieren. Der dünne Lichtstreifen tanzte über das schwarze Wasser, das mit weißen Schaumkämmen über das Deck zischte.

»Da ist es!« rief Pike, als die Elsinore sich nach vorn neigte und das ganze Wasser vorausströmte.

Das Licht erlosch, während wir drei uns festhielten und unter der Sintflut, die sich über die Schiffsseite wälzte, zusammenkrochen. Wir hörten ein furchtbares Hämmern und

Klopfen an der Galion. Als der Bug sich wieder hob, sah ich eine Sekunde lang einen schwarzen Gegenstand, der jetzt das schrägstehende Deck hinabkollerte.

Pike stieg auf das Deck hinab, und Mellaire folgte ihm. Als die Elsinore dann wieder den Bug in die See tauchte und eine Woge von Seewasser nach vorn fegte, sah ich den schwarzen Gegenstand gerade auf die beiden Steuermänner losstürzen. Es gelang ihnen, beiseite zu springen und sich in Sicherheit zu bringen, aber das Licht ging wieder aus, während eine neue Sturzsee über das Schiff hereinbrach.

Einen Augenblick sah ich nichts von den beiden Männern. Als das Licht aber wieder aufblitzte, hatte Pike das Ding gegen die Reling gepreßt und ein Tauende darum geworfen. Der Untersteuermann sprang hinzu, um Pike zu helfen, und endlich gelang es beiden mit Hilfe verschiedener Tauenden, das Ding zu bewältigen.

Ich kletterte zu ihnen hinunter. Es war ein großes Faß mit einer dicken Kruste von Muscheln.

»Es muß mindestens vierzig Jahre im Wasser gelegen haben«, meinte Pike.

»Und es ist etwas drin«, sagte Mellaire. »Wollen hoffen, daß es nicht nur Wasser ist.«

»Es ist Schnaps drin«, sagte der Steuermann. »Aber wir woll'n das Ding erst morgen öffnen.«

»Wo kommt es nur her?« fragte ich.

»Es kann nur über die Schiffsseite gekommen sein«, antwortete Pike und ließ das Licht darauf spielen. »Gucken Sie mal, es liegt seit Jahr und Tag im Wasser.«

»Der Schnaps scheint gut gelagert zu sein«, meinte Mellaire.

Ich überließ es ihnen, das Faß ordentlich festzuzurren, und ging in meine Kabine.

Kaum hatte ich mich gründlich getrocknet und mich mit einem Buch in die Koje gelegt, als das Gestampfe vieler Füße über meinem Kopf wieder begann. Ich wartete auf das zweite Getrappel – und es kam. Da zog ich mich wieder an.

Der Auftritt, dessen Zeuge ich auf der Kampanje wurde, war eine getreue Wiederholung der vorigen Szene, nur waren die Matrosen diesmal noch aufgeregter und ängstlicher. Sie zitterten, schnatterten und redeten alle durcheinander.

»Haltet jetzt das Maul!« brüllte Pike, als ich zu der Gruppe trat. »Immer einer auf einmal! Und dann gebt dem Käpt'n Antwort.«

»Diesmal ist es bestimmt kein Faß, Käpt'n«, sagte Tom Spink. »Es ist lebendig. Und wenn's nicht der Deibel ist, dann ist's ein toter Mann. Ich hab' ihn ganz deutlich gesehen. Es ist ein Mann oder war mal einer.«

»Es waren zwei, Käpt'n«, fügte Richard Giller, einer der »Maurer«, hinzu.

»Nein, drei, Käpt'n«, sagte Nasen-Murphy. »Es sind Ertrunkene. Sie sind übern Bug an Bord gekommen. Sörensen hat sie zuerst gesehen. Er zeigte sie mir. Und da sah ich sie, auf dem Verdeck der Back. Und Olansen sah sie, und Deacon und Hackey ... alle sahen wir sie, Käpt'n ... auch den zweiten ... und als die andern wegliefen und ich noch einen Augenblick stehenblieb, bekam ich auch den dritten zu sehn ... vielleicht sind es noch mehr ... ich hab' nicht gewartet.«

Kapitän West befahl ihm, zu schweigen.

»Steuermann«, sagte er, und er schien sehr müde zu sein. »Wollen Sie mal dem Unsinn gründlich nachgehen und sehen, was los ist.«

»Jawoll, Käpt'n«, antwortete der Steuermann. Dann wandte er sich zu den Leuten. »Kommt mal mit, alle zusammen!«

Aber die Matrosen schauderten vor ihm zurück – sein Befehl erfüllte sie mit Grauen.

»Bande!« hörte ich Pike vor sich hinmurmeln, dann schwieg er mitten im Satz.

Er drehte sich um und ging über die Laufbrücke. In derselben Reihenfolge wie das vorige Mal folgten wir ihm, Mellaire als zweiter, ich als letzter. Auf der Decke des Vorderkastells blieben wir stehen. Vergebens ließ Pike seine Taschenlampe aufblitzen, wir konnten nichts sehen als das weißschäumende schwarze Wasser an Deck, nichts hören als das Heulen des Sturmes in der Takelung und das krachende Dröhnen der Sturzseen. Langsam gingen wir weiter bis zur

Galion, wo wir stehenbleiben und uns festkrallen mußten, da eine See über uns hereinbrach.

Pike leuchtete zwischen die Schaumspritzer vor uns ... da hörte ich einen erstaunten Ausruf von ihm. Begleitet von Mellaire ging er weiter, während ich wartete. In den Pausen zwischen den Sturzseen konnte ich das Aufflackern des kleinen Lichtstrahls sehen, bald tauchte er auf, bald verschwand er wieder. Einige Minuten darauf kam der Steuermann wieder zu mir.

»Unser Vorgeschirr ist zur Hälfte dahin«, erzählte er mir. »Wir müssen einen Zusammenstoß gehabt haben.«

»Als Sie vorhin nach unten gingen, habe ich auch so etwas wie einen Stoß gemerkt, Steuermann«, sagte Mellaire; »aber ich dachte, es wäre bloß die See.«

Unter Führung Pikes durchsuchten wir das Deck und das Finknetz zwischen Galion und Back. Dann trat der Steuermann in die Tür zum Volkslogis, und der Lichtschein seiner Handlampe zerschnitt wie ein Dolch den dunklen Raum, der von der schlecht brennenden Funzel an der Decke kaum erhellt wurde. Und jetzt sahen wir die Teufel. Nasen-Murphy hatte recht gehabt ... es waren drei.

Der Raum war naß und eiskalt. Die stählernen Wände, deren Farbe in großen Fetzen abgeplatzt war, war von Rostflecken übersät, die Decke war niedrig, und doch hingen zwei Reihen Kojen übereinander. Der ganze Raum stank nach den Ausdünstungen und dem Schweiß der dreißig Matrosen. In einer Oberkoje lag Andy Fay in Ölzeug und Seestiefeln und beobachtete uns mit seinen bösen Augen. An dem ungehobelten Tisch saß Mulligan Jacobs und rauchte seine Pfeife, während er die Beine in dem zischenden Wasser hin und her baumeln ließ. Mit feierlichen Blicken starrte er drei Männer an, die nebeneinander standen. Sie waren nicht sehr groß, diese Männer, die Seestiefel trugen und mit Blut beschmiert waren. Und sie schwankten im Takt mit den Bewegungen der Elsinore hin und her.

Aber was für Männer! Ich habe den Auswurf von allerlei Rassen gesehen, aber wo ich diese drei Männer unterbringen sollte, wußte ich wirklich nicht. Die Länder um das Mittelmeer haben nie solche Geschöpfe hervorgebracht, und Skandinavien ebensowenig. Sie waren nicht blond, aber ebensowenig dunkel. Sie waren weder braun, noch schwarz, noch gelb. Ihre Haut war weiß unter der Bronze, die Wetter und Sonne gebräunt hatten. Ihr Haar war naß, aber man konnte doch erkennen, daß es völlig farblos, fast sandfarbig war. Aber ihre Augen waren dunkel – und doch wieder nicht dunkel. Sie waren von der Farbe des Topas, eines bleichen Topas, und funkelten verträumt wie die Augen großer Katzen. Sie sahen uns auch an wie Menschen, die Schlafwandler sind, dieses Diebesgut des Sturmes, diese fahlhaarigen Kinder des Windes mit den fahlen, topasfarbigen Augen. Sie grüßten nicht, sie lächelten auch nicht, sie gaben kein Zeichen, daß sie unsere Anwesenheit bemerkten, außer, daß sie uns träumerisch anstarrten.

Aber Andy Fay hatte gleich einen Gruß für uns bereit.

»Eine höllische Nacht heute, und kein Auge kann man schließen bei all der Spukerei«, sagte er.

»Wer zum Teufel hat die nur in so einer Nacht hergebracht?« klagte Mulligan Jacobs.

»Du hast ja eine Zunge im Maul – warum hast du nicht gefragt?« knurrte Pike. Dann wandte er sich zu den träumerischen Fremdlingen und sprach sie in fünf oder sechs Sprachen an, wie der weltwandernde Angelsachse sie auf seinen Fahrten aufschnappt.

Die Fremdlinge gaben keine Antwort. Sie schüttelten nicht einmal den Kopf. Ihre Gesichter blieben seltsam ruhig, gleichgültig und sanft. Immerhin, Menschen waren sie jedenfalls, denn das Blut aus ihren Wunden hatte sie befleckt und bildete dicken Schorf an ihren Mänteln.

»Holländer«, fauchte Pike mit der ganzen Verachtung des Angelsachsen für andere Völker und gab ihnen ein Zeichen, daß sie es sich in den Kojen bequem machen sollten.

Pikes Kenntnisse auf dem Gebiet der Völkerkunde sind etwas begrenzt. Außer seiner eigenen Rasse kennt er nur noch drei: Nigger, Holländer und Dagos.

Unsere Besucher bewiesen wieder, daß sie Menschen waren. Sie verstanden die Einladung des Steuermanns, und nachdem sie einander angesehen hatten, kletterten sie in die Oberkojen und machten es sich bequem. Sie schlossen gleich die Augen, und ich möchte schwören, daß es keine halbe Minute dauerte, so schliefen sie schon.

»Wir müssen klarmachen voraus, sonst fallen uns die Masten noch auf den Kopf«, sagte der Steuermann. »Rufen Sie alle Mann an Deck, Untersteuermann, auch den Zimmermann.«

Und noch immer kommen wir nicht westwärts! Seit der Nacht, in der die drei Fremdlinge an Bord erschienen, sind wir um drei Grad nach Osten geschleudert. Sie sind das große Geheimnis geblieben, diese drei Männer vom Meere. »Kap-Horn-Zigeuner« nennt Margaret sie, während Pike sie die »Holländer« getauft hat. Sie haben eine Sprache für sich, die sie mit keinem andern reden. Und in dem ganzen Wirrwarr von Nationalitäten vorn und achtern gibt es keinen, der auch nur die leiseste Ahnung von ihrer Sprache oder Nationalität hätte.

Mellaire hat die Behauptung aufgestellt, daß sie Finnen seien, aber das bestreitet unser junger Zimmermann mit den Riesenplattfüßen entrüstet – er schwört, selbst Finne zu sein. Louis, der Koch, meint, irgendwo in der Welt, auf irgendeiner im übrigen vergessenen Fahrt Leute ihres Schlages getroffen zu haben, kann sich aber weder der Fahrt selbst, noch der Herkunft jener Männer erinnern. Die Mannschaft hat – mit Ausnahme von Mulligan Jacobs und Andy Fay – höchst abergläubische Ansichten in bezug auf die Neuankömmlinge und will nichts mit ihnen zu tun haben.

»Die bringen nichts Gutes, Herr«, sagte Tom Spink zu uns, als er am Ruder stand. Und er schüttelte düster den Kopf. »Wo sind sie denn hergekommen? Sie wollen es nicht sagen. Sie sind keine Menschen, sie sind Geister, Gespenster von ertrunkenen Seeleuten.«

»Aber wie erklären Sie sich die Beschädigung unseres Vorgeschirrs?« fragte ich.

»Es gibt viele Dinge, Herr, die man sich nicht erklären kann«, lautete die Antwort Tom Spinks. »Wer kann sich erklären, was das für Teufelskünste sind, die die Finnen mit dem Wetter machen. Und daß sie das tun, weiß doch jeder Mensch. Warum haben wir solch schlechte Fahrt um Kap Horn?«

Ich schüttelte den Kopf.

»Von wegen dem Zimmermann, Herr. Wir haben rausgekriegt, daß er Finne ist. Und weiß nicht jeder, daß die Finnen Hexenmeister sind, die Wetter machen können?«

»Aber sind die drei Fremden denn überhaupt Finnen?«

Der alte Engländer schüttelte finster den Kopf.

»Ne, das sind tote Seemänner, die vor vielen Jahren ertrunken sind. Und der Zimmerbaas könnte uns schon verschiedenes erzählen, wenn er bloß wollte.«

Nichtsdestoweniger sind die Fremdlinge eine sehr willkommene Verstärkung unserer Mannschaft. Ich habe sie bei der Arbeit beobachtet – sie sind tüchtig und willig. Pike behauptet, sie seien befahrene Seeleute. Seine Theorie ist, daß sie aus irgendeinem ausländischen Hafen kommen, und daß ihr Schiff von der Elsinore überrannt wurde und unterging.

Ich habe vergessen zu erzählen, daß das Faß mit den vielen Muscheln einen so delikaten Wein enthielt, wie ich kaum je getrunken habe. Wada und der Steward haben den ganzen Inhalt auf Flaschen und Gebinde gefüllt. Es ist ein wunderbar gelagerter Wein, den Pike für einen ganz milden Kognak hält. Mellaire begnügt sich mit einem zufriedenen Schmatzen, während Kapitän West, Margaret und ich uns einig sind, daß es unbestreitbar richtiger Wein ist.

Es hat herzlich wenig Zweck, diese einförmigen, sich ewig wiederholenden Weststürme zu schildern. Wir sind jetzt so lange herumgeschleudert worden, daß schon der Gedanke an einen soliden Billardtisch, der fest und gerade auf den Beinen steht, einfach nicht zu fassen ist. In früheren Inkarnationen habe ich wohl Dinge gesehen, die fest standen und nicht hin und her schaukelten, aber das war, wie gesagt, in einem früheren Dasein.

In den letzten zehn Tagen sind wir zweimal bis zu den Diego-Ramirez-Klippen zurückgetrieben. Jetzt liegen wir, nach einer allerdings unsicheren Schätzung, ein paar hundert Meilen davon. Dreimal in der letzten Woche wurden wir so stark auf die Seite geworfen, daß das Wasser bis zu den Luken ging. Sechs herrliche, aus dem besten Kanevas genähte Segel, die mit doppelten Beschlagseisingen und Bindseln festgemacht waren, rissen sich von den Rahen los. Und mehr als einmal stand es so schlecht um die Gesundheit unserer Matrosen, daß kaum die Hälfte von ihnen dem Befehl nachkommen konnte, wenn »Alle Mann an Deck, überall, überall« gerufen wurde. Jacobsen, der sich schon zu Beginn der Reise das eine Bein brach, wurde vor einigen Tagen von den Seen zu Boden geschmettert und brach sich wieder dasselbe Bein. Ditman Olansen, der Norweger mit den verrückten Augen, hatte während der Plattfußwache einen Wutanfall und machte in seiner Hälfte des Volkslogis gründlich klar. Wada erzählt, daß die beiden Maurer, Fitzgibbon und Gilder, der Malteser Londoner und der Excowboy Steve Roberts nötig waren, um den Amokläufer zu binden. Sie gehören alle zur Wache Mellaires. In der Wache des Steuermanns hat John Hackey, der Friscoer Strolch, die Waffen gestreckt und sich den Banditen angeschlossen. Und erst heute morgen mußte der Steuermann Charles Davis aus dem Volkslogis hinauswerfen, wo er ihn gefunden hatte, als er den Schuften dort das Seerecht erklären wollte. Was Mellaire betrifft, so beharrt er bei seiner unpassenden Intimität mit den Banditen. Heute ist etwas Wunderbares passiert! Gegen Mittag erschien die Sonne und blieb mindestens fünf Minuten lang am Himmel sichtbar. Aber ach! Welch armselige Sonne! Ein fahler, kalter, kränklicher Ball, der auf seinem Höhepunkt nur 9 bis 10 Grad über dem Horizont stand. Und ehe noch eine Stunde vergangen war, mußten wir die Segel bergen, und jetzt liegen wir hier im Schneegestöber einer labberen Südwestkühlte.

»Was Ihr auch tut, immer westwärts! Immer westwärts!« Diese alte Navigationsregel der Seefahrer für die Reise um Kap Horn ist wie in Erz gehämmert. Ich verstehe jetzt, daß es Schiffsführer gibt, die über Bord gefallene Matrosen ihrem

Schicksal überließen und nicht einmal den Versuch machten, ein Boot auszusetzen, nur weil sie endlich günstigen Wind bekommen hatten.

Und wir laufen immer nur ostwärts. Dieser verfluchte Westwind scheint ewig dauern zu wollen. Ungläubig lausche ich den Erzählungen Pikes und Mellaires, wenn sie berichten, daß es sogar Zeiten gegeben hat, da auch unter diesen Breitengraden Ostwinde wehten. Ich würde mich durchaus nicht wundern, wenn Kapitän West sich entschlösse, umzudrehen und ostwärts nach Seattle zu gehen. Aber Margaret lächelt vertrauensvoll und erklärt, ihr Vater werde Kap Horn umsegeln und den fünfzigsten Grad im Stillen Ozean erreichen.

Aber was kümmert mich das ganze Wüten und Schäumen dieses eisgrauen Meeres an der äußersten Spitze der Welt! Ich habe Margaret gesagt, daß ich sie liebe. Wir standen hinter dem Windschutz und hielten uns aneinander fest, um nicht umzufallen. Ihr Gesicht trug die Frische und Klarheit, die der Sturm ihm geschenkt hatte. Und sie war ganz stolz – aber doch leuchteten ihre Augen so sanft und warm, und ihre Lider zitterten leise in mädchenhafter, weiblicher Scham. Es war ein großer Augenblick – unser großer Augenblick!

Wir armen Teufel von Männern sind am glücklichsten, wenn wir lieben und geliebt werden. Bitter und traurig muß das Schicksal eines Mannes sein, der liebt, ohne wieder geliebt zu werden! Denn sieh, wenn Margaret ... nun, wenn sie eine der süßen und banalen Frauen wäre, die nur zum Kosen und zur Flucht in die starken Arme des Mannes geboren sind, ja, dann wäre es weder seltsam noch wunderbar; daß sie mich liebte. Aber Margaret ist stark, selbstbewußt, besonnen und beherrscht. Und darin besteht ja das Wunder: daß eine solche Frau mich liebt! Ich gehe allein auf der eisigen Kampanje auf und ab, singe mit leiser Stimme dem Sturm meinen Trotz entgegen und erzähle der tobenden See, daß ich liebe. Ich sende den Albatrossen, die droben in der Dunkelheit kreisen, die geheime Botschaft, daß ich liebe. Und ich betrachte die jämmerlichen Matrosen, die auf dem schaumbespritzten Deck herumkrabbeln, und weiß, daß sie nie die Liebe kennenlernen werden, die ich empfinde.

»Und das einzige, was ich von der Reise ganz bestimmt wußte, war doch, daß ich dir nie erlauben würde, mir den Hof zu machen.« Dies Geständnis machte Margaret mir heute morgen in der Kajüte, als ich sie aus meinen Armen ließ.

»Also, das waren deine Gedanken schon vor Beginn der Reise«, neckte ich sie heiter. »Du betrachtetest mich schon damals mit dem Blick der Frau, die einen Mann abschätzt.«

Sie lachte übermütig.

»Ich weiß jedenfalls, wann du mich das erstemal haßtest«, sagte sie mit einem Versuch, mir auszuweichen.

»Ja«, sagte ich, »als ich dich das erstemal sah und hörte, daß du die Reise mitmachen wolltest. Aber du weißt auch, wann ich dich zuerst liebte.«

Oh, ihre Augen waren herrlich, und ihre Ruhe und Sicherheit war verblüffend, als sie ihre Hand auf meinen Arm legte und mit sanfter, stiller Stimme sagte:

»Ja, ich weiß ... es war der Morgen, an dem der Pampero wehte und du durch die Tür in die Kabine meines Vaters geschleudert wurdest ... ich las es in deinen Augen ... ich weiß es, das war der erste Augenblick ... der allererste.«

Ich konnte nur mit dem Kopfe nicken und preßte sie fester an mich. Da sah sie mich an und sagte:

»Du sahst so schrecklich komisch aus. Du saßest auf dem Bett, hieltest dich mit einer Hand fest und starrtest mich an, ärgerlich, verblüfft, und ganz furchtbar töricht ... und da ... ich weiß nicht wie ... da wußte ich mit einem Male, daß du ...«

»Und in der nächsten Sekunde wurdest du sehr steif und kühl«, unterbrach ich sie sehr ungalant.

»Ja, eben deshalb«, gestand sie ohne Scham. Dann bog sie sich etwas zurück, ließ aber ihre Hände auf meinen Schultern, während sie lachte und ihre Lippen sich leicht öffneten, so daß ich die starken weißen Zähne sah.

Es ist sehr seltsam! Und ich weiß kaum, was ich glauben soll. Hat der Samurai wirklich einen Fehler gemacht? Oder

war es die Finsternis des kommenden Todes, die sein ster-
nenklares Gehirn lähmte und verdüsterte und seine ganze
Weisheit zunichte machte? Oder war es umgekehrt der Fehler, der vorzeitig seinen Tod veranlaßte? Ich weiß es nicht und
werde es nie erfahren.

Gestern nachmittag, fünf Wochen, seit wir aus der Straße
von Le Maire in dies graue Meer der Stürme tauchten, lagen
wir wieder einmal über Backbordhalsen vor Kap Horn. Als
die Wachen sich um vier Uhr ablösten, erteilte Kapitän West
Pike den Befehl, das Schiff vor dem Winde wenden zu lassen.
Wir lagen in diesem Augenblick über Steuerbordhalsen, und
die Abtrift führte uns von der Küste fort. Das neue Manöver
sollte uns in einen rechten Winkel zum Lande bringen.

Im Kartenraum blickte ich neugierig auf die Karte, maß
mit den Augen den Abstand und kam zu dem Ergebnis, daß
wir uns nur etwa fünfzehn Meilen von Kap Horn befanden.

»Da werden wir gegen Morgen ja ganz nahe am Land sein,
nicht wahr?« meinte ich.

»Freilich«, nickte Kapitän West; »und wenn die Westwind-
strömung nicht wäre und das Land sich nicht nach Nordosten
erstreckte, würden wir morgen früh sogar das Land anlaufen.
So aber werden wir gegen Tagesanbruch nahe an der Küste
sein, bereit, wenn wir Glück haben, um das Horn zu schlüpfen, oder, wenn wir kein Glück haben, vor dem Winde zu
wenden.«

Es fiel mir nicht ein, seinen Entschluß zu kritisieren. Was
er sagte, war richtig und mußte geschehen. War er nicht der
Samurai?

Und doch sah ich Pike wenige Minuten, nachdem der Kapitän nach unten gegangen war, das Navigationshaus betreten.
Als ich mehrmals auf und ab gegangen war, schlenderte ich
wieder nach dem Navigationshaus. Von einem unklaren Gefühl angetrieben, guckte ich durch das Fenster. Da stand Pike.
Er beugte sich, Zirkel und Reissschiene in der Hand, über die
Karte. Aber es war sein Gesichtsausdruck, der mich überraschte. Die gewöhnliche Verdrießlichkeit war verschwunden,
alles, was ich darin lesen konnte, war Furcht und Unruhe. Nie
hatte ich ihn so alt gesehen wie in diesem Augenblick. Ich

entfernte mich leise von der Tür und ging über die Kampanje
bis zur Brüstung. Dort blieb ich stehen und starrte über die
grauen Wellen hinaus. Irgendwo drüben lag eine Küste von
eisernen Klippen, gegen die sich die mächtigen Graubärte
brüllend stürzten. Und hier, im Navigationsraum der Elsinore,
stand über eine Karte gebeugt ein alter Seemann und maß
und rechnete, um unsere Lage und unsere Abtrift festzustellen.

Aber ich wußte, daß er nicht recht haben konnte. War es
doch nicht der Samurai, sondern der Diener, der auf den
Irrwegen der Schwäche wandelte. Ich mußte lachen, daß ich
so töricht gewesen war, mich auch nur einen Augenblick zu
beunruhigen, und ging wieder nach unten, sehr zufrieden, daß
ich meine Geliebte jetzt treffen sollte, und völlig beruhigt bei
dem Gedanken an die Weisheit ihres Vaters.

Beim Mittagessen war Pike sehr unaufmerksam. Er beteiligte sich nicht an der Unterhaltung und schien fortwährend
auf etwas draußen zu lauschen. Um acht Uhr ging er wieder
an Deck, wo er die Wache bis Mitternacht hatte. Dann ging
ich zu Bett und ließ all meine Ängste und Ahnungen fahren.

Ich schlief schnell ein und wachte erst gegen Mitternacht
auf. Ich hörte, wie die Wachen sich ablösten, und war schon
ganz wach und las bereits, als Pike die Treppe vom Navigationshaus herunterkam und an meiner offenen Kabinentür
vorbeiging. Es folgte eine kleine Pause, von der ich aus langer
Erfahrung wußte, daß er sie zum Zigarettenrollen benutzte.
Dann hörte ich ihn husten, wie er immer tat, wenn er sich die
Zigarette angesteckt hatte und die ersten Züge seine Lunge
mit dem Rauch füllten.

Eine Viertelstunde später, mitten im Lesen, hörte ich Pike
über die Diele gehen. Ich warf einen verstohlenen Blick über
den Rand meines Buches hinweg und sah, daß er seine Seestiefel anhatte und Ölrock und Südwester trug. Es war seine
Freiwache, und er hatte in der letzten Zeit infolge der unaufhörlichen Stürme nur sehr wenig geschlafen. Und dennoch
ging er jetzt an Deck!

Ich las und wartete eine ganze Stunde, aber er kehrte nicht
zurück. Und ich wußte jetzt, daß er irgendwo dort oben stand

und in die stürmische Finsternis starrte. Ich zog schnell meine ganze schwere Sturmausrüstung von Seestiefeln und Südwester bis zum Schafpelz unter dem Ölrock an. Als ich den Fuß der Treppe erreicht hatte, sah ich, daß bei Margaret noch Licht brannte. Ich guckte zu ihr hinein – sie läßt ihre Tür wegen der Ventilation nachts immer offenstehen – und sah, daß sie las.

»Ich kann nicht schlafen«, sagte sie.

Ich glaube nicht, daß sie Befürchtungen hegte. Sie konnte einfach nicht schlafen – wenn man auch nicht wissen kann, wie die Ängste des Steuermanns in ihr Unterbewußtsein gedrungen sein mochten.

Als ich die Treppe hinaufgestiegen war und durch den engen Gang nach der Tür des Navigationshauses ging, warf ich einen Blick in den Warteraum. Auf der Bank lag Kapitän West – auf dem Rücken, den Kopf zu hoch, jedenfalls für meine Empfindung. Er schlief. Der Raum war warm, und er lag ohne Decke, sonst aber angekleidet – jedoch hatte er weder Ölzeug noch Seestiefel an. Er atmete ruhig und regelmäßig, und die Furchen in seinem asketischen Gesicht schienen im Lichte der tief herabgedrehten Lampe schwächer als sonst. Dieser eine Blick gab mir all meine Sicherheit und all meinen Glauben an seine Weisheit wieder.

Unter dem Wetterschutz an der Brüstung der Kampanje traf ich Mellaire. Er war ganz ruhig. »Der Sturm flaut ab«, erzählte er mir und wies auf einen Streifen des sternenbedeckten Himmels, der hinter der immer dünner werdenden Wolkendecke erschien.

Aber wo war Pike? Wußte der Untersteuermann überhaupt, daß er an Deck war? Ich begann Mellaire auszuhorchen, während wir zusammen über die schlingernde Kampanje nach dem Steuerhaus gingen. Ich erzählte ihm, wie schwer es mir wurde, bei stürmischem Wetter einzuschlafen, stellte fest, daß die heftigen Bewegungen des Schiffes mich nervös und schlaflos machten, und fragte schließlich, ob das schlechte Wetter auch die Offiziere am Schlafen hinderte.

»Wir schlafen gut, Herr Pathurst«, lachte der Untersteuermann. »Je härter das Wetter ist, und je größere Anforderungen es an uns stellt, desto tiefer ist unser Schlaf. Ich meinerseits bin wie tot, sobald ich den Kopf auf mein Kissen lege. Und Pike braucht nur etwas mehr Zeit, weil er immer noch eine Zigarette raucht. Aber er zieht sich dabei aus, so daß er auch nur wenige Minuten braucht, bis er wie ein Toter daliegt. Ich halte jede Wette, daß er sich seit zehn Minuten nach zwölf nicht bewegt hat.«

Der Untersteuermann hatte also keine Ahnung, daß Pike an Deck war. Um meiner Sache ganz sicher zu werden, ging ich nach unten. Seine Koje war leer. Als ich auf die Kampanje zurückkehrte, stieß ich auf den überraschten Mellaire.

»Ich dachte, Sie schliefen schon«, rügte er.

»Ich bin zu unruhig«, erklärte ich. »Ich habe gelesen, bis meine Augen ganz müde waren, und jetzt versuche ich es damit, mich tüchtig durchwehen zu lassen. Vielleicht kann ich dann einschlafen.«

»Ich beneide Sie wirklich«, antwortete er. »Du lieber Gott! Eine so herrlich lange Nacht zu haben und dann nicht einmal durchschlafen zu können!«

Lachend wünschten wir uns gute Nacht. Als ich wieder in den Kartenraum hineinguckte, sah ich Kapitän West wie vorher, fast in derselben Lage schlafen. Bei Margaret brannte immer noch Licht, als ich aber hineinguckte, sah ich, daß sie eingeschlafen war. Was mochte vorgehen? Die Hälfte aller an Bord Befindlichen schlief. Der Samurai schlief. Aber der alte Steuermann hielt eine schwere Extrawache auf der Decke des Vorkastells. Hatte er recht mit seinen Befürchtungen? Oder war es nur die Schrulle eines Greises? Führte die Abtrift uns tatsächlich in den Untergang?

Ich war zu wach, um schlafen zu können, und setzte mich deshalb mit meinem Buch an den Eßtisch. Ich behielt auch mein Ölzeug an, mit Ausnahme der Fäustlinge, die ich auswrang, ehe ich sie zum Trocknen an den Ofen hängte. Es schlug vier Glasen, es schlug sechs Glasen, Pike war immer noch nicht zurückgekehrt. Als es acht Glasen schlug und seine Wache beginnen sollte, fiel es mir ein, wie anstrengend diese Nacht für den alten Steuermann sein mußte! Von acht bis zwölf hatte er Wache gehabt und dann vier Stunden seiner

Freiwache dort oben verbracht. Und jetzt begann wieder seine eigene Wache, die bis acht Uhr morgens dauerte. Also zwölf Stunden ununterbrochen an Deck, im Sturm bei Kap Horn und bei einer Temperatur, die weit unter dem Nullpunkt lag.

Dann muß ich etwas eingenickt sein, denn plötzlich hörte ich über meinem Kopf lautes Rufen, das über das ganze Schiff bis zur Kampanje wiederholt wurde. Erst später erfuhr ich, daß Pike das Steuer hatte umwerfen lassen, und daß der Befehl von der Back nach dem Steuerhaus durch eine Reihe von Matrosen gegangen war, die er in regelmäßigen Abständen auf der Laufbrücke postiert hatte.

Mit einem Ruck wurde ich wach und wußte, daß an Deck etwas vorgefallen sein mußte. Als ich meine dampfenden Fäustlinge angezogen hatte und die schlingernde Treppe so schnell wie möglich hinaufkletterte, hörte ich das Trappeln der Matrosen. Und als ich im Gang zum Navigationshaus stand, hörte ich Pike brüllen:

»Die Kreuzbrassen, zum Teufel! Fieren ... Donnerwetter noch mal ... Fieren ... dalli, dalli! Achteraus alle Mann – aber schnell, wenn ihr nicht alle schwimmen wollt ... Hierher! Backbordbrassen! Aufgepaßt, daß sie nicht wappern! ... Leebrassen ... wenn ihr den Schlag da gehen laßt, knalle ich euch eure verfluchten Schädel ein ... Dalli ... dalli, zum Teufel noch mal ... Ist der Helm luvwärts? Warum, zum Teufel, antwortest du nicht?«

Alles das hörte ich, während ich nach der Tür des Navigationshauses eilte. Ich wunderte mich, daß ich die Stimme des Samurais nicht hörte. Als ich dann am Kartenraum vorbeiging, sah ich ihn. Er saß auf der Bank und hielt einen Seestiefel in der Hand. Sein Gesicht war ganz weiß, und mir schien, daß seine Hände zitterten. So viel sah ich – dann ging ich schnell an Deck.

Als ich aus dem erleuchteten Navigationsraum herauskam, konnte ich zunächst gar nichts sehen, hörte aber die Matrosen, die an der Finknetzreling arbeiteten, und den Steuermann, der Befehle fauchte und brüllte. Das Manöver kannte ich. Mit einer kränklichen, körperlich schwachen Mannschaft mußte die Elsinore in einer hohlen See vor dem Winde wenden. Ganz langsam fühlte ich, wie sich der Winddruck gegen meine Wange änderte. Der Mond, der anfangs nur sehr schwach geschimmert hatte, wurde immer klarer, und schließlich verschwanden die letzten Fetzen der fliehenden Wolkendecke, die ihn verhüllten. Vergebens spähte ich nach einer Küste aus.

»Großbrassen ... alle Mann ... Schnell!« brüllte Pike. Alle überstürzten sich in wilder Hast. Noch nie hatte ich sie so arbeiten sehen.

Ich begab mich nach dem Steuerrad, wo Tom Spink als Rudergast stand. Er bemerkte mich gar nicht. Seine Augen starrten wie verzaubert in eine ganz bestimmte Richtung ... ich folgte seinem Blick über ein im Mondschein unklar und vage erscheinendes Gebirge von Seen hinweg. Und da sah ich es: Das Heck der Elsinore wurde hoch in die Luft geschleudert, und hinter dem kalten Meer erblickte ich das Land ... schwarze Felsen und schneebedeckte Hänge und Gipfel ... und gegen dieses Land wurde die Elsinore, jetzt fast vor dem Winde, getrieben.

Vom Mittschiffshause her tönten das Brüllen des Steuermanns und die Rufe der Matrosen zu uns herauf. Sie halten und fierten jetzt um ihr Leben. Dann kam Pike über die Kampanje gelaufen, und sein Gebrüll stürmte noch vor ihm her.

»Komm auf, zum Teufel! Was glotzt du? Stütz – sag' ich dir, das ist alles, was du zu tun hast!«

Von der Back hörten wir einen Ruf, der mir zeigte, daß Mellaire auf der Decke des Vorderkastells stand und die Fockbulien geben ließ.

»Jetzt!« brüllte Pike. »Noch ein paar Spaken ... Stütz ... Recht so!«

Er setzte in großen Sprüngen über die Kampanje und rief die Matrosen an die Kreuzbrassen. Die Leute waren aus dem Schlaf gepurrt und kamen ohne Mäntel, ohne Mützen, zum Teil ohne Stiefel, und ihre Gesichter waren fahl vor Angst. Aber alle gehorchten eifrig, denn sie wußten, daß nur dieser eine Mann sie vor einem jämmerlichen Tode erretten konnte.

Pike war wirklich prachtvoll! Auch als die Elsinore vor dem Winde aufkam, während die Rahen scharf angebraßt, die Bulienen angeholt und die Luvbrassen steif gesetzt wurden, hatte er noch Zeit, die Leute in die Wanten zu schicken.

Als alle Segel gesetzt waren, wurde die Elsinore mehr und mehr an den Wind gebracht, und dabei merkte ich, daß es immer noch sehr kräftig wehte, wenn der Sturm auch im Abflauen war. Pike schickte jetzt den Malteser Londoner dem Rudergast zu Hilfe. Er selbst stand neben dem Achterluk, von wo aus er gleichzeitig die Fahrt der Elsinore messen, Ausschau nach Lee halten und den Rudergast beobachten konnte. Als ich in Lee des Navigationshauses stand, konnte ich das Land jetzt rechts in Lee auftauchen sehen. Es war keine dreihundert Schritt entfernt, schwarze drohende Felsen und eisiger Schnee, Klippen, so schroff, daß die Elsinore dort längsseits noch im tiefen Wasser hätte liegen können. Die Küste war zerrissen und zerklüftet, und mächtige Brecher donnerten gegen sie an. Ich erkannte jetzt, welche Gefahr uns drohte. See und Wind trieben uns gerade gegen die Küste. Die einzige Möglichkeit einer Rettung bestand darin, daß die Elsinore mit aller denkbaren Schnelligkeit und Kraft durch das Wasser getrieben wurde – und mir leuchtete es ein, als Pike an die Brüstung der Kampanje lief und Mellaire zurief, daß er das Großsegel heißen solle.

Man spürte den großen Unterschied, als die mächtige Leinwand sich dem Winde entgegenstellte. Die Elsinore hüpfte und zitterte, als sie vor dem Wind aufdrehte, und ich konnte merken, wie sie sich luvwärts schob, während ihre Schnelligkeit gleichzeitig sprunghaft wuchs. Pike beobachtete sie wie der Habicht seine Beute. »Land in Lee!« wurde von vorn gerufen. Und der unheilvolle Ruf ging von Mann zu Mann das ganze Deck entlang bis zur Kampanje. Ich sah Pike höhnisch mit dem Kopfe nicken.

Kein Wunder, daß ich in diesem spannenden Augenblick den Samurai vergaß, bis er die Tür des Navigationshauses öffnete und ich ihn in meinen Armen auffing. Schwankend stand er da und betrachtete das furchtbare Bild der Felsen, des Schnees und der schäumenden Brecher.

»Es würde gut sein, das Gretchen zu setzen«, hörte ich Kapitän West mit schwacher, zitternder Stimme sagen.

»Herr Pathurst, würden Sie Herrn Pike bitten, das Gretchen zu setzen.«

Eben in dieser Sekunde hörte ich Pike von der Kampanjewand her über das Schiff brüllen: »Untersteuermann ... das Gretchen!«

Kapitän Wests Kopf senkte sich, bis das Kinn seine Brust berührte, und er sprach so leise, daß ich mich zu seinem Mund hinabbeugen mußte, um ihn zu verstehen: »Ein sehr tüchtiger Offizier«, sagte er. »Ein hervorragender Offizier. Herr Pathurst, wollen Sie die Güte haben, mir behilflich zu sein ... ich möchte gern wieder hineingehen ... ich habe mir die Stiefel noch nicht angezogen.«

Es war eine wirkliche Anstrengung, die schwere eiserne Tür zu öffnen und sie bei dem Schlingern und Stampfen des Schiffes offenzuhalten. Aber es gelang mir. Als ich Kapitän West geholfen hatte, die hohe Schwelle zu übersteigen, dankte er mir und lehnte weitere Hilfe ab. Ich wußte ja auch noch nicht, daß ich es mit einem Sterbenden zu tun hatte.

Was für eine Fahrt! Die Elsinore flog über die mächtigen Graubärte hinweg, die sich brüllend gegen die Küste warfen. Es gab Augenblicke, da ich hätte schwören mögen, daß die Spitzen der Unterrahen die Wellen streiften. Wir hatten vielleicht eine Chance gegen zehn, der Vernichtung zu entgehen. Wir wußten es alle und harrten stumm der Dinge, die da kommen sollten. Nur eine Stimme ließ sich hören – die des Steuermanns, der abwechselnd fluchte und drohte, wenn er seine Befehle erteilte. Ununterbrochen maß er die Stärke der Windstöße, und immer wieder suchte sein Blick die große Bramrahe. Er hätte gern noch dies eine Segel gesetzt ... mehr als ein dutzendmal sah ich ihn schon den Mund öffnen, um den Befehl zu geben, den er doch nicht zu geben wagte. Dieser barsche, verbitterte Offizier war der einzige Mann unter diesen »Männern«. »Und wo«, so dachte ich schmerzlich, »wo ist der Samurai?«

Eine Chance gegen zehn? Wir hatten nur eine gegen hundert, als wir kämpften, um den letzten gefährlichen Felsblock luvwärts zu umsegeln, der See und Sturm zwischen uns und dem freien Meere trotzig zerriß. Aber wir kamen frei vom Land. Und wie in wilder Wut darüber, daß wir ihm entschlüpften, benutzte der Sturm den Augenblick, um uns die schlimmste aller Backpfeifen auszuwischen. Der alte Steuermann fühlte, daß diese Riesenwoge es auf uns abgesehen hatte, denn noch ehe der Schlag kam, war er schon ans Steuer gesprungen. Ich sah, wie alles vorn in der ungeheuren Wassermenge verschwand, die sich über das Schiff stürzte. Dann hob sich die Elsinore und wurde wieder in ihrer ganzen Länge sichtbar, und im selben Augenblick schleuderte ein Windstoß sie auf die Seite, so daß die Hälfte der ungeheuren Wassermenge über Bord gespült wurde.

Über die Laufbrücke lief von Mund zu Mund der Ruf: »Mann über Bord!«

Ich sah den Steuermann an. Er schüttelte den Kopf, als ob er sich über eine so alltägliche Begebenheit ärgerte, trat an die Ecke des Navigationshauses und starrte von dort aus nach der Küste, der wir soeben entgangen waren, und die kalt im Mondlicht schimmerte.

Mellaire kam achteraus, und sie trafen sich neben mir in Lee des Navigationshauses.

»Alle Mann an Deck«, sagte der Steuermann. »Und bergen Sie das Großsegel und dann das Gretchen.«

»Jawohl, Steuermann«, antwortete Mellaire.

»Wer war es eigentlich?« fragte der Steuermann, als Mellaire sich schon umdrehte, um sich zu entfernen.

»Boney ... war sowieso nichts wert«, lautete die Antwort.

Das war alles. Boney war verschwunden. Und alle Mann befolgten den Befehl des Untersteuermanns, das Großsegel zu bergen. Aber sie kamen nie dazu – denn im selben Augenblick wurde es vom Winde zerrissen, und wenige Minuten später waren nur einige flatternde Fetzen übrig.

»Das Gretchen!« befahl Pike.

Auf dem Wege nach unten warf ich einen Blick in den Kartenraum. Da erhielt ich die Erklärung des Fehlers, den der Samurai gemacht hatte, wenn man überhaupt von einem Fehler sprechen kann. Keiner wird es je entscheiden können.

Er lag auf dem Boden – ein willenloser Körper, den jedes Schlingern des Schiffes hin und her schleuderte.

Es ist so viel auf einmal zu berichten. Zunächst natürlich von Kapitän West. Sein Tod kam nicht ganz unerwartet. Margaret sagte mir, sie hätte es von Anfang der Reise an befürchtet. Das war es auch, was sie bewogen hatte, ihren Vater zu begleiten.

Wie alles in Wirklichkeit vor sich ging, wissen wir freilich nicht, aber wir sind uns doch einig, daß es aller Wahrscheinlichkeit nach ein Herzschlag gewesen ist. Freilich habe ich, das muß ich offen gestehen, nie davon gehört, daß eine Art Gehirnschwäche einem Herzschlage um mehrere Stunden vorausging. Und der Verstand des Kapitäns schien mir auch ganz ungetrübt und muß es auch gewesen sein, als er gestern nachmittag den Befehl zum Halsen gab. Dann hat er freilich einen Fehler begangen. Der Samurai beging einen Fehler – und sein Herz brach, als ihm der Fehler zum Bewußtsein kam.

Jedenfalls kommt Margaret gar nicht auf den Gedanken, daß ihr Vater vielleicht einen Fehler gemacht hätte. Sie bleibt dabei, daß alles irgendwie mit seinem bevorstehenden Tode zusammenhing. Und es ist auch keiner unter uns, der sie dieser Illusion berauben würde. Und auch ich frage mich oft, ob es nicht vielleicht doch etwas anderes gewesen ist, was sein Bewußtsein trübte und seinen klaren Verstand verdunkelte, bevor er starb?

Gegen Mittag desselben Tages, an dem wir die Elsinore noch gerade von der Küste der Tierra del Fuego abgehalten hatten, schlingerte sie wieder in einer Windstille, kaum zehn Meilen vom Land entfernt. Um vier Uhr wurde Kapitän West bestattet, und um acht Glasen am selben Nachmittag übernahm Pike das Kommando und hielt eine kleine Ansprache an die versammelte Mannschaft. Unter anderm sagte er den Matrosen, sie hätten jetzt einen neuen Herrn bekommen und müßten ganz anders arbeiten als bisher. Bis jetzt hätten sie es wie die Taugenichtse in einem feinen Hotel gehabt, von heute ab aber müßten sie schuften.

»Gott helfe dem Mann«, erklärte er, »der nicht springen will. Das ist alles, was ich zu sagen habe. Und jetzt an die Arbeit.«

Die Mannschaft befand sich jedoch wirklich in einem schrecklichen Zustand. Wir hatten wieder eine Woche mit westlichen Stürmen, die mit völliger Windstille abwechselten, und wir haben bereits sechs Wochen vor Kap Horn verbracht. Die Leute sind so entkräftet, daß weder Arbeitslust noch Mut in ihnen übrig ist ... nicht einmal in den Banditen. Und sie haben eine solche Angst vor dem Steuermann, daß sie tatsächlich ihr Bestes tun, um zu »springen«, wenn er sie antreibt. Mellaire schüttelt den Kopf.

»Warten Sie nur, bis wir um Kap Horn gekommen sind und das Wetter besser wird«, sagte er zu meinem Befremden gestern nachmittag. »Warten Sie, bis sie wieder trocken und ausgeruht und ihre Wunden geheilt sind, bis sie mehr Fleisch auf ihre Knochen und etwas mehr Feuer ins Blut bekommen haben – dann werden sie sich dies Antreiben nicht mehr gefallen lassen. Herr Pike versteht nicht, daß die Zeiten sich geändert haben. Er ist ein alter Mann, und ich weiß, wovon ich spreche.«

»Weil Sie auf das Gerede der Matrosen gehört haben?« schleuderte ich ihm ins Gesicht, weil es meinen tiefsten Unwillen erregte, daß ein Offizier des Schiffes sich unkorrekt benahm.

Das saß, denn mit einem Schlage verschwand der süßliche Ausdruck aus seinen Augen, und das furchtbare Wesen, das in seinem Schädel lauert, schien sich auf mich stürzen zu wollen. Dann beherrschte er sich, der Mund zog sich zusammen, und die süßliche, höfliche Schicht legte sich wieder über seine Augen.

»Ich meine, Herr Pathurst«, sagte er sanft, »daß ich auf Grund langjähriger Erfahrungen sprechen darf. Die Zeiten haben sich geändert. Die alten Tage des ›Hetzens‹ sind vorbei.«

Dann kam die Unterhaltung auf etwas anderes. Aber bei alledem ist er – wie auch Pike knurrend zugibt – ein guter Seemann und Untersteuermann, abgesehen von seiner ungehörigen Vertraulichkeit mit den Leuten vor dem Mast – einer Vertraulichkeit, die selbst der chinesische Koch und der chinesische Steward als unseemännisch und gefährlich verurteilen.

Drei Leute gibt es in der Back, die so lebendig wie je sind. Das sind Andy Fay, Mulligan Jacobs und Charles Davis. Man begreift einfach nicht, welch ungeheuerliche, abgrundtiefe Lebenskraft in ihnen steckt. Viel stärkere und bessere Männer als sie sind über die Reling gegangen oder liegen jetzt in hoffnungsloser Körperschwäche in den nassen Kojen des Volkslogis. Und Andy Fay und Mulligan Jacobs, diese beiden Jammergestalten, die von der Flamme ihres bösen Hasses durchglüht werden, tun ihre volle Pflicht und folgen ohne Rücksicht auf ihre Freiwachen jedem Ruf.

Unsere drei Kap-Horn-Zigeuner, unsere Sturmgäste mit den träumerischen Topasaugen, sind auch nicht ohne Kraft und Lebenslust. Die übrige Mannschaft hält sich in törichtem Aberglauben von ihnen fern, und zudem sind sie ja auch schon wegen ihrer Sprache, die keiner versteht, den andern ganz fremd. Sie sind indessen sehr gute Seeleute und immer die ersten bei jeder Arbeit oder Gefahr. Sie sind der Wache des Untersteuermanns zugeteilt worden und halten sich völlig für sich.

Aber die andern! Der Malteser Londoner ist nur ein Schatten seiner selbst. Tom Spink, der sonst stählerne Nerven hat und ein ausgezeichneter Seemann ist, selbst er ist in dem Maße zusammengebrochen, daß er – wenn er auch seine Pflicht tut – weder Stolz noch Scham kennt.

»Nie wieder um Kap Horn, Herr«, sagte er neulich, als er am Steuer stand, und ich ihm Guten Morgen wünschte. »Das habe ich freilich auch früher schon geschworen, aber diesmal soll es ernst sein. Nie wieder, Herr ... nie wieder.«

Und heute morgen hat Tom Spink mir sein Herz ausgeschüttet: »Wenn doch bloß der Zimmermann und nicht Boney über Bord gegangen wäre.«

Ich verstand nicht gleich, was er eigentlich meinte, aber dann fiel es mir ein. Der Zimmermann war ja Finne, also ein Hexenmeister, der allerlei geheime Kniffe mit den Winden machte und sein Spiel mit den armen Seeleuten trieb.

Und die Matrosen müssen springen. Pike treibt sie mit seinen Quaderblöcken von Fäusten gründlich an, wie die Gesichter mehrerer Leute zur Genüge bezeugen. So schwach sind sie, und so furchtbar ist er, daß ich schwören möchte, er könnte allein eine ganze Wache auf einmal vertrimmen. Ich muß übrigens bemerken, daß Mellaire dieses Hetzen nicht mitmacht. Und doch weiß ich, daß er selbst sehr viel Übung darin hat, und daß er am Anfang der Reise gar nichts dagegen einzuwenden hatte. Jetzt scheint er sich aber auf guten Fuß mit der Mannschaft stellen zu wollen. Ich möchte wissen, was Pike davon denkt, denn er kann nicht blind für das sein, was hier vorgeht, aber ich weiß nur zu gut, was geschehen wird, wenn ich die Frage anschneide. Er wird mich einfach anschnauzen und dann die folgenden drei Tage »seesauer« sein. Für Margaret und mich sind die Verhältnisse bei Tisch wie in den Kabinen, auch ohne die Ungnade des Steuermanns, schon eintönig und traurig genug.

Wieder hat sich ein brutaler Seemannsaberglaube bestätigt. Wir befinden uns westlich von den Diego-de-Ramirez-Klippen und laufen vor einem Oststurm mit einer Fahrt von zwölf Knoten nach Westen. Und der Zimmermann ist über Bord gegangen. Sein Verschwinden erfolgte gleichzeitig mit dem Einsetzen des Ostwindes.

Als Wada mir gestern morgen beim Anziehen half, war ich von dem feierlichen Ausdruck seines Gesichtes betroffen. Mit finsterem Kopfschütteln berichtete er mir das Geschehene. Der Zimmerbaas war verschwunden. Man hatte das ganze Schiff, oben und unten, vorn und achtern nach ihm durchsucht.

»Was meint der Steward dazu?« fragte ich. »Und was meint Louis? Und Yatsuda?«

»Seeleute Zimmerbaas totschlagen, ganz sicher«, lautete die Antwort. »Sehr schlechter Schiff diese hier! Sehr böse

Herzen! Alle dieselbe Hund! Immer totschlagen! Zum Schluß alle tot! Sie werden sehen!«

Und doch gibt es keinen Anhaltspunkt dafür, daß ein Verbrechen vorliegt. Keiner weiß, was dem Zimmermann zugestoßen ist. Es ist keine Spur vorhanden. Die Nacht war ruhig, und es schneite. Keine Sturzsee überspülte das Schiff. Kein Zweifel: der klobige Riese mit den gewaltigen Plattfüßen – trotz seiner Größe war er eigentlich nur ein Knabe – ist über Bord gefallen und tot. Die Frage ist nur: fiel er von selber, oder wurde er geworfen? Die Matrosen sind einer nach dem andern vom Steuermann vernommen worden, und alle haben dieselbe Geschichte zum besten gegeben. Sie wissen nicht mehr als wir oder behaupten es wenigstens.

Es war ein unvergeßlicher Auftritt – der Steuermann auf der Kampanje, die Männer, mürrisch und gleichgültig, in Gruppen an Deck. Durch die stille Luft rieselte der Schnee leise und senkrecht auf das Schiff herab. Und dann kam er, der leise Hauch eines Ostwindes. Der Steuermann war der erste, der ihn spürte. Ich sah ihn zusammenfahren und seine Wange dem fast unmerklichen Hauch zuwenden. Dann spürte auch ich ihn. Der Steuermann wartete noch eine Minute, bis er seiner Sache sicher war, dann war der verschwundene Zimmermann vergessen, und seine Befehle an den Rudergast und an die Leute brachen wie ein Strom hervor. Und die Männer sprangen, wenn das Aufentern auch langsam und mühselig vonstatten ging. Als die Beschlagseisinge von den Bramsegeln genommen waren, und die Männer an Deck die Rahen aufzogen und die Schoten anholten, waren die Toppsgasten erst dabei, die Reuel loszumachen. Unterdessen aber begann die Elsinore, mit dem Bug gegen West, vor dem ersten guten Winde seit anderthalb Monaten westwärts zu laufen.

Langsam wuchs die leichte Brise zu einer labberen Kühlte an, während es unaufhörlich schneite. Tom Spink, der an mir vorbeiging, warf mir einen triumphierenden Blick zu. Der Aberglaube hatte seine Bestätigung gefunden. Die Ereignisse selbst hatten ihm recht gegeben. Im selben Augenblick, als der Zimmermann von der Bildfläche verschwunden, war ein günstiger Wind aufgekommen. Jetzt mußte es doch jedem einleuchten, daß dieser verdammte Hexenmeister seinen Sack voll Windzauber mit über Bord genommen hatte.

Gegen Mittag hörte das Schneegestöber auf, und wir liefen vor einer labbern Kühlte, die sich gegen drei Uhr nachmittags zu einer steifen entwickelte. Immer westwärts! Und Pike guckte zu den Reuelrahen hinauf, die sich unter dem Druck des Windes auf die Segel bogen, und schwor, daß sie bersten sollten, bevor er die Segel nur um einen Zoll mindern würde. Er tat mehr als das. Er setzte das große Kreuzsegel, dann auch Besan und Brodwinner. Und er forderte Gott oder Teufel auf, eine Naht oder alle Nähte zu zerreißen. Seine Ausdauer ist einzig. Wache auf Wache, ununterbrochen, bleibt er auf der Kampanje und hetzt die Leute.

Margaret hatte nichts gegen dieses Antreiben, abgesehen davon, daß sie nicht schlafen konnte. Mellaire hingegen hegte gewisse Befürchtungen.

»Es geht nicht«, vertraute er mir an, »daß man ein Kauffahrteischiff antreibt, als wäre es eine Rennjacht. Ich weiß auch, was Hetzen heißt, aber das macht man mit Schiffen, die dazu gebaut sind. Unsere stählerne Takelung hält das nicht aus. Es ist Mord und Verbrechen, die Elsinore bei diesem Wetter mit Kreuzsegel, Besan und Leesegel laufen zu lassen. Und wenn etwas passiert, Herr, wenn das Schiff dem Steuer, wenn auch nur für Sekunden, nicht gehorcht und nicht sofort beidreht ...«

»Was dann?« fragte oder vielmehr rief ich. Denn jedes Gespräch mußte man in dieser verrückten Kühlte einander ins Ohr brüllen.

Er zuckte die Achseln so beredt, wie wenn er das Wort ausgesprochen hätte, das verhängnisvolle Wort: Erledigt ...

Heute morgen gegen acht Uhr gingen Margaret und ich auf der Kampanje im ewigen Kampf mit dem Winde auf und ab. Der alte unbesiegbare Mann aus Eisen war immer noch da. Er war die ganze Nacht an Deck geblieben. Und doch waren seine Augen ganz klar, und er schien sich äußerst wohl zu befinden. Er rieb sich die Hände, begrüßte uns heiter kichernd und erzählte alte Erinnerungen.

»Wissen Sie, Fräulein West, einundfünfzig, da machte die Flying Cloud mit gesetzten Reueln dreihundertvierundsiebzig Meilen. Es war genau hier in dieser Gegend. Das kann man segeln nennen.«

»Und wie schnell laufen wir jetzt, Herr Pike?« fragte Margaret, die auf das Große Deck hinunterblickte, wo sie bald die eine, bald die andere Reling in die See tauchen sah, während mächtige Wassermengen das Deck überfluteten.

»Dreizehn durchschnittlich seit fünf Uhr gestern nachmittag«, rief er begeistert. »In den Böen aber sechzehn. Das ist schon was für die Elsinore.«

Die Matrosen bekamen an diesem Tage kein Frühstück. Dreimal wurde die Kombüse überflutet, und die Leute mußten sich mit Zwieback und kaltem Pökelfleisch begnügen. Gegen Mittag überholten wir ein Schiff, das rechts voraus lag. Es führte die Untermarssegel und ein Bramsegel. Von den Untersegeln nur die Fock. Unsere Schnelligkeit war so ungeheuer, daß wir fast im Augenblick das fremde Schiff erreichten und überholten. Pike war wie ein Schuljunge. Er sprang auf die Reling und verhöhnte die Leute drüben auf der Kampanje, indem er ihnen ein Ende hinstreckte und sie einlud, sich von uns schleppen zu lassen.

Um fünf Uhr nachmittags loggten wir 314 Meilen seit vorgestern um fünf – also vierundzwanzig Stunden lang zwei Meilen über eine Durchschnittsfahrt von dreizehn Knoten in der Stunde.

Wir haben Kap Horn umsegelt! Wir befinden uns tatsächlich nördlich vom fünfzigsten Grad im Stillen Ozean, auf 80° 49' Länge. Kap Pillar und die Magellanstraße liegen schon südöstlich von uns, und wir laufen jetzt nach Nordnordwest. Kap Horn umsegelt! Die volle Bedeutung dieser Worte kann natürlich nur erfassen, wer selbst den Versuch gemacht hat, sich bei Gegenwind von Osten nach Westen um das Horn zu schleichen. Jetzt kann uns nichts mehr in die Quere kommen. Noch nie ist es geschehen, daß ein Schiff, das den fünfzigsten Grad erreicht hatte, wieder zurückgeworfen wurde. Von jetzt an gibt es glatte Fahrt, und selbst das ferne Seattle scheint uns plötzlich in greifbare Nähe gerückt.

Die ganze Besatzung des Schiffes ist jetzt auch in besserer Stimmung. Die glücklich vollbrachte Umseglung Kap Horns, das gute Wetter, das jetzt immer besser wird, die Verringerung der ewigen Schufterei und der dauernden Lebensgefahr und endlich die Aussicht auf die Wärme der Tropen und die balsamische Luft des Südostpassats ... alles das trägt dazu bei, daß die Leute sich allmählich erholen. Es ist schon so warm, daß sie angefangen haben, ihre überflüssigen Kleidungsstücke abzulegen. Gestern abend hörte ich während der Plattfußwache einen der Matrosen singen.

Der Steward hat auch sein riesiges Fleischermesser abgeschnallt und macht es sich so weit gemütlich, daß er sich hin und wieder in seiner besonnenen Art darauf einläßt, mit Possum zu spielen. Wada geht auch nicht mehr beständig mit einem feierlichen Gesicht herum, und der Oxforder Akzent des chinesischen Kochs ist noch honigsüßer als sonst. Mulligan Jacobs und Andy Fay sind natürlich die giftigen Kröten geblieben, die sie waren. Und die drei Banditen haben – gemeinsam mit dem Kreis, den sie um sich gesammelt haben – ihre frühere Tyrannei im Volkslogis wieder aufgenommen und die Gelegenheit benutzt, um die Feiglinge und Schwächlinge zu verprügeln. Charles beharrt immer noch zäh bei seinem Entschluß, nicht sterben zu wollen. Jedenfalls hat es selbst Pike in Erstaunen gesetzt, daß er die furchtbaren Wochen um Kap Horn in seinem eisigen und nassen stählernen Käfig ausgehalten hat.

Pike selbst hat von allen an Bord die beste Laune und befindet sich körperlich am wohlsten. Daß er jetzt die Mannschaft antreiben kann, wie er es will, bekommt ihm besser als Essen und Trinken.

»Ja, ja«, sagte er zu mir, als wir von der Mannschaft sprachen. »Ich gebe ihnen einen kleinen Begriff von der guten, alten Art zu segeln. Sie werden dieses Schiffchen nie mehr vergessen, falls sie nicht schon während unserer Fahrt mit einem Sack Kohlen an den Füßen über Bord gehen.«

»Glauben Sie denn, daß wir noch mehr Todesfälle an Bord bekommen werden?« fragte ich.

Er wandte sich rasch zu mir um und sah mir einige Sekunden scharf in die Augen – dann sagte er: »Noch ist die Hölle nicht losgelassen.«

Und er drehte sich um und ging.

Er hat übrigens seine Wache als Steuermann beibehalten, obgleich er jetzt das Schiff führt, denn er ist der Ansicht, daß es keinen vor dem Mast gibt, der geeignet wäre, an Stelle des Untersteuermanns zu treten. Er wohnt auch immer noch in seiner alten Kammer. Wahrscheinlich tut er es aus Feingefühl gegen Margaret – ich habe nämlich gehört, daß es sonst feste Regel ist, daß der Steuermann beim Tode des Kapitäns dessen Quartier übernimmt. So schläft Mellaire immer noch mit Nancy zusammen im Mittschiffshaus.

Mellaire hat recht gehabt, als er es mir sagte, die Matrosen würden dies ewige Hetzen nicht länger dulden. Und Pike hat auch recht gehabt; die Hölle war wirklich noch nicht bei uns losgelassen, aber jetzt ist es soweit! Mehrere Männer sind schon über Bord gegangen, sogar ohne daß man sich die Mühe gab, ihnen auch nur einen Sack Kohlen an die Füße zu binden. Und doch sind es nicht die Matrosen, die den Aufruhr angezettelt haben, sondern Mellaire. Oder vielmehr, es war Ditman Olansen, der Norweger mit den verrückten Augen. Oder eigentlich Possum. Jedenfalls war es der reine Zufall, an dem alle Erwähnten einschließlich Possum ihren Anteil gehabt haben.

Ich will jedoch lieber mit dem Anfang beginnen. Zwei Wochen sind verstrichen, seit wir den fünfzigsten Grad passiert haben, und jetzt sind wir auf dem siebenunddreißigsten. Wir sind also ebenso weit südlich vom Äquator wie San Francisco nördlich davon. Der Aufruhr brach gestern morgen, kurz nach neun, ganz plötzlich los. Possum brachte die Ereignisse ins Rollen. Es war während der Wache des Untersteuermanns, und Mellaire stand gerade auf der Laufbrücke unter dem Mitteltopp und erteilte Sundry Buyers Befehle, der mit Arthur Deacon und dem Malteser-Londoner in der Takelung zu schaffen hatte. Pike kam, das Thermometer in der Hand, über die Laufbrücke, nachdem er die Temperatur der Kohlen im Vorderraum gemessen hatte. Ditman Olansen kletterte gerade auf ein Fußpaard oben am Mittelmast, in den er mit einer Rolle Tau hinauf geentert war. An dem einen Ende des Taus war ein ziemlich großer Block befestigt, der vielleicht zehn Pfund wog. Possum lief vergnügt herum und spielte eifrig auf dem Verdeck des Mittschiffshauses in der Nähe des Hühnerstalls. Die Persenning, die den Käfig bisher zugedeckt hatte, war bei dem schönen Wetter abgenommen.

Und jetzt merken Sie sich bitte genau die Situation: Ich stand an der Brüstung der Kampanje und beobachtete Ditman Olansen, der sich mit seiner unbequemen Last auf das Fußpaard hinausschwang. Pike ging soeben an Mellaire vorbei. Possum, der infolge des schlechten Wetters bei Kap Horn und auch wegen der Persenning die Hühner lange nicht gesehen hatte, untersuchte sie neugierig mit seiner aufdringlichen Schnauze. Und da geschah es, daß ein Hühnerschnabel, der ebenso aufdringlich war, Possum auf die empfindliche Nase pickte. Possum fuhr entsetzt vom Hühnerstall zurück und stieß ein wildes Schreckensgeheul aus. Ditman Olansen, der es hörte, blieb einen Augenblick auf dem Fußpaard stehen und beugte sich vor, um hinunterzugucken – und in diesem Augenblick, als seine Aufmerksamkeit abgelenkt war, glitt der Block mit der Taurolle, die er über der Schulter trug, ab und fiel auf das Deck hinunter. Beide Steuermänner machten einen Sprung zur Seite, um nicht getroffen zu werden. Das Tau, das an dem Block festgemacht war, wurde beim Fallen hin und her geschleudert, und obgleich der Block Mellaire nicht traf, schlug ihm doch eine Bucht des Taus die Mütze ab.

Pike wollte schon einen mächtigen Fluch nach oben schicken, als er plötzlich die furchtbare Narbe am Kopf des Untersteuermanns bemerkte. Sie war jetzt allen Augen sichtbar, wenn auch nur Pike und ich wußten, was sie bedeutete. Das dünne Haar auf dem Schädel des Untersteuermanns verdeckte die tiefe Schmarre nicht.

Die Flüche und Schimpfworte, die Pike schon für Ditman Olansen in Bereitschaft hatte, blieben ihm in der Kehle stecken. Gelähmt starrte er auf die furchtbare Narbe. Seine großen Fäuste ballten sich krampfhaft, ohne daß er es merkte, während er das unverkennbare Zeichen anstarrte, von dem er gesagt hatte, daß es ihm eines Tages den Mörder Kapitän Sommers' enthüllen würde. Und im selben Augenblick erinnerte ich mich auch seiner Worte, daß er eines Tages seine Finger in dieses Zeichen legen würde.

Immer noch wie im Traum ging der Steuermann mit ganz langsamen Schritten auf Mellaire zu – die eine Hand hielt er ausgestreckt, die Finger wie die Krallen einer furchtbaren Pranke gekrümmt. Offenbar hatte er unbewußt die Absicht, seine Finger in die entsetzliche Narbe zu stoßen, um das lebendige Gehirn, das darunter klopfte und pulste, herauszuzerren und zu zerfetzen. Der Untersteuermann zog sich ebenso langsam über die Brücke zurück, während Pike allmählich zum Bewußtsein zu kommen schien. Er ließ den ausgestreckten Arm sinken und blieb einen Augenblick stehen.

»Jetzt erkenne ich dich«, sagte er dann, mit seltsam vibrierender Stimme, die in gleichem Maße Alter und Erregung enthüllte. »Vor achtzehn Jahren warst du auf der Cyrus Thompson, als ihre Masten über Bord gingen. Sie sank, nachdem ihr lange auf der Seite gelegen hattet. Es blieb nur ein Boot übrig, das gerettet wurde, und in dem saßest du. Und es ist elf Jahre her, daß Käpt'n Sommers vom Jason Harrison im Hafen von San Francisco von seinem Untersteuermann zu Tode geprügelt wurde. Der Untersteuermann war einer der Überlebenden der Cyrus Thompson ... ein verrückter Schiffskoch hatte ihm einmal ein Loch in den Schädel geschlagen. Es blieb eine tiefe Narbe, und diese Narbe sehe ich jetzt in deinem Schädel. Der Untersteuermann hieß Sidney Waltham. Und wenn du nicht Sidney Waltham bist ...«

In diesem Augenblick tat Mellaire – oder richtiger: Sidney Waltham – trotz seinen fünfzig Jahren das einzige, was er tun konnte. Er sprang seitwärts über das Geländer der Laufbrücke, ergriff die Wewelinge des Mittelmasts und brachte sich auf dem Großluk in Sicherheit. Dann sprang er über das Luk und verschwand in der Tür seiner Kammer.

So tief war Pike in seine sinnlose Wut versunken, daß er plötzlich wie ein erwachender Schlafwandler stehenblieb und sich die Augen rieb. Im nächsten Augenblick tauchte der Untersteuermann wieder auf, hatte aber eine zweiunddreißig-kalibrige Smith & Wesson-Pistole in der Hand, mit der er sofort zu schießen begann.

Pike, jetzt wieder ganz der alte, blieb einen Augenblick stehen und rang offenbar mit zwei Entschlüssen. Sollte er über das Geländer der Laufbrücke springen und sich auf den Mann stürzen, der ihn niederknallen wollte, oder sollte er sich zunächst zurückziehen. Er entschied sich für letzteres. Und als er in weiten Sprüngen die schmale Treppe nahm, brach die Meuterei aus.

Es begann damit, daß Arthur Deacon, der oben in den Stengewanten war, sich vornüber beugte und einen stählernen Marlpfriem nach dem flüchtenden Steuermann warf. Blitzend sauste er durch die Luft, fehlte jedoch Pike, hätte aber um ein Haar Possum durchbohrt – der ganz außer sich vor Angst bellend achteraus lief. Der Marlpfriem bohrte sich tief in die hölzernen Planken des Laufbrückenbodens ein.

Wenn ich jetzt die Einzelheiten zusammenzufügen versuche, ist mir klar, daß ich vieles von dem, was geschah, übersehen habe. Ich weiß, daß die Matrosen, die in den Wanten waren, wieder herunterkamen, aber ich habe sie nicht herunterklettern sehen. Ich weiß auch, daß der Untersteuermann die Kammer seines Revolvers leerte, aber ich hörte nicht alle Schüsse. Ich weiß, daß Lars Johanson, der am Ruder stand, das Steuerrad verließ und trotz seinem kranken Bein in größter Eile über die Kampanje humpelte, die Leiter hinabkletterte und schnell nach dem Volkslogis lief. Ich entsinne mich, daß ich das Trappeln der vielen Füße hörte, als die Matrosen im Volkslogis über das Deck gelaufen kamen. Pike suchte hinter dem Kreuzmast Deckung. Und als der Untersteuermann nach Backbord lief, um seinen letzten Schuß vom Großluk aus abzufeuern, sah ich, wie Pike sich hinter dem Navigationshaus versteckte, dann achteraus lief und durch das Achterluk verschwand. Ich vernahm auch den Knall des letzten Schusses und hörte die Kugel gegen die stählerne Wand des Navigationshauses schlagen.

Ich selbst rührte mich nicht vom Fleck. Ich war zu begierig zu sehen, was vorging. Vielleicht war es mangelnde Geistesgegenwart, vielleicht nur mangelnde Gewohnheit, an Auftritten teilzunehmen, die so schnelle Entschlüsse erforderten, daß ich einfach auf der Kampanje stehenblieb und zuschaute.

Ich war der einzige, der sich auf der Kampanje befand, als die Leute unter Anführung des Untersteuermanns und der drei Banditen angestürmt kamen. Ich sah sie die Treppe heraufsteigen, und mir kam gar nicht der Gedanke, Widerstand zu leisten. Was natürlich auch das einzig Vernünftige war, denn sie hätten mich beim ersten Versuch getötet. Die Meuterer waren ganz verblüfft, als sie keinen Widerstand fanden. Bert Rhine holte schon zum Stoß aus, offenbar in der Absicht, mich mit seinem Scheidemesser niederzustechen. Aber dann – und ich weiß genau, daß ich ihn richtig beurteile – kam er zu dem für mich durchaus nicht schmeichelhaften Ergebnis, daß ich ganz bedeutungslos sei, und ließ mich unangetastet.

Was mir in eben diesem Augenblick so auffiel, war der völlige Mangel an Überlegung bei der Mannschaft. So unvorbereitet war sie in die Meuterei hineingesprungen, daß sie noch ganz verwirrt war, als sie sich schon mitten darin befand. Seit wir vor Monaten Baltimore verlassen hatten, war es (abgesehen von dem Selbstmordversuch Griechen-Tonys) ja nie auch nur für einen Augenblick geschehen, daß kein Mann am Steuer stand. Die Leute waren so daran gewöhnt, immer jemand dort zu sehen, daß sie jetzt, als sie das Steuerrad ohne Bedienung sahen, völlig den Kopf verloren. Einen Augenblick starrten sie entgeistert hin. Dann schickte Bert Rhine mit einer herrischen Handbewegung den Italiener Guido Bombini ans Ruder, das sich hinter der Wand des Steuerhauses befand.

Ich muß gestehen, daß ich im Taumel der Ereignisse nur weniges ganz genau bemerkte. Ich sah wohl, daß mehrere Matrosen die Treppe heraufkamen und sich über die Kampanje zerstreuten, aber ich interessierte mich nur für die Gruppe achtern am Steuerhaus und sah etwas sehr Merkwürdiges, nämlich, daß es Bert Rhine und nicht der Untersteuermann war, der dort Befehle gab, und dem man gehorchte. Auf ein Zeichen von ihm begab Chantz sich zur Steuerbordtür des Navigationshauses. Während alles das in Bruchteilen von Sekunden vor sich ging, beobachtete Bert Rhine vorsichtig durch das offene Achterluk den Proviantraum.

Chantz öffnete die nach außen gehende Tür zum Navigationshaus. Was jetzt geschah, erfolgte alles blitzschnell. Im Türspalt erschien eine welke, gelbe Hand, in der ein zwei Fuß langes Schlachtermesser blitzte. Der scharfe Stahl fuhr am Kopf des Eindringlings vorbei, traf ihn aber in die linke Schulter. Chantz taumelte gegen die Reling, und ich konnte sehen, wie das Blut in einem dunklen Strom hervorquoll. Bert Rhine beendete seine Besichtigung des Achterluks und sprang mit dem Untersteuermann, der noch immer seinen Revolver in der Hand trug, mitten in die erregte Gruppe vor der Tür hinein.

Oh, der gescheite, vorsichtige alte chinesische Steward! Er war nicht so dumm, einen Ausfall zu machen. Die Tür schlug beim Schlingern der Elsinore hin und her, und alle Matrosen mußten glauben, daß der Steward mit seinem schweren Fleischermesser dahinter lauerte. Und während sie noch die Tür anstarrten, die im Schlingern des Schiffes bald aufsprang, bald wieder zuschlug, erschien plötzlich eine Gestalt im Achterluk zwischen Steuerhaus und Navigationshaus. Es war Pike. In der Hand hielt er seine 44kalibrige automatische Coltpistole. Jetzt war alles Chaos und Verwirrung. Es wurde viel geschossen, und doch hörte ich aus dem allgemeinen Lärm immer wieder das eintönige Knallen des Colts heraus.

Ich sah, wie der Italiener Mike Cipriani sich plötzlich verzweifelt an den Unterleib griff und dann langsam aufs Deck sank. Knirps, das japanische Halbblut, tanzte abseits vom Kampf grinsend herum, und er war es auch, der mit einer letzten grotesken Grimasse und einem hysterischen Gekicher den Rückzug über die Kampanje und die Treppe einleitete. Nie habe ich ein schöneres Beispiel der Psychologie der Masse gesehen, als bei dieser Gelegenheit. Knirps war sicher der unzuverlässigste unter den Individuen, die hier die »Masse«

ausmachte, und er ergriff denn auch zuerst die Flucht – aber die ganze Masse schloß sich ihm an. Sein Mangel an Gleichgewicht wurde entscheidend für das Gleichgewicht aller andern.

Chantz, der furchtbar blutete, war einer der ersten. Ich sah noch, daß Nasen-Murphy stehenblieb, um sein Messer nach dem Steuermann zu schleudern. Es fehlte ihn jedoch, traf mit einem metallischen Klang das Steuerrad und schlug dann klatschend aufs Deck. Der Untersteuermann, den verschossenen Revolver in der Hand, und Bert Rhine mit seinem langen Scheidemesser flüchteten an mir vorbei.

Jetzt sprang Pike aus dem Achterluk heraus und schoß Bill Quigley nieder. Er fiel vor meine Füße. Der letzte Mann auf der Kampanje war der Malteser-Londoner. Auf der obersten Stufe der Treppe blieb er stehen, um sich noch einmal nach Pike umzusehen, der sorgfältig auf ihn zielte. Der Malteser-Londoner ließ sich keine Zeit mehr, die Treppe zu benutzen, sondern sprang direkt aufs Deck herab. Der Colt aber klickte nur. Die Kugel, die Bill Quigley getroffen hatte, war die letzte gewesen.

Die Kampanje war jetzt in unserer Gewalt.

Noch immer folgte ein Ereignis dem andern so schnell, daß mir vieles entgehen mußte. Ich sah den Steward vorsichtig aus dem Navigationshaus auftauchen, das große Messer immer noch stoßbereit. Ihm folgte Margaret, und hinter ihr Wada mit meinem Winchesterstutzen. Wie er mir nachher erzählte, hatte er ihn auf Befehl Margarets geholt.

Der Steuermann sah gerade nach, ob sein Revolver noch geladen wäre, als Margaret ihn nach dem Kurse fragte.

»Beim Winde«, rief er ihr zu. »Dicht beim Winde, sonst fangen wir noch eine Eule.«

Selbst in diesem Augenblick vergaß er nicht, daß das Schiff seiner Führung anvertraut war. Während die Meuterei ihre blutrote Flagge hißte, vergaß er nicht das Schiff, die stolze Elsinore, dies seltsame Ding aus Stahl, Hanf und Baumwolle, das in seinen Augen ruhmreiches und wundervolles Leben bedeutete.

Margaret gab Wada ein Zeichen, daß er zu mir gehen sollte, während sie an das Steuerrad lief. Als Pike um die Ecke des Navigationshauses bog, knallte ein Schuß vom Mittschiffshaus, und eine Kugel schlug klirrend gegen die stählerne Wand. Ich erkannte den Mann, der geschossen hatte. Es war Steve Roberts.

Der Steuermann suchte blitzschnell Deckung hinter dem schützenden Kreuzmast und steckte im selben Augenblick die Hand in die Tasche, um das Magazin seiner Pistole neu zu laden.

Wada reichte mir den Stutzen. »Alles in Ordnung«, sagte er. »Nur noch entsichern.«

»Knallen Sie Roberts nieder«, rief Pike mir zu. »Er ist der beste Schütze vor dem Mast.«

Zum erstenmal in meinem Leben sollte mir ein Mensch als Zielscheibe dienen. Der Mann stand vor mir, kaum hundert Fuß entfernt, und wollte gerade einen zweiten Schuß auf Pike geben. Das erstemal verfehlte ich Steve Roberts, aber meine Kugel kam ihm immerhin so nahe, daß er unwillkürlich einen Sprung machte. Im nächsten Augenblick hatte er mich entdeckt und richtete seinen Revolver auf mich. Aber er hatte nicht die geringste Chance. Sein Schuß ging vollkommen fehl, weil meine Kugel ihn traf, ehe er richtig gezielt hatte. Er taumelte zurück, aber nicht weniger als zehn Kugeln sausten aus der Mündung meines Gewehrs, ehe er zusammenbrach. Aber selbst im Fallen als ein willenloser, rein mechanisch funktionierender Klumpen, gelang es ihm doch noch zweimal, seinen Revolver abzufeuern. Als er den Boden berührte, war er, glaube ich, schon tot.

Ich setzte mein Gewehr ab und blickte über das Großdeck, das auf einmal ganz menschenleer geworden war. Da merkte ich, daß Wada meinen Arm berührte. Ich erblickte in seiner Hand zwölf kleine, rundspitzige, rauchschwache Patronen. Ich sicherte den Stutzen, öffnete das Magazin und hielt die Waffe so, daß er die neuen Patronen nur hineinfallen zu lassen brauchte.

»Holen Sie noch mehr«, sagte ich.

Kaum war er gegangen, als Bill Quigley, der zu meinen Füßen lag, für Abwechslung sorgte. Vor Schrecken und Überraschung machte ich einen Sprung und, ja, ich gestehe, daß ich einen Schrei ausstieß, als ich merkte, wie seine Fäuste plötzlich um meine Fußknöchel griffen und seine Zähne sich in mein linkes Bein gruben. Da kam mir Pike zu Hilfe. Mit einem Sprung war er neben mir, ein Fußtritt – und Bill Quigley wurde von mir weggerissen und sauste im nächsten Augenblick in einem großen Bogen über Bord. Es war ein prachtvoller Wurf – der Körper berührte nicht einmal die Reling.

Ob Mike Cipriani, der sich bisher auf dem Deck gewälzt hatte, sich in Sicherheit bringen wollte, oder ob er die Absicht hatte, Margaret, die am Ruder stand, zu belästigen, werden wir nie erfahren – er bekam keine Gelegenheit mehr, seine Absicht auszuführen. Pike schnellte über das Deck und schleuderte den Italiener durch einen Fußtritt in die Luft, daß er Bill Quigley über Bord folgte.

Nichts entging den Adleraugen des Steuermanns auf seinem Rückweg über die Kampanje. Es war übrigens keiner mehr auf dem Großdeck zu sehen. Selbst der Ausguck war schleunigst nach dem Volkslogis geflüchtet. Die Elsinore schleppte sich, von Margaret gesteuert, träge durch die See. Pike fürchtete indessen, daß man aus einem Versteck auf ihn schießen würde, und beobachtete deshalb zuerst prüfend das Großdeck, ehe er den Revolver in die Tasche steckte und brüllte:

»Heraus mit euch, ihr verdammten Ratten! Ich hab' ein Wörtchen mit euch zu reden!«

Zuerst tauchte Guido Bombini auf, eifrig gestikulierend, um seine friedlichen Absichten zu zeigen – er war offenbar von Bert Rhine vorgeschickt worden. Als Pike ihn nicht niederknallte, kamen allmählich die andern zum Vorschein. Schließlich waren alle da, mit Ausnahme des Kochs, der beiden Segelmacher und des Untersteuermanns. Die letzten, die erschienen, waren Tom Spink, der Schiffsjunge Buckwheat und Hermann Lunkenheimer, der gutmütige Deutsche. Die drei erschienen erst, als Bert Rhine ihnen mehrmals gedroht hatte. Es war klar, daß er und die beiden andern Banditen, Nasen-Murphy und Bub Twist, das Kommando übernommen hatten.

»Halt! Stehenbleiben!« befahl Pike, als die Mannschaft sich in einer dünnen Kette zu beiden Seiten des Kabelgatsluks aufgestellt hatte.

Es war wirklich ein spannender Auftritt. Meuterei auf hoher See! Wie oft hatte ich in meinen Knabenjahren diesen Satz bei Marryat und Cooper gelesen! Jetzt erlebte ich es also: Meuterei auf hoher See, nahm sogar teil daran und hatte schon meinen ersten Menschen getötet. Pike lehnte sich – alt, aber unbezähmbar – an den Brüstungsbogen der Kampanje. Von hier aus blickte er auf die Meuterer hinab. Da waren zunächst die drei früheren Zuchthäusler, sie waren alles eher als Seeleute, und doch hatten sie das Kommando an sich gerissen. Neben ihnen standen der italienische Hund Guido Bombini und ein wenig abseits Männer, die anscheinend so wenig miteinander gemeinsam hatten, wie Sörensen, Jacobsen, Fitzgibbon und Giller. Dann Deacon, der weiße Sklavenhändler, Hackey, der Zuhälter aus Frisco, ferner der Malteser-Londoner und Tony, der Selbstmörder. Ich sah auch die drei Fremden. Sie standen etwas abseits von den andern, schwankten im Takt mit dem trägen Schlingern des Schiffes, und ihre fahlen, topasfarbenen Augen schienen voll von seltsamen Träumen. Und da war auch der Faun, stocktaub, aber eifrig beobachtend, um den Sinn des Ganzen zu erraten. Ja, und dann natürlich Mulligan Jacobs und Andy Fay, die erbittert und böse nebeneinanderstanden, und hinter den beiden Olanson, der Berserker mit den verrückten Augen. Und ganz vorn stand Davis, der Mann, der nach menschlichem Ermessen längst hätte tot sein müssen. Sein Gesicht mit der wachsgelben Haut bildete einen seltsamen Kontrast zu den wettergebräunten Gesichtern der andern.

Ich warf einen Blick auf Margaret, die ruhig am Ruder stand und steuerte. Sie lächelte mir zu, und Liebe war in ihren Augen zu lesen.

»Wo ist Sidney Waltham?« knurrte der Steuermann. »Ich will ihn haben. Bringt ihn her. Wenn ihr das tut, könnt ihr andern wieder an die Arbeit gehen ... sonst gnade euch Gott!«

Die Matrosen an Deck traten unruhig von einem Fuß auf den andern.

»Sidney Waltham! Ich will mit dir sprechen. Komm heraus!« rief Pike und wandte sich, ohne sich um die andern zu kümmern, an den Mörder Kapitän Sommers. Heldenmütiger, alter Kauz! Nicht einen Augenblick fiel ihm ein, daß er das Gesindel dort unten nicht beherrschte. Er hatte nur einen einzigen Gedanken: den Wunsch, seinen alten Chef zu rächen.

»Alter Schuft«, knurrte Mulligan Jacobs zur Antwort.

»Halt die Fresse, Mulligan«, befahl Bert Rhine. Zum Dank bekam er einen giftigen Blick von dem Krüppel.

»Mit dir werde ich schon noch fertig werden, brauchst keine Angst zu haben«, fuhr Pike fort. »Aber zunächst holst du mir mal den Hund heraus, und das ein bißchen dalli. Verstanden?«

Aber der Führer und seine beiden Helfershelfer lachten ihr finsteres, lautloses Lachen.

»Ich denke, daß du erst hören willst, was wir zu sagen haben, du altes Vieh«, gab Bert Rhine zurück. »Davis, jetzt zeig deine Kunst. Spuck dem Alten ins Gesicht, was er zu tun hat.«

»Du verfluchter Seerechtsverdreher«, fauchte Pike, als Davis den Mund öffnete, um seine Rede zu beginnen. Bert Rhine zuckte die Achseln und drehte sich halb um, während er ruhig sagte: »Meinetwegen – wenn du nicht hören willst.«

Pike gab um einen Punkt nach. »Na, dann los«, knurrte er. »Spuck dein Gift aus, Davis, aber vergiß nicht, Freundchen, daß du dafür bezahlen mußt!«

Davis räusperte sich, um besser reden zu können. Dann begann er: »Zunächst hab' ich überhaupt gar nichts mit der Sache zu tun. Ich bin ein kranker Mann und sollte von Rechts wegen in der Koje liegen. Aber sie haben mich gebeten, ihnen das Gesetz zu erklären ...«

»Nun, und was sagt das Gesetz?« unterbrach ihn Pike.

Aber Davis ließ sich nicht einschüchtern. »Das Gesetz sagt, wenn die Offiziere nicht fähig sind, das Kommando zu führen, darf die Mannschaft durch friedliche Mittel das Kommando übernehmen, um das Schiff in den Hafen zu bringen. So steht es im Gesetz. Unser Schiffer war ein anständiger Mann, aber er ist tot. Unser Steuermann ist gewalttätig und will den Untersteuermann abmurksen. Schön, das geht uns alles nichts an. Aber wir wollen heil in den Hafen kommen. Unser Leben ist in Gefahr. Wir tun niemand was zu Leide. Ihr allein habt Blut vergossen. Ihr habt geschossen und unschuldige Männer niedergeknallt und über Bord geworfen, wie wir alle vor Gericht bezeugen können.«

Die Leute murmelten beifällig.

»Du willst wohl meine Arbeit übernehmen, was?« grinste Pike. »Und was wollt ihr mit mir machen?«

»Wir werden Sie in Verwahrung nehmen, bis wir Sie den Behörden überliefern können«, antwortete Davis ohne Zögern. »Dann können Sie ja den Verrückten spielen und mildernde Umstände kriegen.«

In diesem Augenblick fühlte ich, wie jemand leicht meine Schulter berührte. Es war Margaret, die sich unterdessen mit dem langen Messer des Stewards bewaffnet und ihn selbst an das Rad gestellt hatte.

»Da mußt du dir schon einen anderen Dreh ausknobeln, Davis«, sagte Pike. »Mit dir bin ich fertig. Aber ich habe noch etwas für euch alle: ich gebe euch zwei Minuten, um eure Wahl zu treffen. Entweder liefert ihr mir den Untersteuermann aus, geht an eure Arbeit und nehmt, was kommen wird, auf euch, oder ich lege euch alle in Eisen, und ihr könnt nachher ins Zuchthaus spazieren – und zwar für längere Zeit. Ich gebe euch zwei Minuten. Wer das Zuchthaus wählt, kann stehenbleiben, wo er ist. Wer bereit ist, seine Arbeit zu tun, kommt auf die Kampanje und stellt sich hinter mich. Zwei Minuten!«

Er drehte sich zu mir um und flüsterte: »Halten Sie Ihren Schießprügel bereit für den Fall, daß es losgehen sollte. Und zögern Sie nicht! Gleich losknallen. Die Schweinebande bildet sich ein, nach Belieben mit uns umspringen zu können.«

Buckwheat war der erste, der einen Schritt auf die Kampanje zu machte, aber so zögernd, daß er eigentlich nur die Beinmuskeln straffte und die Schultern vorschob, aber diese Andeutung genügte, um Hermann Lunkenheimer in Bewegung zu setzen. Der hob gleich den Fuß und begann vertrauensvoll achteraus zu gehen. Aber Bub Twist erreichte ihn in einem Sprung, legte ihm den Arm von hinten um den Hals, drückte die Knie gegen seine Beine, riß ihn zurück und hielt ihn fest. Und im selben Augenblick, in dem ich den Stutzen anlegte, zog Guido Bombini sein Messer durch die nach oben gestraffte Kehle Lunkenheimers. Ich hörte Pike: »Knallen Sie ihn nieder«, und drückte ab. Aber ich hatte das Pech, daß die Kugel fehlging und den Faun traf, der zurücktaumelte, sich auf das Luk setzte und zu husten anfing. Und dabei versuchten seine schmerzgequälten Augen zu verstehen, was hier vorging. Bub Twist ließ Lunkenheimer los, und die Leiche fiel schwer auf das Deck. Ich schoß nicht wieder. Bub Twist stellte sich neben Bert Rhine, und auch Guido Bombini hielt sich dicht neben ihm.

Bert Rhine lächelte – diesmal ganz offensichtlich.

»Hat noch einer von euch Trotteln Lust, nach der Kampanje zu spazieren?« fragte er mit sammetweicher Stimme.

»Die zwei Minuten sind um«, erklärte Pike.

»Und was willst du jetzt tun?« knurrte Bert Rhine.

Wie ein Blitz flog der Revolver aus der Tasche des Steuermanns, und er feuerte so schnell, wie er nur den Finger bewegen konnte, während die Leute Deckung suchten. Aber er war, wie er mir ja schon vor langem erzählt hatte, kein guter Schütze und vermochte tatsächlich nur auf ganz kurze Entfernung zu treffen.

Während wir noch das leere Deck betrachteten, wo nur die Leiche des Deutschen und der Faun, der noch auf seinem Luk saß und hustete, waren, kamen plötzlich einige Männer um die vordere Ecke des Mittschiffshauses gelaufen.

»Schieß!« rief Margaret hinter mir.

»Um Gottes willen, nein!« brüllte Pike neben mir.

Ich hatte schon angelegt, setzte aber schnell wieder ab. Louis, der Koch, führte die Schar an, die jetzt vom Dach des

Mittschiffshauses über die Laufbrücke kam. Ihm folgten die beiden japanischen Segelmacher und Henry und Buckwheat, die beiden Schiffsjungen. Tom Spink bildete die Nachhut. Als er die Leiter zur Decke des Mittschiffshauses hinaufkletterte, muß ihn jemand an den Beinen gepackt und versucht haben, ihn zurückzuziehen. Wir sahen nur die Hälfte von ihm, konnten aber feststellen, daß er kämpfte und mit den Füßen trat. Schließlich gelang es ihm, sich loszureißen und mit einem Satz auf die Decke der Hütte zu springen. Dann lief er über die Brücke, bis er Buckwheat erreichte und mit ihm zusammenprallte. Der Junge schrie entsetzt auf, weil er sich von einem der Meuterer erwischt glaubte.

Wir Belagerten sind immerhin zahlreicher, als ich gedacht hätte. Das sehe ich erst jetzt, nachdem ich meine Zählung der gesamten Besatzung beendet habe. Margaret, Pike und ich vertreten die herrschende Klasse. Zu uns gehören unsere Diener und Leibeigenen, die ihren Brotgebern treu geblieben sind und von uns erwarten, daß wir ihr Leben retten und sie führen sollen. Ich gebrauche das Wort »Leibeigene« mit Überlegung. Denn Tom Spink und Buckwheat sind Leibeigene und nichts anderes. Henry, der Schulschiffsjunge, nimmt eine Stellung ein, die nicht leicht zu bezeichnen ist. Er ist eigentlich einer der Unsern, aber er ist doch noch sehr jung und hat noch nicht bewiesen, daß er das Zeug besitzt, das ihm seine Erbberechtigung sichert. Wada, Louis und der Steward sind Diener von asiatischer Herkunft. Dasselbe gilt von den beiden japanischen Segelmachern – sie sind keine richtigen Diener, beileibe keine Sklaven, aber irgend etwas dazwischen.

Alles in allem sind wir genau elf hier in unserer Festung. Unsere Anhänger werden uns bei ihrer Verteidigung gute Hilfe leisten können. Sie werden wie in die Ecke gedrängte Ratten kämpfen, wenn es ihr Leben gilt. Tom Spink ist unbedingt treu, besitzt aber keine Initiative. Buckwheat ist ein Trottel. Henry hat sich die Sporen noch nicht verdient. Es bleiben also Margaret, Pike und ich selbst. Die andern werden helfen, die Kampanje zu halten, und bis in den Tod kämpfen, aber bei einem Ausfall können wir nicht auf sie rechnen.

Die andern sind ... nun, ich kann gleich die ganze Liste mitteilen: der Untersteuermann, ob man ihn nun Mellaire oder Sidney Waltham nennen will, ein tüchtiger Mann von unserer Klasse, aber ein Überläufer. Dann die drei Banditen, Mörder und Hyänen: Bert Rhine, Nasen-Murphy und Bub Twist. Dann der Malteser-Londoner und der verrückte Griechen-Tony. Weiter Fitzgibbon und Richard Giller, die von den drei »Maurern« übriggeblieben sind. Ferner Anton Sörensen und Lars Jacobsen, tölpelhafte skandinavische Seeleute. Ditman Olanson, der Berserker mit den irren Augen, John Hackey und Arthur Deacon, der weiße Sklavenhändler. Dann Knirps, Guido Bombini, der italienische Hund, Andy Fay und Mulligan Jacobs. Die drei topasäugigen Träumer, die nicht zu rubrizieren sind. Der verrückte Chantz, Bob, der zu lang geratene Idiot. Der arme schwachsinnige und verwundete Faun. Dann die beiden hilflosen Bootsmänner Sundry Buyers und Nancy und schließlich Charles Davis. Also sechsundzwanzig gegen uns elf. Aber es sind unter ihnen Männer, die durch ihre Laster stark sind. Sie haben auch ihre Leibeigenen und außerdem ihre Bravos. Bombini und Chantz sind sicher solche gedungenen Bravos. Und dann haben sie Schwächlinge wie Sörensen und Jacobsen und Bob, die für Männer dieser Art nichts als Sklaven sein können.

Unsere Lage könnte zweifellos schlimmer sein. Wir bereiten unser Essen auf dem Kohlenofen und den Spiritusbrennern. Und was mir als das Wichtigste erscheint: Aller Proviant an Bord der Elsinore befindet sich in unserm Besitz. Pike beurteilt die Situation durchaus richtig. Überzeugt, daß wir die Mannschaft vor dem Mast nicht angreifen können, nimmt er die Belagerung als etwas Unvermeidliches hin ... und zwar um so leichteren Herzens, als die Belagerer am Rand der Hungersnot stehen.

»Wir werden die Hunde aushungern«, knurrt er. »Sie aushungern, bis sie auf allen vieren angekrochen kommen und uns die Stiefelwichse von den Schuhen lecken. Glauben Sie nicht, es sei der reine Zufall, daß die Lebensmittel achter der Hand verstaut werden, das wurde schon so gemacht, bevor Sie und ich geboren waren, und zwar, weil man aus bitterer

Erfahrung gelernt hatte, daß es notwendig war. Ja, ja, sie wußten schon, was sie taten, die alten Burschen, als sie den ganzen Proviant im Heckraum verstauten.«

Louis sagt, daß in der Kombüse nur Vorräte für drei Tage sind, daß die Zwiebäcke bald alle sein werden, und daß unsere Hühner, die die Leute gestern nacht aus dem Hühnerhaus gestohlen haben, höchstens für einen Tag reichen. Kurz, wir sind überzeugt, daß es kaum eine Woche dauern wird, bis die Meuterer um Pardon bitten.

Ich habe die Wache des Untersteuermanns übernommen und löse Pike deshalb regelmäßig ab, wenn es auch nur wenig zu tun gibt. Hinter dem Navigationshaus steht meine Wache – Tom Spink, Wada, Buckwheat und Louis –, bereit, jeden Angriff zurückzuschlagen. Henry, die beiden Segelmacher und der alte Steward bilden die Wachmannschaft des Steuermanns. Pike hat strengen Befehl gegeben, daß kein einziger vor dem Mast sich an Deck zeigen darf. Als der Untersteuermann heut hinter der Ecke des Mittschiffshauses auftauchte, sandte ich ihm eine Kugel, die nur einen Fuß von seinem Kopfe entfernt gegen die Wand schlug, und er sprang mit einem großen Satz in die Deckung zurück.

Margaret bewahrt sich ihre gute Laune. Das Deck überläßt sie dem Steuermann und mir, aber wenn sie ihn auch als Chef anerkennt, hat sie unten doch das Kommando übernommen und ist unser Proviant- und Kellermeister. Die Meuterei lenkt sie wenigstens von der Trauer um ihren Vater ab, alle ihre freien Stunden am Tage sind jetzt mit Arbeit ausgefüllt.

Inzwischen verrinnt Tag um Tag, und es geschieht nicht das allergeringste. Wir kommen nicht von der Stelle. Die Elsinore hat ja jetzt ihre Segel nicht und schlingert deshalb hilflos hin und her. Eine halbe Stunde lang trieb sie heute ab, bis sie den Wind dwars bekam, und in der nächsten halben Stunde luvte sie wieder an. Und wir können unterdessen nichts tun, als die Kampanje gegen Angriffe sichern. Pike macht regelmäßig seine Observationen, aber mehr aus Gewohnheit, und stellt immer sorgfältig die Lage der Elsinore fest. Heute mittag befand sie sich acht Meilen östlich von der gestrigen Position, heute aber waren wir kaum eine Meile nördlicher als vor vier Tagen.

Die Takelung der Elsinore bietet einen traurigen Anblick. Sie befindet sich in wüster Unordnung. Wären Wind und See nicht so still, so würden die schweren eisernen Stengen nicht halten und den Meuterern auf die Köpfe fallen.

Eines können wir nicht begreifen. Jetzt ist eine ganze Woche vergangen, und die Leute scheinen immer noch nicht zu hungern. Vergebens hat Pike mehrmals unsere Leute gefragt. Alle schwören, nichts davon zu wissen, daß man vorn irgendwelche Lebensmittelbestände hätte, abgesehen von dem bißchen Proviant in der Kombüse und der Tonne mit Zwieback im Volkslogis. Und doch sehen wir den Rauch aus der Kombüse aufsteigen und müssen daraus den Schluß ziehen, daß sie auch etwas zum Kochen haben. Zweimal hat Bert Rhine versucht, einen Waffenstillstand zu erlangen, aber beide Male hat Pike, sobald sich die weiße Flagge über der Brüstung des Mittschiffshauses zeigte, darauf gefeuert. Der Steuermann hat die Absicht, sie völlig auszuhungern, so daß sie sich bedingungslos unterwerfen, aber der Gedanke, daß sie vielleicht doch genügend Proviant hätten, beginnt ihn ängstlich zu machen.

Pike ist überhaupt nicht so recht der alte. Er ist von dem Gedanken besessen, Rache an dem Untersteuermann zu nehmen. Mehrmals habe ich ihn jetzt überrascht und bemerkt, wie er dastand und mit grimmiger Miene vor sich hinflüsterte, oder wie er seine mächtigen Pranken ballte und mit den Zähnen knirschte. Heute nachmittag hatte Pike mich soeben abgelöst, als der Untersteuermann auf die Decke des Vorderkastells kletterte und zu den Seitenklüsen hinschlenderte, wo er stehenblieb und über Bord guckte.

»Knallen Sie ihn nieder«, sagte Pike.

Die Entfernung war ziemlich groß, und ich zielte deshalb besonders lange und sorgfältig. Da legte er mir die Hand auf den Arm.

»Lieber nicht«, sagte er.

Ich ließ den Stutzen sinken und sah ihn fragend an. »Vielleicht hätten Sie ihn getroffen«, erklärte er, »und den möchte ich doch lieber für mich behalten.«

Das Leben ist immer anders, als man erwartet. Unsere ganze Fahrt von Baltimore südwärts bis Kap Horn und dann um das Horn herum war durch Mord und Sterben gekennzeichnet. Und jetzt, da der Höhepunkt, die offene Meuterei, erreicht ist, hören Totschlag und Gewalttätigkeit plötzlich auf. Wir achter der Hand bleiben für uns, und die Meuterer halten sich ebenfalls für sich. Es ist vorbei mit der Härte, vorbei mit dem ewigen Anschnauzen, dem Brüllen von Befehlen. Und bei diesem herrlichen Wetter ist es, als sei jeder Tag ein Festtag.

Bei uns lösen Margaret und Pike sich mit Grammophon und Klavier ab, während die Matrosen im Volkslogis eine vollbesetzte Jazzband gebildet haben, die wir freilich nicht sehen können, die aber Tag und Nacht ihren schrecklichen Spektakel macht. Ein winselndes Schifferklavier, das, wie Tom Spink erzählt, dem toten Mike Cipriani gehört hat, wird von Guido Bombini gespielt, der auch Generalmusikdirektor der Kapelle ist. Im übrigen besteht sie aus zwei stark mitgenommenen Harmonikas und einem Brummeisen. Dazu gibt es ein paar selbstverfertigte Flöten, einige Querpfeifen und Trommeln. Ferner ein paar mit Papier überzogene Kämme, improvisierte Triangeln und eine Art Xylophon, das sie sich aus den Rippen des gepökelten Pferdefleisches gemacht haben – ein Instrument, wie es die Negersänger benutzen.

Die Kapelle scheint aus der gesamten Mannschaft zu bestehen, und wie ein Affenvölkchen, das besonderes Wohlgefallen an derben Rhythmen findet, unterstreichen die Matrosen den Takt, indem sie auf Petroleumkannen, Bratpfannen und alle möglichen Metallgegenstände und andere Lärminstrumente loshämmern. Ein besonders erfindungsreiches Mitglied der Kapelle hat eine Schnur an die Schiffsglocke, die an einem Galgen auf der Back hängt, gebunden, und wenn die Jazzband so recht in Schwung und auf dem Gipfel ihrer Kunst ist, hört man die Glocke wild bimmeln, obgleich Generalmusikdirektor Bombini diesen Vandalismus mehrmals auf das strengste gerügt hat. Und um diesem musikalischen Kunstgenuß die Krone aufzusetzen, heult die Sirene in den verrücktesten Augenblicken mit ihren Nebeltönen dazwischen. Sie spielt offenbar die Rolle der großen Baßgeige.

Und das soll Meuterei auf hoher See vorstellen! Fast jede Stunde meiner Tageswachen lausche ich, wenn ich an Deck bin, auf diesen infernalischen Lärm und bin so wütend, daß ich mich entschließen könnte, gemeinsam mit Pike einen nächtlichen Überfall zu organisieren und diese verfluchten aufrührerischen und unmusikalischen Sklaven zur Arbeit zu zwingen.

Alle sind übrigens gar nicht so unmusikalisch. Guido Bombini hat eine sehr beachtenswerte, wenn auch ganz ungeschulte Stimme – einen Tenor –, und er setzt mich durch sein verblüffend abwechslungsreiches Repertoire in Erstaunen, denn er singt nicht nur Verdi, sondern auch Wagner und Massenet. Bert Rhine und seine Spießgesellen kennen eine Menge moderner Schlager und Tänze, und heute morgen gab Nancy, offenbar auf dringende Aufforderung, mit der schönsten Rührseligkeit Volkslieder zum besten.

Das ist also eine Meuterei! Jetzt, da ich das Wort hinschreibe, kann ich es kaum glauben. Ich weiß zwar, daß Pike einsam die Wache auf der Kampanje hält. Aber Wada und die Segelmacher sitzen friedlich in der Pantry und sprechen über japanische Politik. Und durch den Korridor höre ich Margaret beim Zubettgehen leise vor sich hinsingen.

Doch jeder Zweifel schwindet, wenn die Glocke acht Glasen schlägt und ich an Deck gehe, um Pike abzulösen. »Sagen Sie mal«, sagte er vorhin vertraulich. »Sie und ich, wir könnten doch eigentlich die ganze Bude ausräuchern. Wir brauchen uns nur voraus zu schleichen und dann loszuknallen. Sobald wir zu schießen beginnen, wird die Hälfte achteraus laufen. Dann nehmen unsere Leute sie auf der Kampanje in Empfang, und wir beide können tüchtig unter ihnen aufräumen. Was meinen Sie?«

Ich zögerte einen Augenblick, denn ich mußte an Margaret denken.

»Wissen Sie«, sagte er, »sobald ich erst in das Loch hineingekommen bin, knalle ich los und schieße die Banditen nieder.«

Ehe ich ihm aber noch eine Antwort gegeben hatte, war er schon wieder zur Vernunft gekommen.

»Nein, das geht natürlich nicht. Wenn die drüben einen von uns erwischen sollten ... nein, wir müssen hier bleiben, bis sie ausgehungert sind. Aber wo sie ihr Futter herkriegen, das möchte ich wirklich wissen. Gucken Sie sich nur die Kerle an, sie sind bald so fett, daß sie kaum noch watscheln können. Und wenn es mit rechten Dingen zuginge, so hätten sie schon seit einer Woche nichts mehr ins Maul zu stopfen.«

Nein, es ist doch zweifellos eine richtige Meuterei! Als Buckwheat heute morgen während eines Regenschauers Wasser aus der Dachrinne des Navigationshauses holte, traf ihn eine Revolverkugel von der Back in die Schulter. Das Geschoß hatte durch die Entfernung an Schlagkraft eingebüßt, so daß es nur eine leichte Fleischwunde verursachte. Aber er stellte sich an, als ob er sterben sollte, bis Pike dem Theater ein Ende machte und ihm ein paar tüchtige Backpfeifen versetzte.

Ich möchte Pike nicht zum Chirurgen haben. Er wühlte mit seinem Zeigefinger in der Wunde, um die Kugel zu suchen. Es gelang ihm auch, das Geschoß herauszuziehen, während er die andere Hand drohend bereit hielt, um dem armen Jungen im Bedarfsfall eine neue Backpfeife zu geben. Dann erst schickte er ihn nach unten, wo Margaret die Wunde reinigte und verband.

Ich sehe sie so selten, daß es ein Erlebnis ist, wenn ich einmal eine halbe Stunde mit ihr allein verbringen kann. Sie hat von morgens bis abends genug zu tun, um ihr Haus in Ordnung zu halten. Sie hat für alle aus dem Schiffersgat Reserveunterzeug holen lassen und ihnen befohlen, in dem soeben gebrachten Regenwasser zu baden. Sie hat ihnen verboten, im Heckraum Pfeife zu rauchen. Ferner hat sie die Leute angewiesen, Wände, Decke und alles übrige abzuschrubben und dann morgen mit dem Anstreichen zu beginnen. Und das alles überzeugt mich wieder, daß die Meuterei nur in meiner Einbildung existiert.

Die Meuterer hungern tatsächlich immer noch nicht! Heute haben sie Albatrosse gefangen. Und wenige Minuten, nachdem sie den ersten gefangen hatten, wurde der Kadaver über Bord geworfen. Es ist nicht schwer, den Schluß zu ziehen, daß Männer, die am Verhungern sind, gute Nahrung nicht in dieser Weise fortwerfen. Aber woher in aller Welt bekommen sie ihre Lebensmittel?

»Ich denke und denke darüber nach, bis ich ganz dumm im Kopf bin«, sagte Pike zu mir. »Und doch kann ich keine Erklärung dafür finden. Ich kenne jeden Zollbreit an Bord der Elsinore und weiß, daß es nicht ein Gramm Lebensmittel vor dem Mast gab. und doch futtern sie jetzt! Ich habe den ganzen Proviantraum durchsucht, und so weit ich sehen kann, fehlt nicht das Allergeringste.« Ich weiß, daß er heute morgen mit dem Steward und dem Koch viele Stunden im Proviantraum verbracht hat, wo sie alles durchgesehen und mit den Verzeichnissen der Agenten in Baltimore verglichen haben. Wo kriegen sie es denn her?

Ich beginne jetzt zu begreifen, was diese ewigen Wachen bedeuten. Zunächst bedeuten sie, daß ich zwölf und mehr von den vierundzwanzig Stunden an Deck verbringen muß. Ein gut Teil der übrigen zwölf vergeht mit Essen, An- und Ausziehen und dem Zusammensein mit Margaret. Die Folge ist, daß ich mehr Schlaf nötig habe, als ich bekommen kann, ich lese jetzt fast überhaupt nicht mehr. Sobald ich meinen Kopf auf das Kissen lege, schlafe ich ein. Oh, und ich schlafe wie ein kleines Kind und esse wie ein Tagelöhner, und seit vielen Jahren habe ich mich in rein körperlicher Beziehung nicht so großartig befunden wie jetzt.

Der Faun ist übrigens nicht tot – trotz meiner unglücklichen Kugel. Heute kam er zur Ecke des Mittschiffshauses, wo er stehenblieb und mit traurigen Blicken nach der Kampanje starrte.

Und es ist immer noch herrliches Wetter, und wir wissen nicht, wie lange Zeit noch vergehen soll, bis unsere Meuterer ihre geheimnisvollen Vorräte aufgegessen haben und vom Hunger zur Arbeit zurückgetrieben werden.

Wir sind jetzt beinahe recht West von Valparaiso und etwas weniger als tausend Meilen von der Westküste Südamerikas entfernt. Die leichten nördlichen Winde, die von Nordost nach West umlaufen, würden uns, wie mir Pike sagt, ohne Schwierigkeiten nach Valparaiso bringen, wenn wir nur Segel gesetzt hätten. Aber segellos, wie das Schiff jetzt ist, treibt es auf der See umher, und wir würden überhaupt nicht weiterkommen, brächte uns die schwache Abtrift nicht täglich ein kleines Stückchen nordwärts.

Bei dem Steuermann wird der Gedanke, Rache am Untersteuermann zu nehmen, immer mehr zur fixen Idee. Über die Meuterei grinst Pike nur, nennt sie einen unangenehmen Happen, den wir schlucken müssen, spricht vergnügt davon, daß seine Heuer immer mehr anwächst, und bedauert nur, daß er nicht an Land ist, um an dem spannenden Spiel mit der Rückversicherung teilzunehmen. Aber er wird wild, wenn er Sidney Waltham sieht, der seelenruhig an der Brüstung der Back steht und See und Himmel betrachtet, oder auf der Lausepflicht liegt und Haie zu angeln versucht. Als Pike gestern an Deck kam, um mich abzulösen, lieh er sich meinen Stutzen und eröffnete ein Schnellfeuer auf den Untersteuermann, der in größter Ruhe seine Angelleine in Sicherheit brachte, ehe er wieder auf die Back kletterte.

Und doch ist es gar nicht so, wie man sich eine richtige Meuterei denkt. Da gibt es keinen Nahkampf, keine brüllenden Kanonen, da blitzen keine Säbel, die Matrosen saufen keinen Grog, und niemand hält brennende Fackeln an geöffnete Pulvermagazine. Du lieber Gott, es gibt gar keinen Säbel, kein Pulvermagazin an Bord. Und was den Grog betrifft, so hat keiner von den Leuten seit Baltimore einen zu trinken bekommen. Aber trotzdem ist es eine Meuterei – ich werde nie mehr daran zweifeln. Mag es auch eine Meuterei im zwanzigsten Jahrhundert an Bord eines Kohlenschiffs, und mögen die Meuterer auch Schwächlinge, Trottel und Verbrecher sein – Meuterei ist es, und die Zahl der Toten gemahnt schon an die Meutereien der guten alten Tage. Seit ich das letzte Mal Gelegenheit hatte, diese Eintragungen zu machen, ist nämlich allerlei geschehen. Jetzt führe ich das Schiffsjournal, und Margaret hilft mir dabei.

Ich hätte ja eigentlich wissen müssen, daß es so kommen würde. Gestern morgen um vier löste mich Pike ab. Als ich in der Dunkelheit an die Brüstung der Kampanje trat, wo er stand, mußte ich ihn zweimal anreden, bevor er meine Anwesenheit bemerkte. Und selbst da grunzte er nur geistesabwesend zur Antwort. Im nächsten Augenblick kam er zu sich, nur war er vielleicht ein wenig aufgeräumter als gewöhnlich. Er nahm sich sehr zusammen. Ich merkte es, war aber völlig unvorbereitet auf das, was jetzt folgte.

»In einer Minute bin ich wieder da«, sagte er, schwang sich über den Kampanjebogen und verschwand schnell in der Dunkelheit an Deck.

Ich konnte nichts dagegen tun. Hätte ich ihn zurückgerufen, so würde das nur die Aufmerksamkeit der Meuterer auf uns gelenkt haben. Ich hörte seine Füße auf dem Deck aufschlagen, als er sich hinabfallen ließ. Sofort lief er nach vorn. Er kannte keine Vorsicht. Ich hörte seine schleppenden Greisenschritte bis zum Mittschiffshaus. Dann verstummte auch dies Geräusch, und es war nichts mehr zu hören.

Ich wiederhole: das war alles. Kein Laut drang von der Back herüber. Ich blieb auf meinem Posten, bis es Tag wurde. Ich blieb da, bis Margaret mit ihrem heiteren: »Wie ging es heut nacht, tapferer Seemann?« an Deck kam. Ich übernahm auch die nächste Wache, die eigentlich dem Steuermann zukam, blieb bis Mittag an Deck und aß mein Frühstück hinter dem schützenden Kreuzmast. Und hier blieb ich den ganzen Nachmittag und die ganze Plattfußwache hindurch und erhielt mein Mittagessen an Deck serviert. Und das war alles. Sonst geschah nichts. Dreimal stieg Rauch aus dem Schornstein der Kombüse auf, die Meuterer kochten also. Der Malteser-Londoner fing einen Albatros. Es gab einige Aufregung, als Tony, der Grieche, vom Butenklüwerbaum aus einen Hai harpunierte, der so groß war, daß ein halbes Dutzend von den

Leuten ihn vergebens einzuholen versuchte. Aber weder von Pike noch von Sidney Waltham sah ich eine Spur.

Es war ein stiller, heller Tag mit Sonnenschein und einer sanften Kühlte. Nichts ließ erraten, was dem Steuermann zugestoßen war. Hatten sie ihn gefangengenommen? War er vielleicht schon über Bord? Warum hatte man kein Schießen gehört? Er hatte doch seinen großen Revolver bei sich, und es war eigentlich undenkbar, daß er ihn nicht benutzt haben sollte. Margaret und ich kamen zu keinem Ergebnis.

Sie ist eine wahre Tochter unserer Rasse. Nach der Plattfußwache bewaffnete sie sich mit dem Revolver ihres Vaters, denn sie wollte unbedingt die erste Wache übernehmen. Ich gab schließlich nach, ließ mir aber mein Bett unmittelbar vor dem Kreuzmast an Deck aufschlagen. Henry, die beiden Segelmacher und der Steward wurden mit Messern und Keulen bewaffnet und an der Brüstung der Kampanje aufgestellt.

Die einzigen Feuerwaffen achtern sind jetzt der 38 Colt, der Kapitän West gehört hat, und mein 22kalibriger Winchester Stutzen. Der alte Steward, der eine gewisse Vorliebe für Hacken und Schneiden zu haben scheint, hat sein langes Messer und ein Hackmesser. Henry hat außer seinem Scheidemesser eine kurze eiserne Stange. Louis hat eine vorzügliche und reichhaltige Auswahl von Fleischmessern sowie einen riesigen Schürhaken, aber als Koch setzt er doch sein größtes Vertrauen auf kochendes Wasser und hat deshalb immer zwei Kessel mit heißem Wasser auf dem Hüttenofen stehen. Buckwheat, der wegen seiner Verwundung ein paar Nächte in seiner Koje verbringen darf, drückt zärtlich ein Beil an seinen Busen. Yatsuda, der erste Segelmacher, läuft mit einer kleinen Axt und Uchino, sein Gehilfe, mit einem großen Splitthammer herum. Tom Spink hat eine Harpune. Wada hat sich am Feuer des Hüttenofens eine scharfe eiserne Speerspitze verfertigt, die er an einer langen Stange befestigt hat. Morgen will er ähnliche Speere für die andern herstellen.

Aber es gruselt einem, wenn man an die furchtbare Auswahl von schneidenden, bohrenden, sägenden und zerschlitzenden Instrumenten denkt, mit denen die Meuterer sich aus den Beständen des Zimmermanns bewaffnet haben. Solange es heller Tag ist, wird es freilich keinem möglich sein, die Kampanje zu stürmen, da ich Gott sei Dank mit meinem kleinen Stutzen umzugehen weiß. Wenn sie aber stürmen wollen, so werden sie es selbstverständlich nachts tun, und dann ist mein Schießprügel leider wertlos. Dann geht es Mann gegen Mann, Faust gegen Faust und die härtesten Schädel, die stärksten Arme werden siegen müssen.

Und doch braucht es nicht so schlimm zu werden. Es ist mir etwas eingefallen: ich werde festlich illuminieren. Während ich diese Zeilen schreibe, arbeite ich den Gedanken in seinen Einzelheiten aus ... Benzin, Kugeln aus Werg, Zündhütchen und Pulver aus einigen Patronen, Leuchtraketen und blaue, rote und grüne Leuchtsterne. Dann müssen wir noch Metallbehälter für das leicht entzündbare und explosive Material verfertigen und uns irgendeine Einrichtung ausdenken, die die Zündhütchen zur Explosion bringt, sobald man an einer Schnur zieht, so daß nicht nur die Leuchtraketen und die Sterne, sondern auch die Wergkugeln angezündet werden.

Ich habe heute den ganzen Tag geschuftet, und meine Idee ist schon verwirklicht. Margaret stand mir mit guten Ratschlägen bei, und Tom Spink übernahm den seemännischen Teil der Arbeit. Hoch über unsern Köpfen laufen vom Kreuzmast über Kampanje und Großdeck bis zum Mittelmast stählerne Stags, an denen die drei Kreuztrysegel festgemacht werden. Um jedes Stag haben wir eine Leine mehrmals herumgelegt, so daß sie unlösbare Knoten bildet. Als es dunkel geworden war, enterte Tom Spink hinauf und legte verschiebbare Ringe von Stahldraht gleich unterhalb der Knoten um die Stags. Er hatte auch einen Flaschenzug mit hinaufgenommen, verband die Ringe fest miteinander, so daß sie sich gleichzeitig bewegen mußten, und stellte eine feste Verbindung zwischen Ringen und Flaschenzug her, so daß sie nicht von selbst heruntergleiten konnten. Endlich wurde eine dünne Scherlien lose von Ring zu Ring gelegt, deren eines Ende bis an den letzten Ring, das andere durch den Flaschenzug ging, so daß die Ringe fünfzig Fuß heruntergleiten können, wenn die Lien freigemacht wird.

Sobald es ganz dunkel wird, halen wir einfach unsere drei mit Explosivstoffen gefüllten Metallbehälter in die Stags hinauf. Sie werden so eingerichtet, daß wir bei der ersten Meldung eines Angriffs nur an einer Schnur zu ziehen brauchen, um einen Hahn in Bewegung zu setzen, der das Pulver zur Explosion bringt. Und durch dieselbe Bewegung werden auch die Ringe durch den Flaschenzug in Bewegung gesetzt, so daß die Stags fünfzig Fuß herunterrutschen. An den Ringen sind die Metallkörper mit den Leuchtstoffen befestigt, und wenn sie herunterrutschen, überfluten sie das ganze Großdeck zwischen Kampanje und Mittelmast mit Licht, während wir im Dunkeln bleiben. Selbstverständlich lassen wir jeden Morgen die ganze Apparatur wieder aufs Deck herab, damit die Meuterer vor dem Mast nichts davon merken. Und ich hoffe direkt, daß sie bald einen Sturmangriff unternehmen, nur damit ich sehen kann, wie die Sache klappt.

Was mit Pike geschehen ist, bleibt ein Rätsel. Und ebensogut könnte ich fragen, was aus dem Untersteuermann geworden ist? Die letzten drei Tage haben wir versucht, die Zahl der Meuterer durch Augenschein festzustellen. Mit Ausnahme von Mellaire haben wir alle gesehen. Er allein hat sich nicht gezeigt und zeigt sich noch immer nicht, und wir können nur Vermutungen anstellen.

Die letzten drei Tage ist überhaupt allerlei geschehen. Margaret teilt sich Tag und Nacht in die Wachen mit mir, denn keinem andern dürfen wir die Verantwortung eines Wachkommandos anvertrauen. Ich habe selbst sogar den Steward und Wada dabei ertappt, wie sie im Begriff waren, ein Nickerchen zu machen. Henry, der Junge vom Schulschiff, ist der einzige, der noch nicht der allgemeinen Schlaffheit verfallen ist.

Und dann habe ich Tom Spink gestern gründlich verbimst. Seit dem Verschwinden des Steuermanns hatte ich schon Anzeichen von Frechheit und Insubordination bei ihm bemerkt. Vorgestern unterhielt ich mich mit Margaret darüber.

»Er ist ein tüchtiger Seemann, aber ein schwacher Charakter«, sagte sie. »Wenn wir es ihm hingehen lassen, wird er alle andern anstecken.«

»Schön, ich werde ihn mir vornehmen«, erklärte ich heldenmütig.

»Das mußt du auch«, ermunterte sie mich. »Du mußt hart sein. Hart und immer wieder hart.«

Die Lage war tatsächlich ziemlich peinlich. Ich hatte noch keine Übung in der Behandlung von Menschen, und das merkte Tom Spink sehr wohl. Den Steuermann hatte er gefürchtet, dabei aber das Vertrauen zu ihm gehabt, daß er ihn heil oder doch jedenfalls lebendig aus dieser Geschichte herausbringen würde. Zu mir hat er dies Vertrauen nicht. Welche Chancen haben wohl der vornehme Herr Badegast und die Tochter des Kapitäns gegen die Banditen vor dem Mast? Ungefähr so wird er gedacht haben, und deshalb verlor er Mut und Hoffnung. Ich überwachte Tom Spink mit Falkenaugen, und er muß das auch bemerkt haben, denn er achtete sorgfältig darauf, nicht die Grenze des Erlaubten zu überschreiten, war aber doch immer nahe daran. Ich wußte auch, daß Buckwheat uns beide genau beobachtete, um zu sehen, wie die Sache ausgehen würde. Im übrigen war die Sache auch nicht der Aufmerksamkeit unserer scharfäugigen Asiaten entgangen, und ein paarmal war Louis offenbar schon nahe daran, mir einen gutgemeinten Rat zu erteilen. Er kannte jedoch seine Stellung zu gut und hielt deshalb vorläufig den Mund.

Aber gestern hatte Tom Spink während meiner Wache die unerhörte Frechheit, Tabaksaft auf das Deck zu spucken. Nun muß man wissen, daß auf See ein solches Benehmen eine ebenso große Sünde ist wie eine Gotteslästerung in der Kirche. Ich stand am Kreuzmast, als Margaret zu mir trat und mir erzählte, was geschehen war. Sie ließ sich meinen Stutzen geben und übernahm meinen Posten, damit ich achteraus gehen konnte. Dort stand Tom Spink und kaute seelenruhig seinen Priem.

»He, du, hol schnell einen Schwapper und wisch den Dreck auf«, befahl ich so barsch, wie es mir möglich war.

Tom Spink schob den Priem in die andere Backe und guckte mich spöttisch an. Ich bin überzeugt, daß er ebenso überrascht wie ich selbst war über die Ereignisse, die sich jetzt überstürzten. Denn meine Faust flog vor und Tom Spink taumelte zurück und schlug mit dem Kopf gegen die Peilrohrverschraubung. Nun habe ich seit meiner Knabenzeit keinen Menschen mit der bloßen Faust geschlagen, aber ich gebe gern zu, daß es mir einen Mordsspaß machte, den armen Tom Spink zu verhauen. Natürlich war die ganze Geschichte ein bißchen lächerlich. Aber ich fühlte mich durch das Bewußtsein, daß Margaret zusah, angeregt, und meine Schläge erhielten dadurch Kraft und Nachdruck. Nun, jedenfalls habe ich Tom Spink eine Lehre erteilt, und es hat auch geholfen, denn er hat versprochen, sich zusammenzunehmen.

»Jawoll, Käpt'n«, murmelte er mit blutenden Lippen, »jawoll, Käpt'n, ich wische es ab. Jetzt gleich, Käpt'n, jawoll, Käpt'n.«

Seit diesem Vorfall ist die Luft achteraus herrlich klar und rein. Tom Spink gehorcht jedem Befehl mit bewunderungswerter Eile, Buckwheat springt ebenso willig, und die fünf Asiaten stehen noch fester als bisher hinter mir, seit ich gezeigt habe, daß ich fähig hin zu herrschen.

Wieder sind zwei Tage vergangen, und es sind zwei bemerkenswerte Vorkommnisse zu verzeichnen. Erstens scheint es, als ob die Proviantbestände der Meuterer auf die Neige gingen, und zweitens haben wir unsere ersten Verhandlungen mit ihnen geführt.

Durch mein Glas hatte ich gesehen, daß sie nicht mehr die ganzen Kadaver der gefangenen Seevögel über Bord warfen wie bisher. Das bedeutet, daß sie jetzt gezwungen sind, das Fleisch der Tiere zu essen, obgleich es zäh ist und schlecht schmeckt. Freilich braucht das noch nicht zu bedeuten, daß sie mit ihrem Proviant ganz am Ende sind. Und dann hat Margaret, die nach echter Seemannsart immer das Barometer und den Himmel beobachtet, festgestellt, daß das Barometer fällt, und daß Wolken sich am Himmel zusammenballen. Sie sagte mir, daß wir bald einen Sturm zu erwarten hätten.

Aus diesem Grunde hißte ich die weiße Flagge. Bert Rhine und Charles Davis kamen achteraus bis zum Mittschiffshaus, und während wir miteinander sprachen, tauchten viele Köpfe über dem Rand der Back auf, und mehrere Gestalten schlichen sich an beiden Seiten des Hauses entlang.

»Na, seid ihr jetzt mürbe?« begrüßte mich Bert Rhine in seiner unverschämten Art. »Können wir Ihnen irgendwie gefällig sein?«

»Jawohl«, antwortete ich barsch. »Ihr könnt eure Köpfe in Sicherheit bringen, so daß genügend Hände übrigbleiben, wenn ihr mal wieder an die Arbeit zurückkehrt.«

»Wenn Sie drohen wollen ...«, begann Charles Davis, aber der Zuchthäusler brachte ihn zum Schweigen.

»Na, was gibt's denn?« fragte Bert Rhine. »Heraus damit.«

»Es ist nur zu euerm eigenen Besten«, lautete meine Antwort. »Es wird bald zu wehen beginnen, und die Segel, die nicht festgemacht sind, werden euch die Rahen an den Kopf schmeißen. Wir achtern sind in Sicherheit. Ihr allein lauft Gefahr dabei, und es ist deshalb eure Sache, aufzuentern und die Dinger zu beschlagen.«

»Und wenn wir es nicht tun?« knurrte der Bandit.

»Dann müßt ihr eben selbst die Folgen tragen«, sagte ich gleichgültig. »Ich wollte euch nur darauf aufmerksam machen, daß eine von den stählernen Rahen herunterfallen kann und dann die Decke des Volkslogis zerschmettern wird wie eine Eierschale.«

Bert Rhine guckte Charles Davis an, und Davis nickte bestätigend.

»Wir werden die Sache besprechen«, sagte er.

»Ich gebe euch zehn Minuten«, antwortete ich. »Wenn ihr dann nicht angefangen habt, die Segel zu bergen, ist es zu spät. Dann schieße ich jedem, der sich zeigt, eine Kugel in den Leib.«

»Schön, wir werden die Sache besprechen.«

Als sie sich umdrehten, um voraus zu gehen, rief ich ihnen nach: »Einen Augenblick.«

Sie blieben stehen und drehten sich um.

»Was habt ihr mit Herrn Pike gemacht?« fragte ich.

Selbst der sonst so hartgesottene Bert Rhine konnte seine Überraschung nicht verbergen.

»Und was habt ihr mit Herrn Mellaire gemacht?« erwiderte er. »Erzählt ihr zuerst!«

Ich bin überzeugt, daß seine Überraschung echt war. Die Meuterer haben offenbar geglaubt, daß wir Schuld am Verschwinden des Untersteuermannes sind, so wie wir uns einbildeten, daß sie mit dem Verschwinden des Steuermannes zu tun hätten. Je mehr ich darüber nachdenke, desto klarer wird mir, daß die beiden Offiziere sich gegenseitig umgebracht haben.

»Noch eins«, sagte ich. »Wo habt ihr euern Proviant her?«

Bert Rhine lachte sein lautloses Lachen, während Charles Davis eine Miene geheimnisvoller Überlegenheit aufsteckte.

Ich zog meine Uhr und sagte: »Ich gebe euch also zehn Minuten.«

Sie machten wieder kehrt und gingen voraus. Es dauerte nicht einmal zehn Minuten, so waren schon alle Hände dabei, die Segel zu bergen. Inzwischen begann es aus Nordwest zu wehen. Die vertrauten Harfentöne, die den kommenden Sturm verkündeten, summten schon durch die Takelung, aber die Männer schienen mir heute ganz besonders langsam zu arbeiten – vielleicht nur aus Mangel an Übung.

»Es würde richtiger sein, gleich die Ober- und Untermarssegel zu setzen, so daß wir besser beidrehen können«, schlug Margaret vor.

Ich griff den Gedanken auf und brachte ihn zur Ausführung.

»Es ist besser, daß ihr die Ober- und Untermarssegel gleichzeitig setzt, damit das Schiff wieder dem Ruder gehorcht«, rief ich dem Banditen zu, der breitspurig an der Decke des Mittschiffshauses stand und kommandierte, als ob er Steuermann wäre.

Er überlegte und gab dann die notwendigen Befehle; der Malteser-Londoner mit Nancy und Sundry Buyers führten sie aus. Ich hieß Tom Spink das Ruder nehmen, das solange ledig gestanden hatte, und gab ihm den Kurs an – hart Ost nach dem Strichkompaß. Die Segel füllten sich, und die Elsinore begann wieder durch die See zu laufen. Margaret, die neben mir stand, drückte mir in der Dunkelheit stumm, sanft und liebevoll die Hand.

»Ich hatte nie gewünscht, einen Seemann zu heiraten«, sagte sie, »und ich dachte, in dieser Beziehung mit dir sicher zu gehen, du Landratte! Und jetzt stehst du hier, und alles, was zur See gehört, lebt und pulst in deinen Adern. Es wird nicht lange dauern, so sehe ich dich mit einem Sextanten die Sonne peilen oder die Sternhöhe nehmen.«

Wieder sind vier Tage vergangen. Der Sturm ist schon abgeflaut, und wir sind nur noch dreihundertfünfzig Meilen von Valparaiso entfernt. Die Elsinore schlingert jetzt vor einer labberen Kühlte. Sie bewegt sich nicht schneller als die Drift. Als der Sturm seinen Höhepunkt erreicht hatte – er währte nicht weniger als drei Tage und Nächte – erzielten wir acht, sogar neun Knoten. Zu meinem Befremden erhoben die Meuterer keine Einwände gegen mein Programm. Sie wußten in der Geographie doch zu gut Bescheid, um sich nicht ganz klar darüber zu sein, was ich vorhatte. Sie hatten die Segel in ihrer Gewalt, und doch erlaubten sie mir, die Küste anzulaufen. Sie gingen sogar noch weiter. Als der Sturm am Morgen des dritten Tages abgeflaut war, enterten sie hinauf, setzten Bramsegel, Reuel und Oberbramleesegel und braßten die Rahen. Das war jedoch zuviel für das angelsächsische Blut in meinen Adern, ich brachte die Elsinore in den Wind, drehte bei und zurrte das Ruder fest. Margaret und ich sind uns nämlich einig, daß sie die Absicht haben, an Land zu gehen. Sobald sie es sichten, wollen sie in die Boote gehen und desertieren.

»Aber das lassen wir nicht zu«, erklärte sie mit blitzenden Augen. »Wir wollen nach Seattle, und wir werden sie zwingen, wieder ihre Pflicht zu tun.«

Merkwürdigerweise bekamen wir eine kleine Zugabe zu dem Sturm, obgleich er längst von einer labberen Kühlte abgelöst worden war. Da die Segel nicht getrimmt waren und deshalb killten und blafterten, kann man sich leicht vorstellen, welchen Höllenlärm das Klatschen von Segeln und Tauen in unserer Takelung verursachte. Die gesamte Mannschaft kam in heller Aufregung aus dem Volkslogis gestürzt.

»Trimmt das Takelwerk«, brüllte ich Bert Rhine zu, der tatsächlich von selbst bis zur Kampanje kam, um zu hören, was ich zu dem Spektakel meinte. Charles Davis und der Malteser-Londoner begleiteten ihn als fachmännische Ratgeber.

»Nur vor dem Winde laufen lassen, dann brauchen wir nicht zu trimmen«, rief Bert Rhine zu mir herauf.

»Ans Land wollt ihr?« brüllte ich höhnisch. »Hungrig geworden, was? Aber das gibt es nicht, und wenn es tausend Jahre dauern sollte.«

Ich habe vergessen zu erzählen, daß sich das gestern mittag abspielte.

»Wir werden die Segel bergen, so daß Sie an den Wind gehen können«, schlug Bert Rhine vor.

Ich schüttelte den Kopf und legte meinen Stutzen an. »Der erste Mann, der in die Wanten entert, kriegt eine Kugel von mir.«

»Dann kann die Elsinore meinetwegen zum Teufel gehen. Mir ist es schnuppe«, erklärte er mit Nachdruck.

Und eben in diesem Augenblick riß die Vorbramrahe sich los, fiel aufs Deck und zerschlug die Schanzkleidung an beiden Seiten und die Laufbrücke zwischen Fockmast und Vorderkastell.

Bert Rhine hörte es, konnte aber den angerichteten Schaden nicht sehen. Er blickte mich deshalb spöttisch an und fauchte:

»Noch was auf den Kopf gefällig?«

Was jetzt geschah, hätte überhaupt nicht in einem günstigeren Augenblick kommen können. Zuerst zersprangen die Backbord- und dann die Steuerbordbrassen der Bagienrahe, und als das mächtige Stück Stahl wild hin und her geschleudert wurde, drehten sich Bert Rhine und seine Kameraden schnell um und sanken buchstäblich in die Knie vor Angst. Im nächsten Augenblick zersprangen die Toppenanten und die Schooten des Mitteluntermarssegels, und als das Schiff sich beim Stampfen auf den Kopf stellte, fiel das Rundholz auf Deck und zerschlug die Laufbrücke. Das war den Banditen etwas Neues – mir übrigens auch.

»Macht lieber, daß ihr wegkommt«, brüllte ich höhnisch. Und die drei sahen erschrocken nach oben, welches Rundholz sie jetzt an den Kopf bekommen würden.

Das Untermarssegel, dessen Schoot von der fallenden Bagienrahe zerrissen worden war, hatte sich aus den Lieken gerissen, wurde nach Luv geschleudert und machte einen solchen Lärm, daß die drei Meuterer nicht ohne Grund befürchten mußten, die Rahe gleich herunterstürzen zu sehen. Der Führer der Banditen war freilich kein Seemann, aber doch intelligent genug, um die Gefahr zu erkennen. Er sah mich an. Und wenn ich ihm Gerechtigkeit widerfahren lassen will, muß ich einräumen, daß er seine Ruhe ganz bewahrte, selbst jetzt, da unsere ganze Takelung dem Untergang geweiht schien.

»Ich denke, wir werden das Takelwerk trimmen«, kapitulierte er schließlich.

»Laß die Leute auch die Reuel und Oberbramleesegel bergen«, flüsterte Margaret mir ins Ohr.

»Wenn ihr oben seid, könnt ihr ja ebensogut gleich die Reuel und Oberbramleesegel bergen«, rief ich ihnen zu. »Aber macht die Beschlagseisinge schon fest.«

Noch nie während der ganzen Fahrt habe ich die Mannschaft mit solcher Schnelligkeit arbeiten sehen. Eile war aber auch vonnöten, um unsere Takelung zu retten. Sie konnten nichts tun, als die schäbigen Reste des Mitteluntermarssegels mit ihren Scheidemessern abzuschneiden; dann rissen sie das Großoberbramleesegel aus dem Liek.

»Was hilft es eigentlich?' sagte ich zu Margaret, als die Segel ordentlich getrimmt und die Rahen angebraßt waren. »Dreihundertfünfzig Meilen von Land sind genau so gut wie dreitausendfünfhundert, wenn es darum geht, die Leute auszuhungern.«

Statt die Elsinore die Räumte suchen zu lassen, ließ ich sie deshalb mit Steuerbordhalsen beidrehen und nur durch die Abtrift nach Südwest treiben.

Unsere tüchtigen Aufrührer bekamen aber trotz allem im Laufe der Nacht ihren Willen. In der Dunkelheit hörten wir sie in der Takelung arbeiten, hörten, wie sie Rahen herunterholten, Schooten fliegen ließen, Segel halten und festmachten. Ich gab aufs Geratewohl einige Schüsse ab, aber alles, was ich damit erreichte, war, daß eine ganze Salve von Revolverschüssen gegen die Wände des Navigationshauses prasselte.

Es ist wirklich eine höchst seltsame Situation. Wir haben die Steuerung in der Hand, während die Leute vor dem Mast die Bewegungskraft in ihrer Gewalt haben. Das einzige Segel, das sich ganz in unserer Gewalt befindet, ist der Besan. So aber scheint mir die Meuterei, die wir hier erleben, einfach grotesk. Bei den guten alten Meutereien, den klassischen Meutereien, hätten die Matrosen längst wie wilde Tiger die Kampanje gestürmt, hätten die meisten von uns getötet oder wären zum größten Teil gefallen. Margaret aber schüttelt den Kopf und bleibt dabei, daß die menschliche Natur sich nicht ändere. Sie weist auf die Zahl bereits erfolgter Todesfälle hin und erklärt, wir würden sicher früher oder später in einer dunklen Nacht erleben, daß unsere Banditen, wenn der Hunger sie erst bisse, die Kampanje zu stürmen versuchten.

Romantisch ist es ja zweifellos, Tag und Nacht mit einer Frau zu wachen, die man liebt. Jede Ablösung ist ein Liebeserlebnis, das man nie vergessen wird. Nie gab es eine Brautzeit, wie die unsere ... mit den geflüsterten Ahnungen über Wetter und Wind, den leise gemurmelten Ratschlägen, den brennenden Küssen, den verwegenen Liebkosungen, die das Dunkel der Nacht verbirgt.

Margaret hat recht gehabt. Die Meuterei widerspricht durchaus nicht den alten Regeln und Erfahrungen auf diesem Gebiet. Wir haben einige Tage und Nächte lang genug zu tun gehabt. Ditman Olansen, der Berserker mit den verrückten Augen, ist von Wada getötet worden, und der Junge vom Schulschiff ging mit einem Sack Kohlen an den Füßen über Bord. Die Kampanje ist Gegenstand eines heftigen Angriffs gewesen, aber meine selbsterfundene Beleuchtung hat ihre Probe bestanden.

Der Angriff auf die Kampanje fand vor zwei Nächten statt. Nein, zuerst muß ich erzählen, daß ich eine neue Erfindung gemacht habe. Gemeinsam mit dem alten Steward, der, wie die meisten Chinesen, etwas von Feuerwerk versteht. Das Material entnahm ich unsern Leuchtraketen. Ich glaube freilich nicht, daß die Bomben sehr gefährlich sind, und ich weiß auch, daß meine Zündschnüre noch langsamer sind als die augenblickliche Fahrt der guten Elsinore – und das will etwas heißen. Aber nichtsdestoweniger haben die Bomben ihren Zweck erfüllt, und das ist ja schließlich die Hauptsache.

Und jetzt komme ich zu dem Angriff auf die Kampanje. Margaret hatte die Wache – von Mitternacht bis vier Uhr morgens –, als es geschah. Ich schlief an Deck neben dem Skylight der Hütte. Plötzlich hörte ich, daß dicht neben mir ihr Revolver abgefeuert wurde und immer weiter knallte. Ich sprang zunächst zu den Brassen meiner Beleuchtungskörper. Es klappte vorzüglich. Ich zog nur zwei Beleuchtungsbrassen an – und die beiden betreffenden Apparate explodierten mit einem Mordskrach, liefen im selben Augenblick die Kreuzmaststagen herunter und blieben hängen als ihre Leinen ausgelaufen waren. Die Beleuchtung funktionierte tadellos. Henry, die beiden Segelmacher und der Steward kamen zu uns gestürzt und stellten sich an die Kampanjenbrüstung. Wir hatten alle Vorteile auf unserer Seite, weil wir im Dunkeln standen, während unsere Feinde als Silhouetten gegen das Licht erschienen. Und was für ein Licht! Das Pulver knallte, zischte und knatterte, und das Benzin quoll aus den brennenden Wergbällen, so daß Ströme von Feuer auf das Großdeck herabträufelten.

Es kam nicht zu einem richtigen Kampf, denn die Meuterer waren über unser Feuerwerk ganz verblüfft. Margaret schoß ihren Revolver auf gut Glück ab, während ich meinen Stutzen für jeden bereit hielt, der die Kampanje entern wollte. Zufällig sah ich, daß Margaret über den Kopf eines Mannes hinweg schoß, der von der Backbordreling aus den Versuch machte, die Kampanje zu erklettern. Im nächsten Augenblick sah ich Wada wie einen wilden Stier vorstürmen und den Mann mit seinem Speer durchbohren, so daß er an Deck fiel und liegenblieb. Das war alles. Der Rest der Meuterer zog sich zurück, während die drei Stagsegel, die am unteren Ende der Stags festgemacht waren, von dem Feuer ergriffen wurden und in Flammen aufgingen.

Ich hatte jetzt zwei von meinen Beleuchtungskörpern abgebrannt und hatte nur noch einen übrig. Als ich eine Stunde darauf feststellte, daß der Feind wieder zum Angriff schritt, ließ ich die dritte und letzte explodieren, und vor ihrem Lichtschein flüchteten die Leute so schnell wie möglich wieder nach der Back.

Margarets Wache, die ich mit ihr an Deck verbrachte, wurde nicht weiter gestört. Gegen vier Uhr verlangte ich, daß sie in ihre Kabine gehen und sich hinlegen sollte, aber sie begnügte sich mit meinem Lager hinter dem Skylight. Um sieben – kurz vor dem Frühstück und während Margaret noch schlief – schickte ich Henry und Buckwheat zu der Leiche hinunter. Ich stand, den Stutzen in der Hand, oben am Bogen, bereit zu schießen, wenn es notwendig sein sollte. Die Leute im Volkslogis gaben indessen kein Lebenszeichen, und die beiden Jungen konnten ungehindert die Leiche umdrehen, so daß wir sie identifizieren konnten – es war der Norweger mit den irren Augen. Sie trugen ihn zur Reling und schoben ihn über Bord. Wadas Speer hatte den Mann vollkommen durchbohrt.

Aber vierundzwanzig Stunden später beglichen die Meuterer die Rechnung. Es begann damit, daß sich einige Matrosen, während Margaret und ich hinter dem Kreuzmast frühstückten, achteraus schlichen und tatsächlich bis unter das Deckengesims der Kampanje gelangten ... ich hatte diese Möglichkeit übrigens vorausgesehen und deshalb die Bomben hergestellt. Buckwheat sah sie kommen und alarmierte uns, aber leider zu spät.

Zwei stählerne Pforten führten unter dem Deckengesims der Kampanje auf das Großdeck. Die drei oder vier Leute versuchten nun diese Pforten einzuschlagen, während die übrigen Meuterer in Deckung des Mittschiffshauses bereit standen, um zu stürmen, sobald die Pforten nachgaben. Hinter den Pforten standen der Steward und Wada. Der Steward mit seinem Schlachtmesser, Wada mit seinem Speer. Ich selbst zündete, vom Kreuzmast gedeckt, die Zündschnur einer meiner Bomben an. Dann lief ich mit ihr über die Kampanje, ließ sie auf das Großdeck fallen und versuchte gleichzeitig, sie unter das Gesims zu schieben, wo die Matrosen an den Pforten tätig waren. Meine Bemühungen wurden indessen durch mehrere Revolverschüsse aus den Gängen neben dem Mittschiffshaus unterbrochen. Doch meine Beleuchtungskörper hatten den Meuterern Respekt vor meinen Feuerwerkerkünsten beigebracht. Als jetzt die Zündschnur zischte und pufte, hatten die Meuterer schon genug und liefen aus ihrer gedeckten Stellung schnell nach der Back. Ich hätte ein paar von ihnen niederknallen können, war aber leider gerade im Begriff, die Zündschnur meiner zweiten Bombe anzuzünden. Margaret feuerte drei Schüsse ins Blaue hinein, und die Kampanje wurde sofort das Ziel einer kräftigen Revolversalve.

Ich bin ein vorsichtiger und bequemer Mensch. Ich hatte gelernt, daß es sehr viel Zeit und Mühe kostet, Bomben als Heimarbeit herzustellen, und kniff deshalb den brennenden Teil der Zündschnur, die ich bereits in meiner Hand hielt, ab. Die Zündschnur der ersten Bombe, die noch auf dem Großdeck herumkollerte, zischte inzwischen weiter; hätte nur einer der Männer, die geflüchtet waren, den nötigen Mut gehabt, so hätte er seelenruhig die Zündschnur abkneifen oder die Bombe über Bord werfen oder – was noch besser gewesen wäre – sie uns auf die Kampanje zurückschleudern können. Trotz der kurzen Zündschnur dauerte es volle fünf Minuten, bis die Bombe explodierte, und da war es eine traurige Enttäuschung. Wahrhaftig, ich hätte ruhig darauf sitzen können. Und doch erfüllte sie ihren Zweck insofern, als sie Schrecken verbreitete.

Es war ganz klar, daß die Meuterer anfingen, Mangel an Proviant zu leiden. Die Elsinore trieb an diesem Morgen ohne Segel als ein Spielzeug von Wind und Wellen umher, und die Bande warf viele Fangleinen über Bord, um Sturmvögel und Albatrosse zu fangen. Gott, wie ich die hungrigen Fischer mit meinem Stutzen ärgerte! Es konnte sich kein Mensch vorne zeigen, ohne daß eine Kugel in gefährlicher Nähe von ihm in die stählernen Wände schlug. Und doch gelang es ihnen, einzelne Vögel zu fangen, freilich nicht ohne eigene Lebensgefahr.

Ihre Fangmethode bestand darin, daß sie Haken und Köder von einem gedeckten Platz aus über die Reling schleuderten, wenn die Elsinore unter dem leichten Winddruck auf ihr totes Werk, Sparren und Takel, langsam durch die See glitt. Sobald ein Vogel angebissen hatte, holten sie die Leine ein, bis er längsseits lag. Dann kam die knifflichste Arbeit. Die Haken waren nämlich nach innen gebogene spitzwinklige Dreiecke aus Kupferblech, die an Brettchen am Ende der Leinen befestigt waren: der Vogel wurde festgehalten, weil sich sein krummer Schnabel zwischen den Ecken des kupfernen Dreiecks festklemmte. Folglich war der Vogel, sobald sich die Leine lockerte, wieder frei. War der Vogel längsseits gezogen, so kam also das Schwerste: ihn bis zur Reling zu ziehen, ohne daß die Leine sich lockerte oder der Vogel gegen die Schiffsseite schlug. In beiden Fällen konnte er sich befreien und war für den Fischer verloren.

Die Leute legten sich deshalb ein bestimmtes System zurecht. Sobald ein Vogel längsseits gezogen war, wurden alle Revolver auf mich gerichtet, während der Mann, der die Leine einholte, sie straffte und schnell mit ihr zur Reling lief, um den Vogel schleunigst an Bord zu ziehen. Ich gebe ohne weiteres zu, daß mir das Revolverfeuer trotz der Entfernung sehr unbequem war. Nichtsdestoweniger tat ich mit meinem Stutzen, was ich konnte, um die Männer, die ohne Deckung an der Reling arbeiteten, zu ärgern, in der Hoffnung, daß sie einen oder mehrere der Vögel verlieren sollten.

Im Laufe des Tages gelang es mir indessen immer besser, sie in ihrer emsigen Arbeit zu stören. Wenn die Elsinore an den Wind kam und deshalb aufs Gat deiste, war es mir möglich, den Bug abfallen zu lassen, indem ich das Ruder hart umlegte. Und wenn der Wind dann dwars herein kam, konnte ich, indem ich das Ruder wieder nach der andern Seite umlegte, ihre Bewegung nach Lee ausnutzen und sie wieder dwars vom Winde bringen. Dadurch erreichte ich, daß alle Vogelleinen mit ihren Haken längsseits geschleppt wurden.

Gleich das erstemal, als das geschah, hatte ich alles bereit, um die Leinen in Empfang zu nehmen. Mit Haken und Handloten, die an lange Leinen gebunden waren, faßten und zerrissen wir alle Fangleinen. Die Bewegungen eines großen Schiffes sind aber so langsam, daß es den Meuterern das nächstemal doch gelang, die Leinen sicher einzuholen, bevor sie achteraus schleppten und ich sie mit meinen Haken fassen konnte.

Aber ich vervollkommnete mich immer mehr. Solange ich z. B. die Elsinore flach vor den Laken halten konnte, war es ihnen nicht möglich, zu fischen. Ich machte weitere Experimente. Sobald wir das Schiff in den Wind gebracht und den Besan beigesetzt hatten, konnten wir auch vor dem Winde bleiben. Das tat ich nun, indem ich die Leute sich ununterbrochen am Ruder ablösen ließ. Die Folge war, daß das Fischen schließlich aufhören mußte.

Margaret hatte die Plattfußwache von vier bis sechs. Henry stand am Ruder. Wada und Louis waren unten und kochten das Abendessen. Ich war soeben an Deck gekommen und stand neben der Peilröhre, kaum sechs Fuß von Henry entfernt, der ja Rudergast war. Irgendein geheimnisvolles Geräusch aus dem Ventilationsschacht mußte meine Aufmerksamkeit erregt haben, denn ich starrte gerade in die Schachtmündung, als das Unglück geschah.

Der Ventilationsschacht ist ein stählernes Rohr, das vom Überdeck nach den unteren Räumen des Schiffes unter dem Proviantraum führt und durch die Rückwand des Navigationshauses mit der Außenwelt in Verbindung steht. Seine Mündung, die in Mannshöhe liegt, ist mit eisernen Gardinen versehen, deren Stangen so dicht aneinandersitzen, daß nicht einmal eine Ratte imstande wäre, sich hindurchzuzwängen. Von dieser Mündung aus beherrscht man das Ruder, das kaum fünfzehn Fuß davon entfernt gerade auf der andern Seite des Niedergangluks liegt. Es war nun einem der Meuterer gelungen, sich durch den freien Raum zwischen den Kohlen und der Decke des untersten Raumes hindurchzuschlängeln. Dann war er durch den Ventilationsschacht geklettert und hatte zwischen den eisernen Stangen hindurch mit dem Revolver gezielt.

Plötzlich sah ich Rauch aus dem Schacht aufsteigen und hörte den Knall. Im selben Augenblick vernahm ich ein leises Gurgeln und als ich mich umdrehte, sah ich, daß Henry sich krampfhaft an die Spaaken des Steuerrads klammerte, während er ganz unbewußt das Rad um die Hälfte zurückdrehte Dann erst fiel er nieder. Die Kugel war dem Jungen durchs Herz gegangen.

Tom Spink und der Segelmachermaat Uchino sprangen sofort zu Henry hin. Der Revolver schoß immer durch die Schachtmündung, und die Kugeln schlugen über ihren Köpfen in das Halbdach des Steuerhauses. Zum Glück wurde keiner weiter getroffen, und die Leute sprangen so schnell wie möglich aus dem Bereich der Kugeln. Einige Sekunden liefen noch Zuckungen durch den Körper des Jungen, dann hörten sie auf. Er war verschieden, während er sein Tagewerk am Steuer der Elsinore verrichtete.

Die Lage ist hoffnungslos lächerlich. Wir achtern verfügen über die Proviantbestände der Elsinore, aber die Meuterer beherrschen jetzt auch die Steuerung. Das heißt: sie beherrschen sie, ohne im Besitz des Ruders zu sein. Weder sie noch wir sind also imstande zu steuern. Die Kampanje, die den Kommandoplatz darstellt, befindet sich in unserer Hand. Das Steuerrad ist an der Kampanje untergebracht, aber durch die vergitterte Mündung des Ventilationsschachtes können sie jeden niederknallen, der sich dem Steuer nähert. Und in Deckung des Navigationshauses können sie wie in einem Gefechtsturm stehen und uns auslachen.

Im Schutze der Nacht könnten wir freilich ohne allzu große Mühe das Steuerreep vom Helmstock abnehmen und statt dessen Steuertaljen anlegen. Dann wären wir imstande, ohne Gefahr von beiden Seiten der Kampanje aus zu steuern. Wir lassen aber die Elsinore in dem prächtigen Wetter treiben, wohin sie will. Laßt die Meuterer nur hungern. Der leere Magen wird sie schon wieder zur Vernunft bringen. Auf seine

Weise ist es wirklich unerhört komisch! Die Sturmvögel und die Albatrosse haben die Elsinore, wie es ihre Gewohnheit ist, durch die gesamten Breitengrade, in denen sie zu Hause sind, begleitet – was bedeutet, daß lediglich eine gewisse Menge von ihnen vorhanden ist, die sich nicht vergrößern kann. Die Schlußfolgerung ist klar: Erstens ein vorhandener, aber begrenzter Bestand an Vogelfleisch. Zweitens die Meuterer haben jetzt keinen anderen Proviant mehr als Vogelfleisch. Wenn der einzige, erreichbare Proviant vernichtet wird, haben sie also nichts mehr zu essen und werden durch den Hunger wieder zur Pflicht gezwungen.

Nach dieser einfachen logischen Schlußfolgerung organisierte ich meine Tätigkeit. Ich begann ganz versuchsweise Fleischbrocken und alte Brotkrusten ins Wasser zu werfen. Wenn die Vögel dann kamen, um sie zu erhaschen, schoß ich sie. Jedes Tier, das tot auf der See herumschwamm, bedeutete weniger Essen für die Meuterer. Aber ich verbesserte die Methode nach und nach. Gestern sah ich den Medizinschrank durch und bestreute meine Fettbrocken und Brotrinden mit dem Inhalt sämtlicher Schachteln und Flaschen, die ein Etikett mit einem Totenkopf trugen. Auf Rat des Stewards tat ich zu dieser an sich schon tödlichen Mischung noch ein bißchen Rattengift. Heute schon gibt es keinen einzigen Vogel mehr in der Luft.

Freilich haben die Meuterer gestern einige gefangen, als ich die Vögel noch mit meinem Stutzen tötete, jetzt aber ist der gesamte Rest dahin, sie bekommen also keine Lebensmittel mehr, ehe sie reumütig an ihre Arbeit zurückkehren. Eigentlich ist es das reine Kinderspiel, und doch kämpfen wir hier auf Tod und Leben. Ich habe soeben ausgerechnet, wie viele Todesfälle seit Beginn unserer Reise erfolgt sind.

Zuerst wurde Christian Jespersen von O'Sullivan getötet, als der verrückte Kerl die Stiefel Andy Fays über Bord werfen wollte. Dann kam die Reihe an O'Sullivan selbst, der den Schlaf des Herrn Charles Davis störte, und dem dieser Ehrenmann deshalb mit einem stählernen Marlpfriem den Schädel einschlug. Ferner wurde Marinkovitsch ganz zweifellos von der Banditenbande ermordet, als wir mit der Umsegelung von Kap Horn begannen – Messerstiche machten seinem Leben ein Ende; wir fanden seine Leiche an Deck und überließen sie den Wellen. Ferner verschied der Samurai – sein Tod war freilich nicht gewaltsam, aber er starb immerhin, als die gewalttätigen Elemente wüteten und Pike kämpfte, um zu verhindern, daß die Elsinore auf den Legerwall von Kap Horn auflief. Ihm folgte Boney, der über Bord gespült wurde, als es uns gelang, der meerumtosten Klippe zu entrinnen, wo die südlichste Spitze des Kontinents sich in das sturmgepeitschte südliche Polarmeer verbeißt. Und der junge finnische Zimmerbaas wurde von seinen abergläubigen Kameraden über Bord geworfen, weil sie glaubten, daß er über Wind und Wetter bestimmen könnte. Dann kam die Reihe an Mike Cipriani und Bill Quigley, die beide auf der Kampanje niedergeknallt und von Pike mit gewaltigen Fußtritten über Bord befördert wurden. Sie blieben in der See als Futter für die hartschnäbeligen Albatrosse und Sturmvögel und die schwarzgefiederten Kaptauben. Steve Roberts, der ehemalige Cowboy, wurde von mir erschossen, als er mich niederknallen wollte. Die Kehle des Deutschen Hermann Lunkenheimer wurde vor unser aller Augen von dem italienischen Hund Guido Bombini durchschnitten. Die beiden Steuermänner Pike und Mellaire haben sich gegenseitig umgebracht; es muß ein Kampf gewesen sein, eines Epos würdig, wenn auch leider keiner dabei war. Ditman Olansen wurde von dem Speer Wadas durchbohrt, als er an der Spitze der Meuterer den Berserker spielte und den Versuch machte, die Kampanje zu entern. Und als letztes Opfer wurde Henry, der Schulschiffsjunge, durch eine Kugel aus der Schachtmündung getötet.

Nein, wenn ich diese Musterungsrolle des Todes durchlese, muß ich gestehen, daß es sich tatsächlich nicht um ein Kinderspiel handelt. Wir unsererseits haben nicht weniger als ein Drittel verloren, und selbst die blutigsten Schlachten der Weltgeschichte weisen selten eine verhältnismäßig so hohe Verlustziffer auf.

Henry war der vierzehnte von uns, der in den dunklen, salzigen Wogen der völligen Auflösung entgegenging. Und noch am selben Tage wurde er gründlich gerächt, denn zwei der Meuterer haben ihm ins Meer folgen müssen. Der Steward lenkte meine Aufmerksamkeit auf etwas, das vorn vor sich ging. Er vergaß einen Augenblick seine Stellung als Diener und legte mir die Hand auf den Arm, während er grimmig nach vorn guckte, wo die Matrosen soeben zwei Leichen über Bord schoben. Da sie Kohlen an den Füßen hatten, versanken sie sofort, ohne daß wir sie identifizieren konnten.

»Sie haben vermutlich einen Streit gehabt«, sagte ich. »Es ist sehr gut, daß sie auch mal miteinander kämpfen.«

Aber der alte Chinese lachte nur und schüttelte den Kopf.

»Sie glauben nicht, daß sie sich gerauft haben?« fragte ich.

»Kein Rauferei. Sturmvogel gegessen. Albatros vergiftetes Fleisch gefressen. Zwei Matrosen tot. Viele Männer krank. Verflucht große Freude für mich.«

Und ich bin überzeugt, daß er recht hat. Während ich eifrig damit beschäftigt war, den Köder für die Seevögel zurechtzumachen, haben die Meuterer tatsächlich einige gefangen, und zweifellos gerade solche, die die tödlichen Köder gefressen hatten. Wir haben genau aufgepaßt. Nur zwei von der gesamten Mannschaft haben sich seitdem nicht gezeigt, und das sind Bob, der große, überfette und blöde Jüngling, und der Faun. Es scheint, als ob es mir bestimmt war, den unglücklichen Faun töten zu müssen, der immer so eifrig und so fleißig war und stets nur den Wunsch hatte, alles zu unserer Zufriedenheit auszuführen. Der arme, unschuldige Faun!

Der Steward hat mir soeben einen Rat zugeflüstert.

»Nächstenmal wir einen wie Henry über Bord werfen, besser alter Eisen als Kohle brauchen.«

»Gehen unsere Kohlen auf die Neige?« fragte ich.

Er nickte. Wir brauchen viel Kohle zum Kochen, und wenn unser eigener Vorrat aufgebraucht ist, müssen wir eine Schott durchschlagen, um uns Kohlen aus der Fracht zu holen.

Die Situation beginnt sich zuzuspitzen. Seevögel gibt es nicht mehr, und bei den Meuterern meldet sich der Hunger. Gestern hatte ich eine Unterredung mit Bert Rhine. Heute sprach ich wieder mit ihm, und diese kurze Unterredung wird er nie vergessen. – Es war gegen fünf Uhr nachmittags, als ich plötzlich seine Stimme durch die Schachtmündung in der Rückwand des Navigationshauses hörte. Ich stand an der Ecke des Hauses, also außer Schußbereich und antwortete ihm von dort aus.

»Na, ihr habt wohl Hunger bekommen?« höhnte ich. »Ich will euch mal erzählen, was wir heute zum Mittagessen haben. Hör mal zu, mein Junge: zuerst Kaviar mit Toast, dann Muschelsuppe, dann Hummer in Mayonnaise, Hammelkoteletts mit französischen Erbsen, und dann kalifornischen Spargel mit holländischer Soße. Danach gibt es Pfirsichpudding und endlich Kaffee, richtigen Bohnenkaffee. Wirst du nicht hungrig?«

Ich habe übrigens gar nicht so sehr geflunkert. Was ich schilderte, war tatsächlich so ungefähr, was wir zu Mittag haben sollten.

»Hören Sie auf«, fauchte er. »Ich will ernsthaft mit Ihnen reden.«

»So, wirklich?« höhnte ich. »Sehr schön. Wann gedenkt ihr denn die Arbeit wieder aufzunehmen?«

»Lassen Sie den Unsinn«, fauchte er zurück. »Ich werde euch geben, was ihr in dieser Welt noch braucht. Ich will Ihnen gerade was erzählen.«

»Du mußt schon entschuldigen, mein Junge, aber ich bin ein bißchen schwer von Begriff«, antwortete ich. »Du mußt schon etwas deutlicher werden.«

Und während ich mit ihm sprach, merkte ich, wie natürlich es mir fiel, Ausdrücke zu finden, die ihm am verständlichsten waren. Ihm gegenüber mußte ich mich der elementarsten Sprache von Leben und Tod, Essen und Trinken, Roheit und Grausamkeit bedienen.

»Ich will euch eine Chance geben«, fuhr er fort. »Gebt jetzt nach, und wir werden euch nichts tun, keinem von euch!«

»Und wenn wir nun nicht darauf eingehen«, warf ich hin.

»Dann werden Sie bedauern, daß Ihre Mutter Sie je geboren hat! Sie sind kein Dummkopf! Und Sie haben hier an

Bord ein kleines Mädchen, das ganz verrückt nach Ihnen ist. Verstehen Sie?«

O ja, ich verstand wohl, was er meinte. Und aus irgendeinem Grunde tauchte in meinem Gehirn ein Bild dessen auf, was ich über die Belagerung der Gesandtschaften in Peking gelesen hatte, und was die weißen Männer in bezug auf ihre Frauen beabsichtigt hatten für den Fall, daß die gelben Horden die letzten Verteidigungslinien durchbrechen sollten. Und der alte Steward verstand es auch – denn in seinen schwarzen Augen sah ich, hinter den schiefen engen Lidern, ein mörderisches Feuer aufglimmen. Er wußte nur zu gut, worauf der Bandit hinzielte.

»Verstehen Sie, was ich meine?« fragte der Bandit wieder.

Ich fühlte meinen Zorn aufflammen. Keinen heißen Zorn, sondern eine eiskalte Wut. Diese menschliche Bestie, diese unterirdische Ratte wagte es, durch die untersten Räume des Schiffes zu kriechen, um mir und den Meinen zu drohen.

»Wenn du wie ein räudiger Köter auf deinem dreckigen Bauch über das Deck kriechst, und wenn du zeigst, daß du froh bist, überhaupt arbeiten zu dürfen, dann, und erst dann, werde ich weiter mit dir reden. Verstanden?«

Zehn Minuten lang warf er mir durch die Schachtmündung die gemeinsten Schimpfwörter an den Kopf, die er im Rinnstein New Yorks aufgelesen hatte. Ich gab ihm indessen keine Antwort mehr.

Als ich heute morgen sah, wie sich der Steward mit einem Behälter, der fünf Gallonen Schwefelsäure enthielt, abmühte, hatte ich freilich keine Ahnung, was er damit beabsichtigte.

Ich hatte mir unterdessen eine andere Möglichkeit ausgedacht, diesen todbringenden Schacht unschädlich zu machen. Meine Idee war so einfach, daß ich mich direkt schämte, nicht früher darauf gekommen zu sein. Die Öffnung war an sich ja nicht sehr groß. Zwei Säcke Mehl in einem hölzernen Rahmen, die mit Tauen am Gesims des Navigationshauses aufgehängt wurden, so daß sie gerade vor der Öffnung herunterhingen, genügten vollkommen, um sie zu verdecken und jedes Revolverschießen wirkungslos zu machen. Kaum gefaßt, wurde der Plan auch schon zur Ausführung gebracht. Tom

Spink und Louis standen mit mir auf der Decke des Navigationshauses, um die Mehlsäcke festzubinden, als wir eine Stimme aus dem Schacht hörten.

»Wer ist denn jetzt da?« fragte ich. »Sag schnell, was du willst.«

»Ich will Ihnen noch eine Chance geben«, antwortete Bert Rhine.

Gerade in diesem Augenblick kam der Steward um die Ecke des Hauses. Er trug einen großen verzinkten Eimer in der Hand, und ich dachte, daß er gekommen wäre, um Regenwasser aus dem Tank zu holen. In derselben Sekunde, in der dieser Gedanke mir durch den Kopf schoß, schwang er den Eimer und schleuderte den ganzen Inhalt in den Schacht. Und im selben Augenblick wußte ich, was es war: konzentrierte Schwefelsäure, ganze zwei Gallonen.

Der Bandit muß das flüssige Feuer ins Gesicht und in die Augen bekommen haben. Und infolge des plötzlichen Schmerzes muß er den Halt verloren haben, denn er fiel durch den ganzen Schacht bis auf die Kohlen im untersten Raum des Schiffes. Sein Geschrei und sein Gewimmer waren unerträglich anzuhören, und ich mußte unwillkürlich an die hungernden Ratten denken, deren Wimmern wir während der ersten Monate der Reise durch denselben Schacht hatten hören müssen. Ich ziehe es vor, daß Männer offen und redlich getötet werden.

Wir verdeckten den Schacht mit unsern Mehlsäcken. Allmählich hörte das Schreien auf – offenbar, weil das Opfer von seinen Kameraden über die Kohlen nach vorn geschleppt wurde. Und doch muß ich bekennen, daß mir den ganzen Nachmittag schlecht war. Zum Glück war Margaret unten, als es geschah. Und als ich wenige Minuten später meine Selbstbeherrschung wiedergewonnen hatte, befahl ich meinen Leuten, ihr den Vorfall zu verschweigen.

Ja, wir haben auch schon dafür büßen müssen! Gestern hörten wir den ganzen Tag hindurch ein seltsames Geräusch unter dem Boden der Kajüte oder des Decks. Wir hörten es unter dem Eßtisch, unter der Pantry des Hofmeisters, unter Margarets Kajüte. Das Deck ist mit Planken belegt, aber unter den hölzernen Planken ist Stahl. Begleitet von Wada, Louis und dem Steward gingen Margaret und ich diesem seltsamen Geräusch nach, das bald wie das Klopfen von Hämmern, bald wie das Klirren von Meißeln gegen Eisen anzuhören war. Das Klopfen schien von überallher zu kommen, aber wir waren uns einig, daß uns das nur ablenken sollte – die Konzentration auf eine Stelle, die notwendig war, um eine Öffnung zu schaffen, groß genug, daß ein Mann hindurchkriechen könnte, hätte unvermeidlich unsere Aufmerksamkeit auf diese Stelle lenken müssen.

Ich entband Buckwheat deshalb von aller Arbeit an Deck und stellte ihn auf Posten, um den Kajütenboden zu überwachen. Während Margarets Wache sollte ihn dann der Steward ablösen.

Spät am Nachmittag hörte jedes Geräusch auf, nachdem an verschiedenen Stellen wie wahnsinnig gehämmert und gemeißelt worden war. Als ich gegen Mitternacht auf Deck ging, löste Buckwheat wieder den Steward in der Überwachung der Kajüte ab. Und als ich mich an den Kampanjebogen lehnte, während meine vier Wachstunden langsam vorüberglitten, ahnte ich nicht im geringsten, welche Gefahr uns von der Hütte her drohte. Die Schurken konnten vielleicht die Kampanje entern oder in die Wanten und von dem Mittelmast in den Kreuzmast klettern und von dort aus zu uns herunterspringen. Wie sie uns aber durch den Boden angreifen wollten, das wollte mir durchaus nicht einleuchten. Und doch taten sie es.

Es war gegen zwei Uhr morgens geworden, und ich hatte mir schon eine Stunde lang den Kopf zerbrochen, weil aus der Back Rauch aufstieg, und ich durchaus nicht verstehen konnte, warum die Meuterer zu einer so gottverlassenen Stunde Dampf unter der Donkeymaschine aufgemacht hatten. Da kam Wada über das Deck gelaufen.

»Schlimme Geschichte mit Buckwheat«, rief er mir zu. »Kommen Sie ganz schnell.«

Ich überließ ihm meinen Stutzen und befahl ihm, aufzupassen, während ich um das Navigationshaus lief. Zwischen dem Niedergangsluk und dem Rad saß Buckwheat. Er wiegte sich hin und her und schlug mit den Armen um sich, während ihm vor Schmerzen die Tränen aus den Augen liefen. Er hustete schrecklich und rang nach Luft. Ich ging zu ihm hin, und ein einziger Atemzug von dem Gas, das von unten aufstieg, ließ mich nach Luft schnappen und husten. Es war Schwefeldampf, den ich eingeatmet hatte. Im selben Augenblick vergaß ich die Elsinore, die Meuterer und alles andere und dachte nur an eines ...

Ich schoß die Treppe des Niedergangsluks hinunter und irrte ganz schwindlig in dem großen Heckraum umher, während die Schwefeldämpfe mich fast erstickten. Bei dem trüben Schein einer Schiffslaterne sah ich den alten Steward, der, auf Händen und Füßen kriechend, hustend und keuchend den Segelmacher Yatsuda schüttelte, um ihn aus schwerem Schlaf zu wecken. Uchino, der Segelmaat, lag noch immer da und röchelte im Schlaf.

Ich kam auf den Gedanken, daß die Luft näher am Boden vielleicht besser sein würde, und fand es sofort bestätigt, als ich mich auf Knie und Hände legte. Schnell wickelte ich Uchino aus seinen Decken, hüllte mir die Laken um Kopf, Gesicht und Mund, stand dann wieder auf und stürzte in die Diele. Nachdem ich mehrmals gegen die Holzwände geprallt war, legte ich mich wieder auf den Boden und ordnete die Laken so, daß mein Mund zwar bedeckt blieb, es mir aber doch möglich wurde, die Augen freizumachen oder zu verhüllen, wie es mir paßte. Der Schmerz, den mir die Dämpfe verursachten, war schon an sich schlimm genug, am schlimmsten aber war es, daß ich so furchtbar schwindlig wurde. Ich taumelte in die Pantry hinein und wieder heraus, konnte den Quergang nicht finden, wankte durch die nächste Steuerbordtür in den großen Korridor und stieß zuletzt kräftig mit dem Eßtisch zusammen. Ich tastete mich um den Tisch herum, stürzte dann wieder in den Quergang und suchte den Weg nach Steuerbord zu finden. Hier, am Fuß der Treppe zum Navigationshaus fand ich endlich den hinteren Korridor. Jetzt war mein eigener Zustand anscheinend so ernst geworden, daß ich in großen Sprüngen achteraus eilte.

Die Tür zu Margarets Kammer stand offen. Ich taumelte hinein. Als ich das Laken von meinen Augen nahm, erhielt ich eine vage Vorstellung davon, wie es sein muß, wenn man blind ist. Mein Gott, wie mir die Schwefeldämpfe Lunge, Nase, Augen, ja selbst das Gehirn verbrannten und peinigten! In Margarets Kammer brannte kein Licht. Ich konnte nur noch röcheln. Ich taumelte hinein und brach über ihrem Bett zusammen. Sie war nicht da. Ich raffte mich auf und tastete mich weiter. Meine Lunge schrie buchstäblich nach frischer Luft, und der Schmerz, den mir der Schwefel verursachte, war so groß, daß ich nahe daran war, alles aufzugeben.

Da hörte ich aus der Diele ein furchtbares Husten. Das flößte mir neues Leben, neue Kräfte ein. Ich taumelte vom Bett in den Korridor, und es gelang mir, mich auf den Beinen zu halten, bis ich die Diele erreichte. Von dort kroch ich dann auf Händen und Füßen nach dem Treppenhaus. In meiner nächsten Nähe hörte ich jemand röcheln und sich bewegen. Mit Mühe gelang es mir, mich am Geländerpfosten aufzurichten, um zu lauschen. Dann fiel ich über etwas – und fühlte unter meinen Händen den süßen, weichen Körper Margarets.

Wie soll ich den Kampf schildern, den es mich kostete, die Treppe mit ihr hinaufzuklettern? Ein Mal über das andere war ich nahe daran, das Bewußtsein zu verlieren, und immer wieder fühlte ich mich versucht, den Kampf aufzugeben und mich in der ewigen Finsternis versinken zu lassen. Aber ich stritt mich von Stufe zu Stufe vorwärts. Margaret war vollkommen bewußtlos, und ich mußte auch noch ihren Körper von Stufe zu Stufe hinauftragen. Doch aus all diesen Kämpfen erinnere ich mich, daß ihr warmer, weicher Körper mir das Liebste auf der Welt war ... unendlich viel lieber, als das lächelnde schöne Land, das ich nur als etwas ganz Fernes vor mir sah, lieber als alle Bücher und alle Menschen, die ich je gekannt, lieber als das Deck droben mit seiner herrlichen frischen Luft und dem milden Wind unter dem kühlen, sternenübersäten Himmel.

Und dabei betete ich, daß die Türen des Navigationshauses nicht verschlossen wären! Leben und Tod hingen davon ab.

Endlich erreichte ich die oberste Stufe der Treppe, aber ich war schon zu erschöpft, um aufstehen zu können. Ich schleppte mich am Boden entlang. Es waren in Wirklichkeit nur wenige Fuß von der Treppe bis zur Tür – aber während ich mich diese paar Fuß weiterschleppte, starb ich eines mehrfachen schmerzhaften Todes. Und die Tür stand offen! Sowohl die Tür nach Steuerbord, wie die nach Backbord standen sperrangelweit offen. Und als die Elsinore schlingerte, sauste ein Windzug durch den Gang und füllte meine Lunge mit frischer, kühler Luft. Margaret hinter mir herziehend, schleppte ich mich über die hohe Türschwelle und hörte wie aus weiter Ferne das Brüllen kämpfender Männer und das Knallen der Revolver und meines Stutzens. Und ehe ich in Bewußtlosigkeit versank, sah ich, wenn auch nur traumhaft und entfernt, die scharfen Silhouetten von Männern auf der Kampanje, dunkle Schatten, die hieben, fochten und schlugen ... und das alles überragte der Kreuzmast, klar und hell von meinen Feuerwerkskörpern beleuchtet.

Es gelang den Meuterern nicht, die Kampanje zu erstürmen. Meine fünf Asiaten und die beiden Weißen verteidigten die Festung mit Erfolg, während Margaret und ich bewußtlos dalagen.

Die Sache war an sich ganz einfach. Die modernen Quarantänebestimmungen fordern, daß auf einem Schiff kein Ungeziefer geduldet wird. Im Donkey-Maschinenraum ist deshalb eine vollständige Desinfektionsanstalt eingerichtet. Die Meuterer brauchten also nichts zu tun, als Röhren achteraus über die Kohlen zu legen, ein Loch durch den Doppelboden aus Stahl und Holz in der Kajüte zu bohren, eine Verbindung mit dem Desinfektionsapparat herzustellen, und dann den Kessel zu heizen. Wir wären also von unseren Banditen fast wie die Ratten ausgeräuchert worden.

Wada hatte die eine, der alte Steward die andere Tür des Navigationshauses geöffnet. Sie hatten beide den Versuch gemacht, die Treppe hinabzugelangen, waren aber von den furchtbaren Dämpfen zurückgetrieben worden. Dann hatten sie sich am Kampf beteiligen müssen, um den Sturm auf die Kampanje abzuschlagen.

Erst jetzt, nach fünf bis sechs Stunden, können Margaret und ich wieder unbehindert atmen. Aber meine Lunge war doch nicht so wund, daß ich ihr nicht hätte erzählen können, was sie nach meinem letzten Erlebnis für mich bedeutet.

Liebe ist wirklich etwas Wundervolles. Kein Mann gelangt jemals höher als zur Liebe. Tief, tief unter ihm liegen dann Streben und Streiten aller philosophischen Dunkelmänner. Denn wer nicht geliebt hat, hat die letzte und tiefste Süße des Lebens nicht gekostet.

Die letzten vierundzwanzig Stunden haben uns viele Überraschungen gebracht. Erstens hätten wir gestern während der Plattfußwache beinahe unseren alten Steward verloren. Es war einem der Meuterer gelungen, ein Messer durch die Schlitze der Schachtmündung zu stechen und die Mehlsäcke aufzuschneiden. In der Dunkelheit war dann das ganze Mehl hinausgelaufen, ohne daß wir es bemerkt hatten.

Der Mann, der dahinter stand, konnte selbstverständlich nicht durch die Hülle der leeren Säcke sehen, als er aber den Steward in seinen Pantoffeln vorbeischlürfen hörte, schoß er, ohne zu zielen, auf so kurze Distanz, daß er hätte treffen müssen. Zum Glück schoß er dennoch vorbei, aber dem Steward wurden Hals und Backe vom Pulver verbrannt.

Während der Dianawache, um sechs Glasen, kam eine weitere Überraschung. Als ich an der Brüstung der Kampanje stand und Wache hielt, kam Tom Spink zu mir gestürzt. Seine Stimme zitterte merkbar, als er sagte: »Gott sei mir gnädig. Käpt'n, jetzt sind sie da.«

»Wer?« fragte ich barsch.

»Sie«, stammelte er. »Die Gespenster, die bei Kap Horn an Bord kamen, Käpt'n, die drei toten Seeleute. Sie stehen hier achtern, Käpt'n; die drei, neben dem Ruder.«

»Wo sind sie denn hergekommen?«

»Das ist's ja eben, Herr. Sie sind durch die Luft geflogen, sie sind eben Gespenster, Käpt'n.«

Der arme Tom seufzte.

»Aber es sind ja Wanten genug da, so daß sie vom Mittelmast in den Kreuzmast entern konnten«, sagte ich. »Schick mir Wada mal her.«

Als Wada mich abgelöst hatte, ging ich achteraus. Und da standen tatsächlich unsere drei fahlhaarigen Sturmwaisen mit den topasfarbenen Augen. Im Schein der Blendlaterne, die Louis auf sie richtete, glichen ihre Augen mehr als je denen großer Katzen. Und so wahr ich lebe: sie spannen auch noch wie die Katzen – tatsächlich klangen die unartikulierten Laute, die sie hören ließen, ganz wie das Schnurren der Katzen. Es war aber ganz deutlich, daß diese Laute eine freundliche Absicht kundtun sollten. Dann nahmen sie die Mützen ab und legten der Reihe nach meine Hand auf ihre Köpfe. Unzweifelhaft sollte das bedeuten, daß sie mir Gehorsam und Treue schwören und mich als ihren Herrn und Meister anerkannten. Ich nickte mit dem Kopfe. Was konnte ich mit Männern tun, die wie Katzen spannen? Tom Spink knurrte einen leisen Protest, als ich Louis Bescheid gab, sie nach unten zu führen und ihnen die nötigen Bultsäcke zu geben.

Ich bedeutete ihnen durch Zeichen, daß sie schlafen gehen sollten, und sie nickten dankbar, zeigten jedoch zuerst auf ihren Mund und hielten dann die Hand mit vielsagender Miene vor den Leib.

»Ertrunkene Seemänner essen nicht«, sagte ich lachend zu Tom Spink. »Geh mit ihnen hinunter und überwache sie. Und du, Louis, gib ihnen so viel zu essen, wie sie haben wollen. Ihr Hunger ist der beste Beweis, wie es vorn steht.«

Nach einer halben Stunde kam Tom Spink wieder.

»Nun, haben sie gegessen?« neckte ich ihn.

Er ließ sich aber nicht überzeugen. Selbst die ungeheuren Mengen, die sie verzehrt hatten, erschienen ihm verdächtig.

Das dritte Ereignis gab es heute morgen gegen sieben Uhr. Die Meuterer wünschten zu verhandeln, und als Nasen-Murphy, der Malteser-Londoner und der unvermeidliche Charles Davis auf dem Großdeck unter mir standen, sah ich, wie fahl ihre Gesichter waren. Der Hunger war mein bester Verbündeter.

»Nun, was wollt ihr?« fragte ich. »Ich habe nicht viel Zeit für euch, das Frühstück wartet schon.«

Charles Davis wollte sprechen, aber ich unterbrach ihn.

»Mit dir habe ich nichts zu tun, Davis. Vielleicht später, vor dem Gericht, von dem du immer geredet hast.«

Er wollte wieder sprechen, wurde aber von Nasen-Murphy unterbrochen.

»Halt die Fresse, Davis«, knurrte der Bandit, »oder ich stopfe sie dir gründlich.« Er sah zu mir empor. »Wir wollen wieder arbeiten, das ist es, was wir wollen.«

»So bittet man nicht darum«, antwortete ich.

»Käpt'n«, fügte er schnell hinzu.

»Das klingt schon besser«, meinte ich.

»Um Gottes willen, Käpt'n, lassen Sie die Meuterer nicht achteraus kommen«, flüsterte Tom Spink mir schnell ins Ohr. »Dann ist es aus mit uns.«

Ich tat, als hörte ich nichts und wandte mich wieder zu den Banditen.

»Nichts ist so gut wie Arbeit, wenn ihr es ebenso eifrig wünscht, wie ihr schlecht ausseht. Ich denke, ihr werdet alle Segel setzen, um mir zu zeigen, daß ihr es ehrlich meint.«

»Wir möchten gern zuerst was zu essen haben, Käpt'n«, wandte er ein.

»Und ich möchte euch zuerst mal die Segel setzen sehen«, lautete meine Antwort. »Und es ist gut, wenn ihr gleich einseht, daß ihr hier auf dem Schiff immer tun müßt, was ich wünsche.«

Nasen-Murphy zögerte und sah den Malteser-Londoner an, um einen Rat von ihm zu erhalten. Der überlegte, indem er prüfend nach oben sah und die Arbeit abschätzte. Schließlich nickte er.

»Jawoll, Käpt'n«, erklärte der Bandit. »Dann werden wir das tun ... aber könnten Sie nicht unterdessen kochen lassen?«

Ich schüttelte den Kopf.

»Ich denke nicht daran. Wenn alle Segel gesetzt und alle Rahen gebraßt und der ganze Dreck ordentlich getrimmt ist, sollt ihr euer Futter kriegen. Den Besan und die Kreuzmastbrassen könnt ihr lassen ... das ist immerhin eine Erleichterung.«

Als sie aufenterten, sah man, wie entkräftet sie waren. Der arme Sundry Buyers hielt sich immerfort den Bauch, während er um den Achterkaapstand herumlief. Und nie hatte das Gesicht Nancys so verzweifelt und hoffnungslos ausgesehen wie jetzt, als er auf Befehl des Malteser-Londoners aufenterte, um das Mittelobermarssegel loszumachen.

Da ich gerade dabei bin, muß ich von einem herrlichen Wunder berichten, das sich vor unseren Augen abspielte. Sie waren im Begriff, mit dem einen Patentspill die Mitteloberbramrahe aufzuholen. Obgleich es ein Doppelspill war, so daß die Kraft, die sie benötigten, um die Hälfte herabgesetzt wurde, schien es doch eine schwere Arbeit für sie zu sein. Lars Jacobsen humpelte mit seinem gebrochenen Bein herum, und Sundry Buyers, der Griechen-Tony, Bombini und Mulligan Jacobs halfen ihm. Murphy nahm den Törn. Als sie vor Überanstrengung eine Pause machen mußten, fiel Murphys Blick zufällig auf Davis ... den einzigen, der seit den ersten Tagen der Reise keine Hand zur Arbeit gerührt hatte und es auch jetzt nicht tat.

»Faß mit an, Davis«, rief der Bandit.

Der Seerechtsverdreher guckte den anderen verblüfft an, ehe er antwortete:

»Fällt mir gar nicht ein.«

Murphy gab Sundry Buyers ein Zeichen, daß er einspringen sollte, reckte sich, trat dicht an Charles Davis heran und wiederholte dann ganz ruhig:

»Na, wird's bald?«

Das war alles. Keiner von ihnen sagte sonst etwas. Es schien, als ob Charles Davis sich die Sache einen Augenblick vom rein juristischen Standpunkt aus überlegte. Die anderen sahen keuchend zu ... alle mit Ausnahme Bombinis, der sich über das Deck schlich, bis er unmittelbar neben Murphy stand.

Unter diesen Umständen war der Entschluß, den Davis faßte, der einzig richtige.

»Also schön«, sagte er.

»Du kannst Erlaubnis kriegen, mit einem Spaaken herum-
zugondeln«, sagte Murphy.

Der Seerechtsverdreher war zu schlau, um eine Dummheit zu machen. Er wußte genau, daß es Leben und Tod galt,
er humpelte zum Kaapstand hinüber und nahm seinen Platz
ein. Unsere Leute traten an die Kampanjebrüstung, um das
herrliche Schauspiel, Davis arbeiten zu sehen, zu genießen.

All das schien Nasen-Murphy Spaß gemacht zu haben,
denn während er die Klinken ausdrehte, faßte er Davis kritisch ins Auge.

»Mehr Knochenfett!« herrschte er ihn an.

Und Davis nahm sich sichtlich zusammen.

Das war indessen zuviel für unsere Leute, und alle, selbst
die Asiaten, begannen zu lachen und Beifall zu klatschen. Was
konnte ich dagegen tun? Es war eben ein Festtag für uns, und
unsere Getreuen hatten sich das bißchen Unterhaltung wahr-
lich verdient. Ich tat deshalb, als ob ich diesen Bruch der
Disziplin gar nicht bemerkt hätte, und schlenderte mit Margaret achteraus. Am Steuer stand eine unserer Sturmwaisen. Ich
ließ ihn den Kurs auf Valparaiso nehmen und schickte dann
den Steward in die Kajüte, um Proviant für eine ordentliche
Mahlzeit für die Meuterer zu holen.

»Und wann kriegen wir wieder was zu essen, Käpt'n?«
fragte Nasen-Murphy, als der Steward ihm den Proviant von
der Kampanje herab übergab.

»Zu Mittag«, antwortete ich. »Und solange du und deine
Bande eure Arbeit tut, kriegt ihr dreimal täglich was. Aber die
Schiffsarbeit muß gemacht werden, und willig! Sonst kriegt ihr
nichts mehr zu essen. Verstanden? Und jetzt macht, daß ihr
voraus kommt.«

»Noch eins, Käpt'n«, sagte er schnell. »Es geht Bert Rhine
verflucht dreckig. Er kann nicht sehn, Käpt'n. Sein Gesicht
wird ganz aufgefressen von der dreckigen Säure. Er winselt
immerfort.«

Ich wählte verschiedene Medikamente aus der Schiffsapo-
theke, um dem mit Säure verbrannten Zuchthäusler etwas zu
helfen. Und als ich hörte, daß Murphy mit einer Morphium-
spritze umzugehen verstand, überließ ich ihm eine.

Dann arbeitete ich mit dem Sextanten, und ich glaube, es gelang mir ganz gut, gegen Mittag die Sonne zu nehmen und die Observation auszuarbeiten. Den ganzen Nachmittag schob eine leichte nördliche Brise die Elsinore mit einer Fahrt von fünf Knoten durch die See. Wir hielten östlichen Kurs, um Land anzusegeln, wo Gesetz und Ordnung herrschten. Hatten wir erst den Hafen von Valparaiso erreicht, so nahmen sich die Behörden an Land schon der Meuterer an.

Gestern habe ich die drei Topasäugigen auf eine schwere Probe gestellt. Margaret und ich hatten die Sache eingehend besprochen. Sie ist fest überzeugt, daß die Leute vor dem Mast gar nicht daran denken, sich ohne weiteres an die Gefängnisse in Valparaiso ausliefern zu lassen. Wir nehmen an, daß sie die Absicht haben, die Elsinore, sobald Land in Sicht ist, in den Booten zu verlassen. Und wenn man bedenkt, welche verrückten und verbitterten Leute wir vor dem Mast haben, ist es durchaus nicht undenkbar, daß sie, bevor sie das tun, die stählernen Seiten der Elsinore unter der Wasserlinie anbohren. Um ein Uhr morgens purrte ich deshalb unsere Sturmwaisen heraus. Zwei von ihnen nahm ich zu einem kleinen Angriff auf die Boote mit, den dritten ließ ich zur Überwachung der Kampanje bei Margaret zurück. Neben ihm stand der Steward mit seinem großen Hackmesser. Ich gab ihm und seinen beiden Kameraden, die mit mir gehen sollten, durch Zeichen zu verstehen, daß sie bei dem ersten Anzeichen eines Verrates niedergemacht würden.

Ferner ließ ich Tom Spink und Buckwheat bei Margaret, während Wada, die japanischen Segelmacher, Louis und die beiden andern Topasäugigen mich begleiten sollten. Außer den Schießprügeln hatten wir auch Äxte. Wir kamen, ohne bemerkt zu werden, über das Deck, erreichten die Brücke am Mittschiffshaus, zur Decke des Vorderkastells. Hier lagen die Boote, die wir zuerst in Angriff nehmen wollten. Bevor wir aber begannen, rief ich den Ausguck von der Galion zu mir.

Es war Mulligan Jacobs. Er bahnte sich den Weg durch die Überreste der Laufbrücke und kam furchtlos zu mir heran, so verbittert und unversöhnlich, wie er stets gewesen.

»Jacobs«, flüsterte ich. »Du wirst hier neben mir stehenbleiben, bis wir alle Boote zerschlagen haben. Verstanden?«

»Als ob ich deshalb Angst hätte«, knurrte er. »Meinetwegen könnt ihr machen, was ihr wollt, mir ist es schnuppe. Ich weiß schon, was ihr euch ausbaldowert habt. Und ich weiß auch, was die Scheißkerle da unten ausgeheckt haben. Sie wollen sich in den Booten dünne machen. Und jetzt wollen Sie die Boote zerschlagen und die ganze Bande ins Kittchen bringen.«

»Scht ...« Ich suchte ihn vergeblich zum Schweigen zu bringen.

»Was denn?« fuhr er so laut wie je fort. »Die pennen alle schon, wie die heut gefressen haben. Selbst Rhine schnarcht. Ein paar Stiche mit der schönen Nadel, die sie ihm gaben, haben dem ewigen Gewimmer ein Ende gemacht. Nur los! Schlagen Sie die Boote kaputt! Mir kann's schnuppe sein. Mir ist mein Buckel immer noch mehr wert als alles Gesindel in dieser lausigen Welt.«

»Aber wenn du so denkst, warum hast du nicht zu uns gehalten?« forschte ich.

»Weil ihr mir ebenso ekelhaft seid, wie die Bande dort unten. Auf die pfeife ich, aber euch kann ich schon gar nicht vertragen. Ich kümmere mich nur um mich selbst und um meinen Buckel, der mir Beweis genug ist, daß es keinen Gott gibt.«

»Dann schließ dich uns jetzt an«, sagte ich, um ihm etwas entgegenzukommen. »Später wirst du dann einen leichteren Stand haben.«

»Scheren Sie sich zum Teufel!« sagte er. »Knallt sie meinetwegen zu Mus. Aber mit dem Gesetz könnt ihr mir nicht bange machen. Die Natur hat mich zum Krüppel gemacht, und ich bin viel zu schwach, um eine Hand gegen die Meuterer zu erheben.«

»Nun, wie du willst«, sagte ich.

»Das fehlte nur, daß ich nicht tun dürfte, was ich will«, brummte er.

»Mit dem vollen Bauch hast du deine große Schnauze wiederbekommen«, knurrte ich. »Wer hat denn die Sache mit dem Schwefel gemacht?«

»Ich werde den Mann nicht bei Ihnen verpfeifen, aber ich hab' ihn ehrlich beneidet, bis ich sah, daß sein Plan zu Essig wurde. Und wer hat denn die verdammte Idee gehabt, Rhine Schwefelsäure in die Fresse zu schmeißen? Seine ganze Galion ist für immer verschamfiert.«

»Das erzähle ich dir nicht«, erklärte ich. »Aber ich freue mich, daß es nicht meine Idee war.«

Erst als wir unsere Arbeit beendet hatten, fand ich Zeit, über dieses mystische Geschöpf nachzudenken. Mulligan Jacobs hätte Künstler – ein Dichter und Denker – werden können, wäre er nicht mit einem Buckel zur Welt gekommen!

Wir zertrümmerten also sämtliche Boote. Mit Äxten und Hämmern war die Arbeit leichter, als ich gedacht hatte. Auf den Decken beider Hütten ließen wir die Wracks der zerschlagenen Boote liegen. Die Leute im Volkslogis wurden natürlich durch den Lärm aus dem Schlaf gepurrt, aber sie machten keinen Versuch, uns an der Arbeit zu hindern.

Und hier muß ich Kritik an den Verfassern der üblichen Seemannserzählungen üben. Eine Schar von Männern vor dem Mast, verzweifelte Männer, die eine Reihe von verzweifelten Taten begangen und innerhalb nicht vieler Tage Zuchthaus und Galgen zu erwarten hatten, konnten eigentlich nichts tun als kämpfen. Aber diese Männer rührten keine Hand, als ihre letzte Möglichkeit, diesem Schicksal zu entrinnen, vernichtet wurde.

»Aber wo haben die Kerle eigentlich den Proviant herbekommen?« fragte mich der Steward später.

Diese Frage hat er mir jeden Tag gestellt, seit Pike sich den Kopf damit zu zerbrechen begann. Jedenfalls wird sie ja vor dem Gericht in Valparaiso geklärt werden. Ich bin aber überzeugt, daß der Steward mich inzwischen täglich fragen wird.

»Es ist Mord und Meuterei auf hoher See«, sagte ich heute morgen zu den Matrosen, als sie achteraus gekommen waren, um sich über die Vernichtung der Boote zu beschweren und gleichzeitig meine Absichten zu erfahren. –

Von der Brüstung der Kampanje aus betrachtete ich die jämmerlichen Wracks. Seit wir Baltimore verließen, hatten schon drei Männer diesen Platz eingenommen, alle drei starke Männer, die dennoch längst dahingegangen waren – der Samurai, Pike und Mellaire. Und jetzt stand als vierter ich selber da. Und die Aufgabe der Elsinore in dieser Welt wurde weiter vollbracht wie bisher.

Dort unten stand Bert Rhine – sein Gesicht war in Verbände gehüllt, und ich gestehe offen, daß ich unwillkürlich eine gewisse Achtung vor ihm hegte. Auf seine Art war auch er ein Herrscher. Nasen-Murphy und Bub Twist standen dicht neben ihrem schwer getroffenen Führer. Er wollte lieber sein Gerichtsurteil hinnehmen, statt an Bord zu verrecken oder bestenfalls zu erblinden.

Die Mannschaft war unter sich uneinig. Und soviel ich sehen konnte, war es Chantz, der die Revolte gegen den Banditenführer leitete. Seine Wunde genügte, ihn in den Augen eines jeden Gerichts in der Welt schuldig erscheinen zu lassen, und das wußte er. Ihm schlossen sich der Malteser-Londoner, Andy Fay, Arthur Deacon, Fitzgibbon, Richard Giller und John Hackey an. Eine weitere Gruppe, die immer noch zu den Banditen hielt, bestand aus Leuten wie Shorty, Lars Jacobsen, Sörensen und Larry. Das bedeutendste Mitglied dieser Gruppe war Charles Davis. Eine dritte Gruppe bestand aus Sundry Buyers, Nancy und dem Griechen-Tony. Sie verhielt sich neutral. Und Mulligan Jacobs endlich bildete eine Gruppe ganz für sich, ohne Verbindung mit der einen oder anderen Partei.

»Was wollen Sie mit uns machen, Käpt'n«, fragte Chantz, ohne sich um die Banditen zu kümmern, die gedacht hatten, wie bisher das Wort zu führen.

Bert Rhine drehte sich zornig nach dem Klang der Stimme um. Chantz' Anhänger schlossen sich enger um ihn zusammen.

»Euch einsperren lassen«, antwortete ich. »Und ich werde dafür sorgen, daß ihr gehörig bestraft werdet.«

»Vielleicht, vielleicht auch nicht«, gab Chantz zurück.

»Halt das Maul, Chantz«, befahl Bert Rhine.

»Du wirst schon dein Teil kriegen, du verfluchter Bandit«, fauchte Chantz, »und wenn ich selbst es dir geben sollte«.

Ich fürchte, daß ich doch nicht so ganz der Mann der Tat bin, der zu sein ich mir einbildete. Denn ich wurde von dem spannenden Drama, das sich hier unter mir entrollte, mitgerissen und übersah anfangs ganz, daß es sich in eine Tragödie zu verwandeln drohte.

»Bombini!« rief Bert Rhine.

Seine Stimme war gebieterisch. Es war der Herr, der den Hund rief, welcher ihm »bei Fuß« folgt. Und Bombini gehorchte. Er zog sein Messer und näherte sich Chantz. Aber dessen Anhänger ließen ein tiefes, tierisches, drohendes Knurren hören. Bombini zögerte und blickte den Führer an, dessen Gesicht er infolge der Verbände nicht sehen konnte, und der auch ihn nicht sah.

»Da tust du mal was Gutes«, ermunterte ihn Charles Davis.

»Halt die Schnauze, Davis!« ertönte aus den Verbänden Bert Rhines Stimme.

Bub Twist zog seinen Revolver, stieß Bombini damit in die Seite und richtete ihn dann auf Chantz. Tatsächlich empfand ich einen Augenblick Mitleid mit dem Italiener, der zweifellos wie eine Laus zwischen zwei Nägeln saß.

»Bombini, stich den Kerl nieder«, befahl Bert Rhine.

Der Italiener machte wieder einen Schritt vorwärts, und Schulter an Schulter mit ihm rückten Nasen-Murphy und Bub Twist vor.

»Ich kann den Burschen nicht sehen«, fuhr Bert Rhine fort, »aber beim Teufel, ich will ihn sehen.«

Und mit einer einzigen, männlich tapferen Bewegung riß er sich den Verband vom Gesicht. Die Qualen, die er empfand, mußten unbeschreiblich sein. Ich sah, wie grauenhaft entstellt sein Gesicht war, aber die Sprache besitzt keine Worte, es zu beschreiben. Ich merkte, daß Margaret, die dicht neben mir stand, schauderte, daß sie nach Luft rang, als sie ihn sah.

»Bombini – stich ihn nieder«, wiederholte der Bandit. »Und stich jeden nieder, der zu mucksen wagt. Murphy, sorg dafür, daß Bombini tut, was er soll.«

Murphy hatte seinen Dolch gezogen und die Spitze dem Bravo auf den Rücken gesetzt. Bub Twist hielt die anderen mit seinem Revolver in Schach. Und alle drei rückten wieder vor. Jetzt aber raffte ich mich auf und ging vom Träumen zur Tat über.

»Bombini –«, sagte ich barsch.

Er blieb stehen und sah zu mir auf.

»Bleib stehen, wo du bist«, befahl ich. »Ich habe einige Worte zu sagen. Chantz! Mach keine Dummheiten. Rhine führt das Kommando vor dem Mast. Du hast seinen Befehlen zu gehorchen, bis wir Valparaiso erreicht haben, dann kannst du mit ihm ins Kittchen spazieren. Inzwischen hast du zu tun, was er befiehlt. Verstanden? Also richte dich danach! Ich stehe hinter Rhine, bis die Polizei an Bord kommt. Bombini, du hast alles zu tun, was Rhine von dir verlangt! Ich knalle den Mann nieder, der sich dir in den Weg stellt. Deacon, fort von Chantz! Hinüber zur Nagelbank!«

Alle kannten den Strom von Blei, den mein Stutzen ausspeien konnte, auch Arthur Deacon. Er zögerte nur eine Sekunde, dann gehorchte er.

»Fitzgibbon, Giller, Hackey!« rief ich, und wieder gehorchten alle. »Fay!« Ich mußte zweimal rufen, ehe er antwortete.

Jetzt stand Chantz allein, und Bombinis Mut wuchs.

»Chantz«, sagte ich, »überleg dir, ob es nicht gesünder für dich wäre, Vernunft anzunehmen und zu den andern an die Nagelbank zu gehen.«

Er überlegte nur wenige Sekunden, dann steckte er sein Messer ein und tat, wie ich befahl.

»Rhine –«, sagte ich.

Er wandte mir sein verbranntes Gesicht zu.

»Solange Chantz deinen Befehlen gehorcht, läßt du ihn in Ruhe. Wir haben jetzt alle Hände nötig, um das Schiff manövrieren zu können. Dann kannst du Murphy zu mir schicken – ich werde ihm das Beste, was wir in der Apotheke haben, für dich geben. Das ist alles ... jetzt alle Mann voraus!«

Und sie trollten sich, geknechtet und mutlos.

Es ist nicht viel mehr zu schreiben. Die Meuterei an Bord der Elsinore ist vorbei. Der erste Abschnitt von der Reise der Elsinore nähert sich seinem Ende. In höchstens zwei Tagen laufen wir in Valparaiso ein. Und dann wird die Elsinore nach Seattle weitersegeln, als ob eine ganz neue Reise begänne.

Nur noch eines habe ich zu berichten, und dann wird dies seltsame Logbuch einer seltsamen Fahrt beendet sein. Erst gestern geschah es. Und ich bin noch ganz berauscht davon und von der Freude über die Verheißung, die es enthielt.

Margaret und ich verbrachten heute die letzte Stunde der Plattfußwache miteinander auf der Kampanje. Es war ein wunderbares Gefühl, wieder zu spüren, wie die Elsinore unter dem leisen Druck des Windes auf ihre Segel ruhig durch die glatte See glitt. Im Schutz der Dunkelheit hielten wir uns eng umschlungen und sprachen von Liebe und Liebesplänen. Und ich schäme mich durchaus nicht, offen zu gestehen, daß ich mich für schnelle Erledigung aller Formalitäten einsetzte. Ich war dafür, daß wir, sobald wir in Valparaiso eingelaufen waren, eine neue Mannschaft und neue Offiziere für die Elsinore heuern sollten. Uns selbst sollten Schnelldampfer und Schnellzüge so schnell wie möglich nach Hause bringen. Außerdem gab es auch in Valparaiso Trauscheine und Pfarrer, so daß wir, ehe wir weiterreisten, heiraten konnten.

Aber Margaret war unerschütterlich. Die Wests hätten immer treu zu ihren Schiffen gehalten, sagte sie. Sie hätten stets ihre Schiffe entweder in den Bestimmungshafen gebracht oder wären mit ihnen zugrunde gegangen. Die Elsinore sei von Baltimore nach Seattle mit einem West als Kommandant gechartert. Die Elsinore müsse folglich in Valparaiso neue Besatzung heuern und mit einem West an Bord nach Seattle weiterfahren.

»Aber bedenke doch, Liebling«, wandte ich ein, »die Reise wird noch Monate dauern! So denk doch an all die langen, langweiligen Monate«, klagte ich.

»Du süßer Dummkopf«, lachte sie. »Verstehst du denn nicht ...«

»Ich verstehe nur, daß es noch viele tausend Meilen von Valparaiso nach Seattle sind«, antwortete ich.

»Du willst einfach nicht verstehen«, erklärte sie herausfordernd.

»Ich bin ein Dummkopf«, gab ich zu. »Ich weiß nur eines: ich begehre dich, Margaret. Ich begehre dich.«

»Du bist sehr, sehr lieb, aber du bist auch furchtbar dumm.« Sie nahm meine Hand und hielt sie an ihre Wange.

»Was merkst du jetzt?« fragte sie.

»Eine heiße Wange, eine sehr heiße Wange.«

»Sie ist heiß, weil ich mich schäme zu sagen, was du mich durch deine Dummheit zu sagen zwingst«, erklärte sie. »Du hast ja selbst schon gesagt, daß man in Valparaiso Trauscheine und Pfarrer bekommen kann ... und dann ... dann ...«

»Du meinst also ...« stotterte ich.

»Ja, eben, das meine ich«, bestätigte sie.

»Und die Fahrt von Valparaiso nach Seattle, an Bord der Elsinore, soll also unsere Hochzeitsreise sein?« fuhr ich fort.

»Die vielen tausend Meilen, die langen langweiligen Monate ...«, wiederholte sie mit meiner eigenen Betonung, bis ich ihren Mund mit meinen Lippen schloß.